一树繁花

王晓武 著

天津出版传媒集团

天津人民出版社

图书在版编目（CIP）数据

一树繁花 / 王晓武著. -- 天津：天津人民出版社，
2025.1. --ISBN 978-7-201-20764-3

Ⅰ.I267

中国国家版本馆 CIP 数据核字第 2024CJ1613 号

一树繁花
YI SHU FANHUA

出　　版	天津人民出版社
出 版 人	刘锦泉
地　　址	天津市和平区西康路 35 号康岳大厦
邮政编码	300051
邮购电话	（022）23332469
电子信箱	reader@ tjrmcbs. com

责任编辑	岳　勇
特约编辑	俞鸿彧
装帧设计	书香力扬® Tel:135 5118 0183

印　　刷	四川科德彩色数码科技有限公司
经　　销	新华书店
开　　本	880 毫米×1230 毫米　1/32
印　　张	7.75
插　　页	4
字　　数	190 千字
版次印次	2025 年 1 月第 1 版　2025 年 1 月第 1 次印刷
定　　价	58.00 元

秋风掠走了一树碧叶
我光秃秃地蛰伏在整个冬季
等待
等待一缕春风
等待第一声惊雷
等待一夜春雨贵如油
等待温暖灿烂的艳阳春日
我的花瓣指高高擎起
一点芳心
绽放一树繁花如炬
在你每天走过的路边
只为与你最热烈的目光
碰撞出电光石火
然后
华丽谢幕

　　　　　　　　　　　　醉红自暖

麦磨滩上白鹭飞（邵勤旦／摄）

麦磨滩之歌（邵勤旦／摄）

宋宅龙窑遗址公园（王晓武／摄）

朝霞满天红满江（王晓武／摄）

北山风雪行（云山八千里／摄）

婺江之畔（王晓武／摄）

繁花无声　丹心可鉴

李　英

　　《一树繁花》是散文作家王晓武的第二本散文作品集，延续了她自然清纯的美文写作风格。她长期游走在自然山水中，用优美丰富的文字，用充满睿智的哲理，构建了属于她自己的散文世界。

　　我们从她的文字里读到广袤的原野、优美的风景，以及人间的悲欢。通过丰沛的文字，可以看见作者积极的生活态度、从容的心态。字里行间既有令人感动的善良温暖，又有乐观豁达的坚韧性情，可见作者热爱生活、热爱大自然、热爱家乡、热爱祖国的赤子之心。

　　了解王晓武的人都知道，她是一位行走者。因此，在她的散文作品中随处可见山水田园的自然风光。这些年来，她在描写自然意境的文字里，更注重深厚的文化意韵，因此，作品主题得到了进一步开掘，体现出独特的文化价值取向。在《麦磨滩之歌》中，她看到今天的麦磨滩一改过去荒凉破败的景象。她走出展陈馆，此时正是黄昏时刻，只见残阳如血，江天一色，渔歌晚唱，白鹭翻飞，江岸蒹葭苍苍，芳草茵茵，绿树葱葱，松涛阵阵，是一个环境优美、钟灵毓秀的融自然和人文为一体的现代景观和红色教育基地。《妹妹找哥泪花流》写雷烨安顿好四个弟妹，把祖屋典当换了一百块银圆，只身前往革命圣地延安，投身到抗日救国的滚滚洪流之中。从此，雷烨和家人天各一方，生死两茫茫。六十年的痴心等待，六十年的艰辛寻找，雷烨的妹妹项秀华一遍遍地流着眼泪观看电影《小花》，直到走到生命的终点，还是没有找到深爱的哥哥，令人动容，催人泪下。在《红印馒头飘香千年》里，她品尝金华红印馒头，咀嚼的却是悠久的历史和文化，她写到，金华大酵馒头，历来是浙中西部深受城乡大众喜爱的传统笼造面食，祭礼供奉、喜庆筵宴、过节馈赠为必备食品，这与《晋书》《齐书》等史书所载相同，是一种礼仪性传统面食，是古老的酒酵工艺的历史遗存，是中国馒头的活化石。一笼笼馒头，是一笼笼"红红火火、蒸蒸日上"的美好愿景。而当辛苦奔波了一整年的家人团团圆圆地围在桌旁，当父辈和儿孙们共同举起了祝福的酒杯，当妈妈端上了喜气洋洋的红印馒头和热气腾腾的扣肉络笋，每个人的脸上都洋溢着满满的幸福和希望。过去一年，碰到的所有艰辛，遭遇的些许挫折，不都是生活中的小小点缀吗？在这里，这只传承千年的红印馒头，把游子的心和浓浓的家乡情紧紧地连在一起。因此，王晓武的散文不仅仅是写山水，写风物，更多的是通过文字体现不同的山水特点和人文精神。

《一树繁花》是尘世烟火的真实记录。这种尘世首先来自故乡，来自记忆深处永不泯灭的思乡之情，是故乡的山水养育了她。《外婆的雅畈肉饼》写作者在那个清凉的月光之夜，思念外婆，思念外婆的雅畈肉饼。外婆是一个好善乐施、吃苦耐劳、坚韧不拔而又美丽聪慧的传奇女子，坎坷岁月把一个娇生惯养的绣花女孩，打造成一个无坚不摧的女人，把雅畈肉饼做成了地方特产，味道鲜美，香脆可口，回味绵长。王晓武看似在写肉饼，实则抒写故乡之情，抒写中国妇女勤劳而隐忍的伟大精神。《无限哀思寄亡父》则是作者的泣血之作，这是作者"受伤"的印记，无法释怀，无法忘记。也许人的一生中会这样那样地"受伤"，生活是残酷的、无情的，但有什么比得过丧父之痛呢。而父亲那一句"别怕，一切都会好起来的！"让她泪流满面，变得坚强起来。父亲是新中国成立后的第一批应征的解放军战士，却因为大伯曾经是莫须有的"保长"而受牵连，造成一生的命运多舛和悲剧。这是一个家庭之殇，一个时代之殇。作者一直珍藏着父亲唯一的遗物，一本"献给英勇的中国人民解放军"的记事本。

一树繁花无声，一片丹心可鉴。像李娟在阿勒泰爱过、生活过、受伤过一样，王晓武始终保持乐观向上的热情，在工作生活中保有一颗善良正直的心，并用朴实的文字记录了过往。因为读者喜爱她的文字，她在小区微信群里签名赠书；她为平凡世界里的朋友、同事、充满童心的小朋友，写下她真诚的文字。在这背后可以看到她的善良之心和可鉴丹心。近年来，王晓武以散文创作活跃在金华文坛，成果丰硕，可喜可贺。散文也可以看作是文学"轻骑兵"，可以驰骋千里，轻重自若；可以真实记录，立竿见影。文字是语言艺术，一个作家的优秀往往体现在她的语言上，《一树繁花》的每一篇文章都是美文，书写从容舒缓，文字朴实自然，可见王晓武对文学的执着追求。那种见事见人的在场写作不虚张、不雕饰，更不浮夸，处处流露出真情真诚。她相信，阳光总在风雨后，只要不放弃梦想，春天的雨水，一定会浇灌出秋天的果实。

于是，我们看到了一树繁花正锦簇。

（序作者系中国作家协会会员、中国报告文学学会理事）

目录

尘世烟火

繁华归静

风雨阳光

尘世烟火

麦磨滩之歌

一匹战马!

确切地说,是一匹残缺的战马马头!

它昂着头,瞪大的双眼直视前方,后面是一团燃烧的火焰,两个激昂的大字"先驱"在跳跃,我仿佛听到从战马残破的嘴里发出了振聋发聩的嘶叫声。

这是金华市麦磨滩文化园麦磨滩会议史料展陈馆里,让人一眼看到的无比震撼的红色意象。

金华市麦磨滩文化园坐落在孝顺镇低田工业园的东阳江畔,它背靠塔江山村,面对八宝峰,西临月潭古埠码头,从双尖山缓缓流出的潜溪之水在此注入东阳江,因东阳江和潜溪两水冲积而形成沙洲,形似麦磨,所以称为麦磨滩。

麦磨滩地处金华和义乌交界,因为当时地理位置偏僻,距离城区国民党驻军比较远,且水陆交通便捷,人员容易疏散和撤离,所以"麦磨滩会议"(暨浙西十三县党的负责人会议)就在此召开。

1930年7月的一个晚上,月黑风高,风声鹤唳,在麦磨滩的密林深处,浙西嵊县、新昌、永康、武义、宣平、兰溪、昌化、于潜、分水、富阳、建德、浦江、义乌共十三个县党的负责人会议正在秘密召开,会议由卓兰芳和曾志达主持,会议主要内容是进一步贯彻中共中央"七十号通告"和6月中央政治局会议精神，为配合浙西总暴动，要求各县相互支持、组织暴动，并确定义乌县委以金东义西为中心，立即组织农民武装暴动。会议任命义乌县委书记吴溶品为暴动总指挥，同时指定低田村陈凤日酒店为与各地党组织联系的交通站。会议强调，浙赣铁路沿线的各县党组织，要组织力量、动员民众，干扰、阻滞国民党政府为围剿江西中央苏区运兵而修筑的浙赣铁路工程。会议结束后，金华东部立即组织成立两个暴动大队，即以叶瑞东为大队长的塔江山第一暴动大队和以傅樟妹为大队长的深塘坞第四暴动大队，组织农民开展武装暴动。

然而这次具有重要历史价值的会议，在义乌和金东的党史上均没有太多的文字记载。

因为不忍于革命先烈的光辉事迹和会议遗址的红色基因就此沉湮，张金陆带领他的团队投入大量精力，沿着红色线索，查党史史籍、访先烈后人、寻革命文物、找红色线索，历时数年，最终得以恢复了麦磨滩会议旧址，建成了麦磨滩会议史料展陈馆。展陈馆里所展示的文字和历史照片，都是真人真事的文史史料，展柜里的武器装备，是当年农民武装暴动中真正使用过、从麦磨滩周边的村民手中一点一点收集到的。

看着展厅里那一张张年轻而充满激情的烈士的脸庞，听着一段段催人泪下的历史故事，我不由得肃然起敬、感慨万分：卓兰芳（1900—1932）、曾志达（1906—1932）、吴溶品（1902—1930）、李立卓（1892—1930）、邵李青（1900—1930）……一个个风华正茂的革命先烈，在最艰难的大革命时期义无反顾地投身历史洪流，他们为真理而战，为光明而战，为人民幸福而战，甘用青春年华和血肉之躯谱写着时代的凯歌。他们的人生虽然短暂，但他们心系天下，他们如一缕星光，照亮大地，光耀千古！

暴动最后虽然没有取得胜利，但是正因为有无数革命党人抛头颅、洒热血，前赴后继，才沉重打击、动摇了反动当局的统治基础，促进了革命的进程，书写了中国革命史上一幅幅永不磨灭的光辉篇章。可以说，麦磨滩会议在金东义西大地播下了红色革命的种子，掀起了金东义西的革命高潮。

麦磨滩会议就像星星之火，在广大人民群众中生根、发芽、结果，推动了农民武装的建立和发展，扩大了中国共产党的影响，为抗日战争、解放战争的胜利起到了积极作用。

今天的麦磨滩，早已一改过去荒凉破败的景象。走出展陈馆，此时正是黄昏时刻，只见残阳如血，江天一色，渔歌晚唱，白鹭翻飞，江岸蒹葭苍苍，芳草茵茵，绿树葱葱，松涛阵阵，这是一个环境优美、钟灵毓秀的融自然和人文为一体的现代景观和红色教育基地。

它仿佛在昭示着：我们今天的安定团结，我们今天的和平幸福，我们今天的富饶强盛，是无数英雄先烈用他们的血肉之躯和钢铁意志换来的，是他们让五星红旗高高飘扬，是他们使中华民族屹立不倒，是他们让人民生活日益幸福！

翻开风云激荡的红色篇章，在历史中汲取力量，为的是不忘初心、牢记使命、永远奋斗。铭记历史，才能够开创未来。传承红色基因，才能够凝心聚力！

麦磨滩是一个值得每一位中国人去走一走、看一看的好地方。

妹妹找哥泪花流

妹妹找哥泪花流，
不见哥哥心忧愁，心忧愁
望穿双眼盼亲人，
花开花落几春秋……

20 世纪 70 年代末，一部具有划时代意义的革命影片《小花》风靡华夏大地，每当李谷一深情凄婉的歌声在广播里响起，已过花甲之年的项秀华女士总是忍不住泪流满面："哥哥，我亲爱的哥哥，你到底在哪里啊！你知道吗？我找你找得好苦啊！我有多少心里话要向你倾诉啊！你快回来吧……"

项秀华永远也无法忘记在峥嵘岁月中义无反顾奔向延安的哥哥项俊文。

1931 年，因为父母双亡，金华孝顺镇后项村年仅十八岁的热血青年项俊文辍学回家照顾四个弟弟妹妹。但是生活的重担压不灭青春梦想，国难深重、日寇侵华燃烧着年轻人的激情，一直与爱国志士保持联系的项俊文心怀天下，立志要救亡图存，保家卫国。

1937 年，省立贫儿院因战事从杭州搬迁至金华南山里郑村，在贫儿院工作的孝顺镇车客村青年严金明，经从延安来的老党员周百皆介绍加入了中国共产党，贫儿院从此成了南山地区抗日宣传中心和地下党联络点。当时，严金明已经与秀华订婚，和忧国忧民的俊文是志同道合的好朋友。1938 年，经严金明牵线，项俊文加入了中华民族解放先锋队。同年 5 月，一直立志报效国家的项俊文对四个弟妹作了简单安排后，带着典当祖屋得到的一百银圆，只身一人前往革命圣地——延安，投身到抗日救国的滚滚洪流之中。

项俊文临走前，大妹秀英已经出嫁，年方十五岁的秀华虽已与他的好友加战友严金明订婚，但因年龄尚小还未完婚，十二岁的小妹秀娟送给姑姑家做童养媳，他把年仅九岁的弟弟秀文托付给秀华。临行前，他和秀华、秀文拍了一张合影，嘱托秀华无论如何要照顾好弟弟，并且希望她能想办法赎回祖屋。

秀华对哥哥无比尊重，哥哥沉甸甸的嘱咐她牢牢记在心中。典当掉的祖屋是家里唯一的住宅，无处栖身的她只能带着弟弟投靠到未婚夫所在的车客严家，只是此时严金明已随省立贫儿院迁至丽水。一个弱女子身无分文，带着一个年幼的弟弟到尚未正式过门的婆家，其处境可想而知，加上金明的嫂子是地主的女儿，陪嫁丰厚，虽然秀华又能干又勤快，连小秀文也承担了严家放牛的活计，但严家长辈还是看不起秀华姐弟俩。要强的秀华唯有忍辱负重，一天一天数着日子向前挨。

终于盼到了新的起点，1941 年，秀华和严金明结婚了。

婚后，秀华坚决要跟随丈夫到条件简陋的贫儿院生活。

在离开金华前，她不放心做童养媳的小妹妹秀娟，特意去姑姑家看望她，发现她在婆家受尽欺凌，非常可怜，毅然决定把小妹也一起带到丽水，为此，姑姑和她们断绝了往来。

刚成立的小家，除了丈夫严金明有一份稳定的教员收入外几乎一无所有，却有一家四口要养活，生活压力可想而知。倔强的秀华硬是咬着牙支撑下来，她想尽一切办法挣钱补贴家用，恨不得一个钱掰作两个用，不仅把小家安排得井井有条，坚持让弟弟妹妹在贫儿院里上学读书，而且还用五年时间攒够了一百银圆，赎回了哥哥典掉的祖屋。

这段时期，秀华虽然日子过得艰辛，内心却是充实的，这也是她这辈子最幸福的时光：有在远方参加革命工作的哥哥作为精神支柱；有相亲相爱的丈夫鼎力相助；妹妹秀娟也找到了好人家，随着铁路上工作的丈夫搬到河北石家庄；弟弟考上杭州高中，并且沿着哥哥和姐夫的足迹，走上了革命的道路，当上了杭高地下党支部书记。后来，严金明调回杭州工作，秀华也随着丈夫到杭州生活，这时，他俩的爱情结晶——儿子严平平出生了，缓过一口气的秀华开始越来越思念远方的亲人。

可是，哥哥除了刚到晋察冀战区时，以"雷雨"的化名从"行唐陈庄"给家里寄回一封信，从此就杳无音信了。

随着新中国成立，周边的革命同志都陆陆续续回乡了，哥哥项俊文却还是没有任何信息。秀华怀揣着兄妹三人的合影和来信到处打听，登报寻找，却犹如石沉大海，毫无线索。

此时秀华心里已经有了不祥的感觉。她知道哥哥和她一样，对家乡和亲人怀着深厚的感情，如果他还活着，他一定会争取早日回来探望弟妹们的。

这边哥哥没有任何消息，而早在20世纪30年代就开始参加革命的丈夫严金明，却在新中国成立后不久，被派到青海劳动改造。组织上要求秀华和他划清界限，而丈夫为了保护秀华和孩子，也要求和秀华离婚，秀华只得含泪在离婚书上签上了自己的名字。

这时，秀华更加思念哥哥，她在内心大声疾呼：哥哥，你在哪里啊！你为什么还不回来？你了解金明，他像你一样对党无限忠诚，哥哥，只要你回来，你一定能够证明他是清白的，他是忠诚的!

虽然秀华和丈夫离婚了，但她还是失去了她热爱并赖以生存的工作。为了不影响在杭州工作和生活的弟弟，秀华回到了金华，带着三岁的儿子严平平住回了孝顺后项的祖屋里。

秀华是一个聪慧美丽、知书达理而又坚强自立的女性，在孝顺一带人人称赞。同是车客严家的严营良，当时担任车客村的贫协会主任，前妻生肺病去世两年多了。他的弟弟严元银在杭州公安局工作，对秀华很是欣赏，在他的多次撮合下，秀华和严营良走在一起，结为夫妇，秀华就在车客村里当了小学老师。本来俩人相濡以沫，小日子过得还不错。然而，好景不长。严营良受到牵连，职务被撤销了。饱经打击的秀华，认为是她害了老严，虽然这时候她已经怀上了他的孩子，还是提出了离婚请求。严营良是一个善良的好人，他坚决不同意离婚，可秀华决心已定，带着儿子从车客搬回到后项居住，并且说如果生下儿子就给丈夫，生下女儿就她自己抚养。无奈之下，严营良只得答应了倔强的秀华，等到女儿碧英满月后，俩人到孝顺民政局离了婚。离婚后，严营良恢复了职务，从此一心扑在工作上，在车客当了二十多年村书记。

秀华又回到了后项祖屋，生活的坎坷让她更加思念哥哥，她经常抚摸着哥哥的相片，在心里深情地呼唤："哥哥，你到底在哪儿啊？我一直牢记你的吩咐，现在弟弟和妹妹都生活得平安顺畅，可为什么上苍对我如此不公平？哥哥啊，只有你能证明我，证明金明，我们是热爱祖国、热爱党的啊!"

秀华有一肚子的苦水想向哥哥倾诉，她觉得哥哥义无反顾地投身革命，现在新中国成立了，不管如何"生要见人、死要见尸"，必须要找到哥哥的下落。

1958年，多方寻找无果的秀华实在按捺不住内心的急迫。根据1941年哥哥最后寄回来的家书地址"行唐陈庄药店"，秀华把两个幼小的孩子寄托给邻居，不远千里找到了河北省行唐县，却无论如何也找不到陈庄药店。她哪里知道，哥哥为了保密，不仅多次改名，而且因战时的特殊情况，把寄信地址由原来的"灵寿陈庄药店"改成了"行唐陈庄药店"，秀华按照信上的地址在行唐县找陈庄，而实际上陈庄在邻县灵寿，又哪里能够找到呢？

在石家庄苦苦寻觅了半个多月毫无结果，因为放心不下家里两个年幼的孩子，秀华只能带着遗憾返回金华了。

带着两个年幼的孩子的秀华，在之后的二十年中，秀华受尽生活的磨难和岁月的摧残，几度走上绝路，是哥哥项俊文支撑着她活下去。她和弟弟秀文从来没有放弃过寻找哥哥的念头，在茫茫人海中尽一切可能打探哥哥的线索。

1978年以后，严金明终于回到杭州工作。在友人的帮助下，和同回杭州保育院工作的秀华破镜重圆，患难夫妻终得以聚首，一家人的生活才开始好转。

随着年龄的增长，秀华寻找哥哥的心情越来越迫切。

这时，电影《小花》在全国上映，她一遍遍地流着眼泪观看电影，她多想像小花一样与自己心爱的哥哥再见面啊！

然而，天不假年！她苦苦等待和寻觅了六十多年，终因身患绝症，走到了生命的终点，直到逝世，她还是没能找到深爱的哥哥！

临终之际，她拉着弟弟秀文的手久久不肯放下，一定要秀文立下重誓：绝不放弃继续寻找哥哥，如果找到了，一定要在第一时间到她的坟前面告知！

　　妹妹找哥泪花流，
　　不见哥哥心忧愁，心忧愁

......

盼哥回家报忧愁

万语千言挂心头

妹愿随哥脚印走

赢得天下春常在

迎来家乡山河秀

......

弥留之际，秀华仿佛《小花》里的何翠姑，眼前出现了哥哥俊文向她走来的幻觉，她坚信一定能够找到哥哥！

可惜，她等不到这一天了！

秀文在姐姐去世后，继续带着兄妹的照片和家书，利用一切机会寻找哥哥。

一直到了2001年，在原石家庄市地方志办公室主任高永桢长达十五年的帮助下，世人终于发现了在华北军区烈士陵园中孤寂长眠近六十年的优秀战地记者、烈士雷烨，就是秀华、秀文姐弟寻找了六十年的哥哥项俊文！

原来，项俊文在赶赴延安途经武汉时，一向爱好摄影的他以不菲的价格在寄售行里买下一台徕卡照相机，并用"雷雨"的名字给家人和朋友寄过平安信。为了保护家人，到达延安参加短暂学习时，他又改名为"雷烨"，还曾用过"雷华"等名字。因为他爱好文学和摄影，不仅担任了各报刊的通讯员，加入了中国共产党，而且于1938年11月份被派往晋察冀前线，担任记者团晋察冀组组长，带领组员魏巍、范瑾（女）、沈蔚、林朗、程追五名同志共赴敌后抗日根据地。

在晋察冀前线的五年时间，他废寝忘食、不畏艰险，冒着枪林弹雨深入战争第一线，用手中的相机和笔，真实地记录下日军残害中国人民和人民子弟兵英勇抗战的情况，使日军惨绝人寰的暴行公布于天下，为抗战时期的新闻摄影工作作出了不可磨灭的贡献。

1943年4月20日拂晓，雷烨为了转移当地群众和掩护战友，不幸壮烈牺牲。

雷烨，是抗战时期晋察冀杰出的战地记者，永垂不朽的新闻记者，冀东战地第一位摄影记者，潘家峪惨案报道第一人，也是晋察冀根据地新闻摄影事业的重要开创者之一。

2001年，在雷烨牺牲六十年后，他兄妹五人仅存在世的弟弟项秀文，终于在有生之年找到了英雄哥哥，他长跪在姐姐秀华的坟前，泪流满面地向她报告了这一迟来的消息。

看着在风中飞舞的烟灰，秀文仿佛听到了姐姐秀华含泪的笑声……

妙香佛手添福寿

七月中旬，金东区赤松镇北山口村的朋友送来两支青色的佛手果，玉指纤纤，意态优雅，还带着六七寸长的枝条和两三片绿叶，朋友说只需用清水供着，可以养很长时间。

金华佛手是金华北山山脚的"仙果"，我自然虔心敬养，备了一个玉色瓷瓶用清水供在书案上。

插在水里的枝条断端竟然长出了白色的根须，青果也感知着季节的轮换慢慢成熟变黄。而唯一不变的是那股幽幽妙香，丝丝袅袅，若有若无，不绝如缕，每天陪伴着我读书写字，平添无限意趣和韵味。

中国传统文化向来喜欢把寓意美好的事物引申为对幸福生活的永久祝福。金华人的习惯是用植物名称的谐音来憧憬未来的美好，譬如柿子代表"事事如意"，百合代表"百年好合"，瓜子花生代表"加子加孙"，而佛手寓意"福寿"，是金华山黄大仙文化的重要组成部分，是文人骚客入诗入画的吉祥之物，表达了老百姓多福多寿、丰收喜悦的愿望。

古婺大地一直流传着一个美丽的传说：很久很久以前，金华北山山脚下有一户人家，父亲早亡，母子俩相依为命，儿子小顺特别孝顺。操劳一辈子的母亲患上了胸腹胀痛的毛病，找了很多医生都没有治好，没办法，儿子只能到赤松宫去求拜黄大仙。不想，他当晚就做了一个梦，梦里黄大仙告诉他说，北山顶上有一个金花仙子，她的仙橘园里长着仙果，状若巧手，清香扑鼻，能理气治病，添福增寿，让他赶快去寻找，一定能治好母亲的病。

小顺大喜，第二天就上山去找金花仙子，历经千辛万苦，不仅求来了仙果，仙子看他勤劳善良，还送给他两株果苗，告诉他必须用北山之水灌溉才能结果。小顺喜出望外，回家后用仙果治好了母亲的病，还带领乡亲们培育了大片的仙果，因其形如美女的纤纤玉手或婴儿的小小拳头，又能治病增寿，为了表达敬意，就尊称为"佛手"，谐音"福寿"，意为延年益寿、造福人类。

佛手全身都是宝，其根、茎、叶、花、果均可入药，有理气化痰、止呕消胀、舒肝健脾胃等药用功能。而金华佛手是最具故乡情结的，对地理、气候、土壤、水质都有严格的要求，必须在北山山脚下才能生长，而且必须用北山之水浇灌，所以金华只有赤松和罗店两个地方能养出奇香袅袅的佛手果。佛手只要离开了这座山，要么不结果，要么就是费了九牛二虎之力养出了果实，但色香味形都相距甚远，观赏性更是大打折扣。《光绪金华县志》中就有描述："佛手柑，邑西吴罗店等望而却步为仙洞水所经，柑性宜之，其透指有长至尺余者，色香亦大胜闽产。"

旧时，佛手只有帝王或者贵族才享用得起。《红楼梦》第四十回，刘姥姥进大观园时，在探春房间的娇黄玲珑大佛手，是与米芾的画和颜真卿的字相提并论的，是须用紫檀架和大观窑瓷盘盛放的，何等高雅尊贵。

时代在变迁，如今，金华佛手早已走入寻常百姓之家，特别是电商销售和直播带货盛行以后，北山口村的佛手更是走向全国，受到各地消费者的热捧。因其形状独特，憨态可掬，清香袭人，沁脾醒脑，在办公室的书桌上或者客厅里摆上一株挂着果的千姿百态的佛手盆景，已经成了近年的一种时尚了。

十多年前，我在赤松镇工作，曾多次去往北山口村，因该村坐落北山山脚澧壶山脉的山口前沿，处于厚茂山与鹤岩山门交汇口，需穿过石耕背、桥里方、岗上、西余等村的乡间小路才能到达，交通十分不便。

那时，金华佛手还未得到充分发展，只有青衣佛手单一品种。此物娇贵，产量不高，作为观赏之物，老百姓的经济条件还不足以消费，而作为中药销量又不大，所以价格偏低。最低的时候，成熟佛手只能论斤而卖，每斤才卖两三元。作为金华种植佛手的主产地，北山口村种植面积一度萎缩到几百亩，遭遇了与其他农村共同的困境，那就是大批年轻人逃离家乡外出打工，村里只剩下中老年人苦苦侍弄佛手，佛手成了弃之可惜食之无味的鸡肋。

然而同是这只金佛手，这两年在北山口村却频频出圈，听说当地老百姓的日子越过越红火了。

我突然萌生出到北山口村走走的念头。

说走就走，驾车直奔北山口村。二十年前那条弯七绕八、坑坑洼洼的破水泥路已经完全改道了，导航直接把我从235国道经锦林佛手文化园的一条宽阔平坦的道路引向村口，只需十来分钟就到了。

过了锦林佛手文化园，我远远看到蓝天下一只硕大的金佛手，在阳光下熠熠发光。沿着健康绿道走进村里，正是银杏染黄枫叶红透的金秋时分，绿道两边摆着金灿灿的佛手盆景，空气里氤氲着奇异的清香，清澈见底的池塘里还摇曳着几株枯荷，池塘边的百年古樟枝繁叶茂，延绵的北山仿佛触手可及，整个村子就像一幅色彩绚丽的秋景油画。

走进村里的文旅会客厅香橼馆，四周墙面展示了丰富多彩的佛手文化展览及北山口村的发展历程，柜台上摆着四盆造型别致的佛手盆景，每株结着二三十个果实，玲珑剔透，错落有致，有暗香盈袖，我忍不住深深嗅了一下。

"这就是我们卖得最好的'千指百态'，这一单枝是青果自然变黄的，我们还有'招财''锦上添花'等多个品种呢！香不香？"没想到，从柜台里走出来的是老朋友邢燕，一位非常聪慧能干的"70后"女同志，她在锦林佛手文化园工作了将近二十年。

"香啊！你怎么在这里呢？"

"我2021年年底就回到北山口村了！我们村的佛手现在是供不应求，家家户户都种上了佛手！为了发展村集体经济，我们成立了强村公司，村'两委'一再邀请，我便于2022年1月正式回来工作了。"

说话间，邢燕面前的电话响了："您要的四盆金佛手已经准备好，可以过来拿了！"

刚放下电话，手机又响了。"您是昨天转账八千余元的客户？您把想增加的五盆佛手的钱也一起转过来了？我正奇怪，没有这笔订单，昨晚核对了好几遍呢！不过，您要增加佛手的话，相同的花盆没有了，因为我们今年的佛手销售已经接近尾声。我把现有的花盆发给您看看，您如果喜欢我们马上装盆。"

"你还是像以前一样，风风火火，快人快语。能介绍下你们村的情况吗？"趁她空下来的间隙，我赶紧问道。

"这两年，我们村变化真是太大了！经过'千万工程'和'美丽乡村'建设，村里环境美了，到村里来游玩的人也多了。在当地政府和村'两委'的带领下，我们村开始打造党建引领下的'村集体+种植户+电商'模式，成立了强村公司，开发了佛手文创产品，建立了智能化管理佛手种植基地，村集体收入从2021

年的十二万元增至 2022 年的一百二十万元，今年有望达到三百万元。村民的收入更是大幅度地增长，特别是线上电商和直销带货开设以来，我村人均收入已经达到六点二万元，现在村里有专业直播间十多个，直播账号七十三个，今年光直播销售额就达到了八千万元呢！从外地回家来创业的年轻人不下五十人！"

"佛手变得这么抢手！看来，你这个总经理功不可没！"我笑着说。

"是的，她就是一只'佛手'，是个福宝！所以村里大家都称她为'佛手姐姐'呢！"边上一位妇女抢着说。

……

看着北山口村纤尘不染的居住环境、坐在自家门口怡然自乐的老人、直播间热情洋溢直播带货的年轻人、共富工坊忙忙碌碌对佛手终端产品进行包装的大姐、大棚里挥汗如雨给佛手盆景换上"新衣"的大伯，以及笑脸墙上各个年龄段的奋斗者脸上荡漾着自信舒心的笑容，我真切地感受到北山口村已经搭上"致富快车"，正风驰电掣地奔跑在新时代新农村的康庄大道上！

是啊，佛手遇上了新时代，在"千万工程"和党建的引领下，已经成了农民共富路上的"金果果"，佛手"福寿"，果真是添福增寿、吉祥如意、丰收喜庆的象征啊！

红印馒头飘香千年

在金华，如果说有一种美食最能体现浓浓的年味和团圆的喜庆，最能牵动寻常百姓心底的柔软和温暖，无疑是红印馒头了。

年夜饭是中国传统文化中最具仪式感的家庭团圆宴，而金华的年夜饭最少不了的就是红印馒头。当一大家子热热闹闹围坐在八仙桌旁，你用暄软香糯的红印馒头，夹上一块肥得流油的三层扣肉，搭配上嫩笋干，咬上一大口，馒头的糯韧、扣肉的丰腴、络笋的鲜美，三者之间完美的结合，瞬间调动了味蕾，激发了你全身满满的活力。

团圆真好！年味真美！

对于金华人来说，一枚红印馒头承载着千年祝福的文化传承和人间滋味。

红印馒头一上桌，年味就浓得化也化不开了。

一

品尝金华红印馒头，咀嚼的是悠久的历史和文化。

红印馒头，古时叫大酵馒头，是以酒发酵的浙江著名传统美食。大酵俗称大胶、大窖、大教，古代"胶、窖、教通酵"，足见其由来已久，可追溯到两汉时期中国面点发展的早期阶段。

北魏时期贾思勰所作的《齐民要术》"作白饼法"云："面一石。白米七八升，作粥，以白酒（即甜酒酿）六七升酵中。著火上。酒鱼眼沸，绞去滓，以和面。面起可作。"

金华大酵馒头是浙中西部深受城乡大众喜爱的传统笼造面食，为祭礼供奉、喜庆筵宴、过节馈赠的必备食品，这与《晋书》《齐书》等史书所载相同，是一种礼仪性传统面食，是古老的酒酵工艺的历史遗存，是中国馒头的活化石。

红印馒头外形呈圆丘状，平底圆顶，一般圆顶上印着红色仙桃图案，内标作坊字号；如用于庆典或馈赠，淋裱以福禄寿喜字样，红艳欲滴，庄重大方；还有做成整只金华火腿形状的大型馒头，专供上祭、祝寿、迎亲等场合。

金华最负盛名的仙桥红印馒头，因其外形丰满、酵孔细腻、绵软香糯、嚼劲十足、回味甘冽而出名。而且仙桥红印馒头反复回蒸不变形、不变味，将其紧握掌中，手一张，缩成一团的馒头立刻像海绵似的恢复原貌。

曾经有位食品专家在考察仙桥红印馒头时，作如是评价："金华馒头发酵工艺独特，发酵程度极高，远胜西方面包，尤其是韧劲、弹性和滋润松糯的口感，为西式面包所望尘莫及。它是我国酿造工艺的明珠瑰宝，食中妙品！"

仙桥红印馒头制作技艺已经被列入金东区第十批非物质文化遗产代表性项目名录。

每近年关，天南海北的各路媒体都会循着飘香的红印馒头，来到金华的土地上来寻找浓浓的年味、满满的烟火气息。

二

那么，为什么金华红印馒头会得到当地老百姓的如此厚爱，得到专家和媒体的高度肯定呢？

这当然与世代手工艺人的倔强坚守和匠心传承分不开。

目前，仙桥镇上有姚记、钱记、周记、项记等红印馒头作坊，基本上都是三代以上传人，长的已达七代。

姚记馒头店店主姚国宪师傅的手艺，是从太公手上传承下来的。他十四五岁开始学做红印馒头，至今已经五十余年了。改革开放后，他结束了在外漂泊打工的日子，把位于二仙桥头的老屋改造成为前店后坊，开始了纯手工制作金华红印馒头的生涯，这老店一开就近四十年。

姚师傅说："快四十年了，从开店到现在，我没有关过一天门，完全按照传统古法制作，因为我知道，有许多顾客就好我们老姚家的这一口馒头，从八婺大地各个地方赶过来买红印馒头，我不能让顾客失望。"

"日往则月来，月往则日来，日月相推而明生焉；寒往则暑来，暑往则寒来，寒暑相推而岁成焉。"许多手工艺人一辈子只做一样手艺，守着细水流年，岁月静好，只求现世安稳，其利虽微，却长长久久造福于世。

清代《随园诗话》作者袁枚曾深有体会地说过，馒头"唯做酵最难，请其庖人来教，学之，卒不能松散。"

金华红印馒头能始终保持糯软劲道，制作"窖水"是关键。每天下午，姚师傅要先把蒸成粒状干饭的糯米盛入容器，然后加糯米酒糟（即甜酒酿）、白糖、温水搅匀，保温发酵十二小时，看见表面开始泛气泡并飘出酒香味，就可以滤掉杂汁，加少许食盐搅匀，澄清后即为"窖水"，这一步即耗时又费神，把握不好还可能发酸变味。所以很多地方的馒头作坊已经不再采用这种方法，而改用单纯的酵母发酵法，只需两个小时就能发酵成又大又蓬松的馒头，却失去了大酵馒头该有的细腻和韧劲。

接下来，和面、揉面、醆笼、蒸煮、开笼、戳签等，每一个步骤都来不得半点马虎，否则馒头就会失去其独特味道和饱满坚挺的美好形象。

刚出笼的馒头白白嫩嫩，像一个个未施粉黛的少女。待它冷却后，姚师傅一手拿着从太公手上传承下来的仙桃印章，一手拿着食品级的天然色素红印泥，像一个胸有成竹的化妆大师，麻利地给每个馒头盖上红印，一瞬间就把一个个尚未开脸的少女，变成一个个喜气洋洋的吉祥新娘了！

每到腊月，人们就忙着选购上好的络笋，回家泡发、切片、用淘米水反复浸氽漂洗，一直到络笋够白、够脆、够嫩，才用清水泡着备用；年前三四天，是杀年猪的时候了，平时节俭的主妇毫不犹豫地选择肥瘦相间、层次分明的上等肋条肉——这样做出来的扣肉才纯香，煮熟、炸透，然后挂在风口等着备用。

而这一切，都是为了搭配临近除夕才新鲜登场的这只圆圆满满的红印馒头。

没有人会觉得这个过程太烦琐。

生活中琐碎，都在表达爱意。平常日子再潦草再寡淡，给家人煮上一顿色香味俱全、团团圆圆的年夜饭也会是包含在人间烟火里的浓浓情意。

除此之外，红印馒头还有许多很接地气的吃法，百味能搭，与金华肉圆和各色荤素菜肴都能碰撞出点燃味蕾的火花，可以作为席上主食、家常便"点"，雅俗共赏。

据说，南宋时期金华红印馒头是宫廷贡品，登过大富大贵之堂。

民间尚有油氽馒头夹油炸臭豆腐干，刷上红辣酱，风味绝佳；馒头拖上蛋糊油煎后，撒以花椒盐，香美诱人；用两只热馒头夹上一根香肠，则类似西方的三明治，正成时尚；还有著名的金华馒头酥，以隔夜馒头去皮后搓成屑，拌以生猪油、白糖、桂花等制成小宝塔形，用菜籽油炸至焦黄，清香酥甜……

人间烟火气，最抚凡人心。

三

红印馒头里承载着烟火味、乡愁味和团圆味。

小小的红印馒头，是有别于普通糕点食物的独特美食，更是金华人记忆里的家乡味道。

走得再远，游子惦念的还是儿时的烟火味道，打开味蕾，就好像打开记忆深处老家的那扇大门。

我的舅舅20世纪60年代清华大学毕业后，留在北方从事军事电子工程上的工作，有一年他获批回家探亲，当白发苍苍的老母亲端上了他最爱的红印馒头和扣肉络笋，他忍不住流下了眼泪：北方多面食，但是让他魂牵梦绕的，还是家乡的红印馒头，仿佛是故乡在远方的召唤，也是游子心心念念的舌尖上团圆。

求学在外、工作在外、打拼在外的金华人，谁能忘却这份植入骨髓的家乡美食？谁又能拒绝这寓意吉祥、团团圆圆、美滋美味的红印馒头呢？

繁华盛世，百姓生活如芝麻开花节节高，食品更是琳琅满目，丰富多彩，但红印馒头永远不会离开丰盛的餐桌，因为红印馒头里蕴含了丰富的文化和传统。

十多年前，本地有位摄影家曾经在当年获得了全国性摄影大奖。他拍摄的画面即以层层叠叠刚出笼的红印馒头为前景，聚焦端着一笼氤氲着蒸气的馒头的人，那人的脸上全是幸福满足的笑容。这张摄影作品名字就叫作"蒸蒸日上"。

一笼笼馒头是一笼笼"红红火火、蒸蒸日上"的美好愿景。

当辛苦奔波了一整年的家人团团圆圆地围在桌旁，当父辈和儿孙们共同举起了祝福的酒杯，当妈妈端上了喜气洋洋的红印馒头和热气腾腾的扣肉络笋，每个人的脸上都洋溢着满满的幸福和希望。

过去一年，碰到的所有艰辛，遭遇的些许挫折，不都是生活中的小小点缀吗？

这只传承千年的红印馒头，把游子的心和浓浓的家乡情紧紧地连在一起。

"缸窑宋"的尘世烟火

恰有金华一樽酒，且置茅家双玉瓶。

初识宋宅，媒介正是金华这樽美酒。

一次朋友聚会，闺蜜灵丹带了一坛十年陈的莲子酒，开坛醇香扑鼻，酒色晶莹淡黄，入口醇厚绵长，饮之唇齿留香，一桌酒友直呼"好酒好酒"，觥筹交错，你来我往，直喝得一坛十斤酒见了底还不肯结束。更难得的是，这酒饮后口不干、头不痛，反而神清气爽，通体康泰。

有道是"酒香不怕巷子深"，金东区澧浦镇宋宅村的王福能白酒加工坊就这样撞进了我的视野，其土法制作的金华白酒甘冽爽口，回味悠长，令人久久不能忘怀。

酒是文化和友谊的媒介。正是因为金华这樽美酒，我认识了勤劳善良热情好客的王福能夫妇，多次走进宋宅村，逐步了解了"缸窑宋"的历史和乡愁，并且被这片纯朴美丽的土地所深深吸引。

去年国庆长假，王福能夫妇热诚邀请我、灵丹及几个老友到宋宅走走。金秋十月，丹桂飘香，正是休闲观光好时节，我们一行人就欣然驱车前往。

从金东区政府到宋宅大约一刻钟的车程。宋宅村位于金东区澧浦镇镇东南一点五公里，东接灵岳山山脉，村南与毛里村相连于乌龙岗，村西南接汪宅前村锁元三村并汇王姆山，王姆山保留有王姆山炮台。据咸丰十年平望宋氏重修宗谱序中称："出而揽胜山川，左望之则低山环抱如龙蟠也，右望之则高峰嵯峨如虎踞也，望其前则诸峰罗列，若隐而若显也，望其后则万壑奔腾，忽起而忽伏也。"显见当时此地风光更胜一筹，实在是个宜居宜业的风水宝地，难怪数百年来这个江南小村落民康物阜，安泰祥和。

王福能家就在金义南线边上，入村口第一幢美丽的小楼房，掩映在一片葱绿的盆景花卉之中，楼上住人，楼下制酒，女主人娈英是一个聪慧勤劳的女性，写得一手好字，是村上的女秀才兼会计。我们一到，娈英陪着我们先到村里转转，说是让我们看看新时代的新农村。

宋宅村以"宋"氏为主姓，族谱记载其始祖为殷后微子启，封于宋地，子孙以国号"宋"为姓氏，其后分分合合，多次迁徙，唐代大诗人宋之即为其先祖，后自义乌桥亭头迁至金邑宋宅已达六百年，其祖允焕公率子孙迁址到澧浦镇宋宅村以制陶为主业，从里缸窑开土垒龙窑、制陶器，缸窑是生产场地，宋宅作为居住地，故村有别名曰"缸窑宋"。

缸窑宋宅所制的陶器，并不是珍藏在陈列柜里高大上的艺术品，而是我们儿时经常看见的最具生活气息的日用品，像盐坛、筷筒、饭壶、茶叶罐、锅盖、肉钵等生活器皿；酒缸、酒坛、酒漏斗等盛酒容器；氨水坛、水管等生产用具；还有就是建房用的瓦片，经高温炼制的叠窑副产品"层垫"，都是垒墙建房的绝佳材料，如今缸窑宋宅还保留着古老的层垫墙，古色古香，错落有致，别具特色。缸窑宋宅生产的陶器，在20世纪六七十年代销量盛况空前，村集体经济在金华县（今金东区）也算是名列前茅，但随着塑料和不锈钢等制品的出现和普及，在80年代末逐渐走下坡路直至彻底没落。

　　而那个曾经热火朝天、长八十余米的龙窑，在无人管理的情形下，久经风雨侵蚀，也倒塌了，唯有龙窑下那棵历经四百多年的老樟树还在默默坚守，似乎在等待着时代变迁，万物轮回。

　　然而，宗祠和乡愁是中华儿女千百年来最不能割舍的情怀。乘着"打造特色美丽乡村，持续助力振兴乡村"的政策东风，在上级领导的关怀下，冷落萧条了二十多年的"缸窑宋"迎来了新的春天。

　　首先是修缮宋氏宗祠。宋氏宗祠就像整个凡尘烟火中的"缸窑宋"一样朴实无华，属于非常普通的民间小祠堂，只有一进一天井，面积不过百平方米，据祠堂里陈列的一块同样非常普通的青石碑记：该祠堂建于清光绪丙戌年间，距今已有一百三十多年了。不同于明代建筑肥梁胖柱的雍容华贵，建于清代的宋氏祠堂木式梁柱中规中矩，细眉细目，温婉安淡，唯有岁月侵蚀遗留下来的些许熏黑和沧桑，提醒着人们这是一个经历了上百年风雨的老祠堂了。祠堂里除了宋宅的人文历史和发展变迁的介绍，还有宋氏家风家训高悬其上：曰孝，曰和，曰尊，曰礼，旨在以孝当家，以和为贵，所以"缸窑宋"六百多年来"风俗敦庞，人情淳朴"，也是有历史渊源的。

　　"换窑喽！"窑厂换班时响彻宋宅上空的那声高亢昂扬的呼唤，是儿时的记忆，是梦中的天籁之音，曾经烟火滚滚的龙窑是"缸窑宋"人心中对过去六百多年制窑历史的念想。2017年，废弃的龙窑得到了修缮，就建在后山自然的缓坡原址上，窑头（底部炉斗）到窑屁股（顶部）出烟口（平底烟仓）大致呈三十度角，利用自然地势的高低落差和空气气流由低向高处流动的原理，使火路顺畅地自下而上，逐段烧制，充分显示了陶器艺人聪明的才智。新修复的龙窑虽比旧窑缩短了二十多米，但仍然长六十多米，黄泥覆盖的龙身浑厚古朴，青砖垒就的龙顶苍劲高昂，气势恢宏，蓄势待发。

宋宅村委又借助打造美丽乡村的东风，在修复龙窑的基础上，建立了龙窑遗址公园，那棵坚守了四百多年的大樟树，终于迎来了新的春天，焕发出勃勃生机，加上不远处几株相对年轻的巨大樟树，连着后山上郁郁葱葱的树木，只觉得岁月葱茏，心旷神怡。沿着用层叠砖垒成的独具特色的台阶漫步而上，巨大的龙窑犹如一条卧龙，正欲冲天而上。樟树边一副巨大的对联说得好："华樟翠千秋岁月，龙窑红万代子孙。"

龙窑遗址公园边上的老屋已经略做修缮，准备用作村里陶艺制品的陈列馆。娈英还热情地带我们走访了已故缸窑陶艺传承人宋荣庆家，宋荣庆的女儿把老人遗留下来的部分陶艺制品一一搬出来，如米坛、花瓶、水缸、座墩等，釉色明媚，图案精细，做工考究。宋荣庆的女儿很自豪地说："这些都是父亲亲手做的，我的陪嫁里也有不少，我都宝贝似的收藏着，到现在还是油光锃亮！"

我问娈英，现在村里还有没有人在做陶器，娈英说："有的有的，现在还在做呢，我带你去看看。"

宋开友就住在村东头，是目前村里唯一还在坚守祖传技艺的陶艺人。他十七岁开始学艺，主要做酒坛、酒缸、盐罐等生活用品，20世纪90年代因市场经济的冲击，本地陶瓷厂关停倒闭，他只能外出到安徽、诸暨、衢州等地的陶瓷厂里打工。2005年，舍不得祖技荒废的宋开友，回到老家通了一口"火囵窑"，开始重操旧业。在开业前，他做过充分的市场调查，主要以生产炭烤酥饼炉芯室、外装饰花瓶为主。金华酥饼历史悠久，驰名中外，生产量和销售量都挺大，而宋开友的炉芯因受热均匀、结实耐用，烤出来的酥饼脆爽酥香，而深受酥饼作坊的欢迎。目前他的炉芯室不仅供应金华本地及周边地区，甚至远销新加坡及"一带一路"沿线国家，供不应求。

宋开友的陶艺作坊就建在自己家里，一楼制作，楼上住人，门口就是一口简易的"火囵窑"。我们到时，宋师傅正在独自搓泥团，这是一项费力的辛苦活，可宋师傅却满脸带笑，干得很快乐，制陶工艺要先挖采泥，然后加水醒泥、踩泥、搓团、造型、敲花、阴干、高温煅烧等一系列工艺，每一步都不能马虎，稍有差池就可能导致整批陶器全部报废。

宋开友的笑容特别纯净朴实，他说能做自己喜欢的活就是一件幸福的事，他最希望的是他的儿子能接他的班，现在儿子已经基本学会了陶艺，想到老祖宗传下来的手艺能代代相传，他觉得人生就是完美的。

其实这是中华民族绝大多数艺人工匠的共同愿望和心声，也是中华儿女五千年文化传承不息的精髓所在。

回到王福能酒坊已近正午，王福能不仅酒酿得好，还烧得一手农家特色小菜，最妙的是所有食材都在自家地里生养，甚至连爆炒的小龙虾也是自家田里抓的，作为主菜的肥鹅已经养了两年多，一桌菜肴虽然普通但胜在绿色健康，清新爽口，再加上特制的陈年老酒，边吃边聊，畅意人生，满满都是平凡人家的烟火气息。

王福能是个退伍军人。他从小受到家传金华酒酿造技艺的熏陶，师从金华第三代粗粮酿酒大师、娘舅朱根土，得到身负祖传土法酿酒技艺娘舅的悉心真传；参军期间又在部队培训班上悉心学习各地的水果酿酒技艺。退伍后他潜心钻研金华土法粗粮酿酒及水果发酵酿酒技术，经过三十多年实践摸索、总结推进，独创一套土法酿酒技艺，于是便在自己家里办起了粮食、水果白酒加工小作坊。由于王福能酒坊的粮食白酒闻起来酱香浓厚、喝起来纯正可口，水果类白酒以独家特色果酒曲引导发酵，力求保持水果原有香气和营养成分，他家的白酒深受人们喜爱，周边拉来自家的杂粮和水果请他酿造白酒的人越来越多，王福能的知名度也越来越高，他注册的商标"醉醉福"白酒在当地已经小有名气。2019 年，王福能酒坊因为其酒土法酿制、品质优良，荣登浙江省名特优食品小作坊榜单，目前正在申报金东区非物质文化遗产项目。

王福能还有一个特长，那就是酒量惊人！所谓"人生大笑能几回，斗酒相逢须醉倒"，酒过三巡，大家受主人的热情和豪爽的感染，都已经陶然而醉。这时，略微有点酒意的王福能抱着吉他唱起了金东著名的那首《在那桃花盛开的地方》，他的音质高亢圆润，且唱得声情并茂、婉转悠扬，真是余音绕梁、久久不绝。我这才知道，王福能还是澧浦镇曲艺家协会的理事呢！

现在各地各村都在不遗余力地挖掘地方文化，其中自然不乏名门贵族或者历史名人，但大多数其实还是尘世烟火中的平凡人家。

"缸窑宋"就是这样一个充满烟火气息的普通乡村，生活着一群朴实淳厚的普通百姓，用自己特有的方式在金东这片诗意的土地上怡然自乐地生活着。

五月蔷薇逐云开

昨天，赤松的老朋友艳聪打来电话："我家的蔷薇开得闹猛，你快过来看看吧！有喜欢的挑两盆，这可是三年前就约定的噢！"我不禁内心一热，想起文文弱弱的她，一边和先生认真办企业，她家的好乐多休闲食品已经销往全国，一边细心打理家庭，小小的院子里摆满了吊兰、绿萝、兰花等，虽然只是常见的花卉植物，因为用心呵护，总是一派生机勃勃。

那年暮春，艳聪亲手栽种的樱桃红了，也是这样一个美好的五月，她热情邀约我去分享她的劳动成果。她家的屋后就栽着小小一片樱桃树，在暮春明媚的阳光下，挂在树梢上成熟的红樱桃就像一颗颗晶莹剔透的玛瑙。我品尝着刚刚摘下来的鲜嫩水灵的樱桃，目光却不期而遇地被几株盛开的蔷薇吸引了：和煦的阳光下，房前屋角的蔷薇正绽放着一年最美的芳华，不等谁来赏，不惹蜂蝶舞，端的是寂静花开，娇艳无敌！

"太美了！"我忍不住赞叹。

"蔷薇很容易养殖，你若喜欢，我帮你插几盆吧，来年春天你就可以来拿了。"她笑着说。

"好呀好呀！"对于美丽的鲜花，我永远缺乏"免疫力"。

白驹过隙，忽然而已，一晃已过三年，有心的艳聪竟然还记得。

今天，正值五一劳动节，我欣然赴约前往。

天空微雨，清晨的乡村特别静谧，道路两边的盆景品种丰富、造型独特、色彩斑斓，不远处的北山郁郁苍苍、云雾缭绕。江南的五月，空气中总是流淌着酸酸甜甜的味道，因为路边吆喝着在卖的本地水果，樱桃、枇杷、杨梅，差不多都酸爽甜美，让人口舌生津。

路上，我私心以为，艳聪必定是在房前屋后遍栽了蔷薇，那定能把她那个小庭院营造出"水晶帘动微风起，满架蔷薇一院香"的唯美境界。

谁承想，从赤松镇王宅村拐入通往她家的小路，不远处，一大片五彩缤纷的花海突然跃入我的眼前，随着五月的微风送过来阵阵清幽的芬芳。我忍不住惊叹，立马把车停靠在路边，撑着伞就走进了路边的花园中，一边观赏盛开的蔷薇，一边给艳聪打电话。

此时正值五月蔷薇花季，大片的花朵开得恣意，红的像火，粉的似霞，鹅黄娇嫩，雪白高洁，一朵连着一朵，一朵压着一朵，高高低低、层层叠叠、簇簇拥拥、热热闹闹，有迎风摇曳，有低眉带羞，有凝露花蕊，有含苞待放，有大如斗碗，有小巧精致，千姿百态，美不胜收！

不一会儿，艳聪夫妻两人都过来了，我不禁问："短短两三年，你们怎么培育了这么多的蔷薇花？"

"开始我们就种着玩，可没想到蔷薇并不费事，随便一插就成活，而且只要料理得当，枝枝蔓蔓越长越多，就一发一可收拾了！加上我们村里人受到启发，也开始种植蔷薇并放到网上销售，生意挺不错，所以现在越种越多，已经有几百亩地了！"艳聪越说越开心，"我家这些可都是我亲手栽种的噢！你看院里一片，山脚一片，路边那些，美不美？"

"太美了！简直出乎我的意料！"我们一边说，一边走到了她家的小院，门前那长长一排蔷薇是三年前就栽下的，如今已经长到一人多高。因为种在地里，花开得尤其大，每朵都大过成人张开的手掌，硕大的花朵压得枝条几乎都直不起腰，只在风中楚楚可怜地摇曳。

艳聪家的西边，是村民们种植的大片盆栽蔷薇，有扦插有嫁接，虽然不是很高大茂密，但色彩丰富、品种多样，一盆一盆井然有序，占据了西北侧大片的黄土丘陵，怒放的花朵似乎就要随着北山脚的云雾一起羽化升天了。

在这夹杂着泥土气息的芳香里，我的思绪飘回了孩童时代。那时的农村贫瘠，除了田野时随意开放的野花野草，家里养殖的花草并不多。我家隔壁小伙伴娟娟家有个小小的天井，高高的墙壁上长满了蔷薇，一到五月，我特别喜欢到她家玩，因为那时花开正好，满庭芬芳，一朵朵粉红的蔷薇就像女孩红润润的笑脸，调皮地爬到高高的墙头上。我们俩常常一起仰头看花，美丽的蔷薇仿佛在和蓝天上流动的白云嬉戏，不禁心生羡慕，多想自己就是其中的一朵，也能盛开在蓝天白云之间。

社会进步，时代变迁，基本解决了温饱需求的中国人，骨子里深深的浪漫情怀和对美的追求永远不会改变，"棠棣之华，鄂不韡韡"，"维士与女，伊其相谑，赠之以勺药"，"山有扶苏，隰有荷华"，美好的生活，哪里能够少得了鲜花的点缀？随着生态环境的不断改善和养殖水平的持续提高，到处是鲜花长开的公园、五彩缤纷的花园、精致多彩的花铺，因蔷薇易养护，成长快，善攀爬，观赏价值高且十分喜庆，栽在公园、庭院、学校、单位等的围墙边上，不占地方且美得惹人注目，已经成了五月城市的花魁、庭院的宠儿。记得前两年，我偶然路过浙师大，长达数里的蔷薇爬满了学校四周的栏杆，茂密的叶子翠绿欲滴，粉红的蔷薇花明艳妖娆，芳香四溢，绵延不绝，叹为观止，据说已经成了五月婺城最美的婚纱摄影取景基地之一。

艳聪不仅自己养育了大片的蔷薇，而且带动了村民们把种植蔷薇当成一份事业，依托发达的快递业把美丽送到了千家万户，这真是意外之喜！而我，不但观赏到了五月最美的风景，还收获了两盆她经心准备的颜色各异的蔷薇，让我把美丽和好心情带回了家。

美好的五月，美丽的蔷薇，让我沉醉，让我的心情像花儿一样逐云盛开，衷心祝愿我的朋友和所有人美丽常在、幸福永驻。

问道赤松宫

松老赤松原，松间庙宛然。人皆有兄弟，谁得共神仙。
双鹤冲天去，群羊化石眠。至今丹井水，香满北山边。

——唐·舒道纪

穿过二仙桥村（赤松镇政府所在地）西北侧飞檐重彩的牌坊，往北山行，道路盘旋，绿荫蔽日，湖水清冽，行六公里，过赤松涧，可见青山妩媚，林木葱茏，紫气萦然，梵音袅袅，雕梁画栋，楼宇肃穆，是为赤松宫。

大仙羽化升天之地，确乎仙境。清晨，看晨曦初透，万木欣欣，傍晚，听暮鼓声声，倦鸟还巢。晴日，观霞光万丈，福泽生灵，雨天，赏云遮雾绕，仙气飘飘。元机洞殿大仙禅定，迎神牌坊仙乐飘飘，卧羊山岗白石待叱，绿野仙踪曲径欲迷。

自晋而今，金华山一直为道教名山，赤松宫香火鼎盛，曾被誉为"江南道流冠冕"，亦曰"江南道宫之冠"。

我在二十年前因缘有幸参加农历八月廿三的黄大仙庙会，被来自全国各地及东南亚地区的道教信徒自发组织的庙会盛况所震撼。而后为探寻道教文化和赤松仙踪，我曾无数次走进这片土地。

穿过赤松宫主殿元机洞前高大的迎神门，循着长长的青石台阶往下行走，两旁林荫浓密，仿佛穿越千年时空。行至谷底，便是明净清幽的大仙湖，湖畔立有"赤松宫遗迹"的石碑，据传此处为黄大仙兄弟得道飞升之圣地。

《金华赤松山志》曰："二君（大皇君黄初起、小皇君黄初平）既仙，同邦之人相与谋而置栖神之所，遂建赤松宫，偕其师赤松子而奉事焉。"《晋书·地理志》也记载了金华山有史以来的第一座道教宫观为"赤松子庙"。唐代时赤松宫香火旺盛，到了五代时期，吴越国的开国君主钱镠重修了赤松宫。宋真宗于大中祥符元年（1008年）为赤松宫御笔赐匾，更号为"宝积观"，但民间及历代诗文，仍以赤松宫、赤松观、宝积观等多名并称。

1958年，因建造山口冯水库（后称"大仙湖"），宫庙拆迁他处，宫址淹于水库之下，千年古刹几经波折，至此不复存世。

1992年，当地村民不忍古迹毁圮，在大仙湖北岸赤松宫遗址旁，重建了二仙殿，殿中供奉黄初平、黄初起两位大仙，并保存有民国丁巳年（1917年）铸造的原赤松宫铁钟、供台及各朝石碑等遗物，殿前立"赤松宫遗址"碑。

也就是这一年，香港的罗真玉道长与赤松宫结缘，不久即抛下红尘俗世和家族企业，不远千里，只身来到赤松大仙湖畔修行，并立志复建赤松黄大仙宫。

经过二十多年的修建，赤松宫终成规模，渐显当年盛景。宫侧路口有"赤松道院"牌坊，宫前有"迎神"门面临大仙湖，其主要建筑分别为元机洞、老君殿、观音殿、元辰殿、三圣殿、万圣阁、文化园，元机洞为主殿，正中主位供奉的是黄初平铜铸端坐像。黄大仙因"解劫消灾、普度众生、汲井愈疾、叱石成羊"等事迹而深受民众爱戴。景区还设有文化国际交流中心、丹茶轩、兰花苑、文化苑、八仙殿、宸翰堂、戏台、义诊楼，以及为游客和信众服务的"物外仙境"宾馆、"瞻翠阁"客舍、"松风苑"客舍、"醉仙楼"和"松风楼"及"绿野仙踪"等建筑。自重建以来，赤松宫广行善事，开展义诊赠医施药、捐资助学及救灾扶贫等活动，常年不懈。

赤松宫西北方，是黄初平道长曾经炼丹的炼丹山，东面则是"叱石成羊"的卧羊山，赤松涧于宫殿的东侧、两山之间流注大仙湖。

我曾和"驴友"从兰溪黄大仙故里，沿着牧羊古道徒步五十里，翻越十余座山峰，寻找初平牧羊途中的遗迹，石门槛、茶山岗、西山寺依旧，可叹牧羊人早就销声匿迹，羊群已成累累白石。我也曾和云山、果巴两友穿行炼丹山荒草丛生的羊肠小道，在茂密的杂树野林里探访大仙炼丹遗址，可惜炼丹井、炼丹台基依旧，炼丹人却已驾鹤仙去。

今天，我再次来到赤松宫，意外邂逅清虚道长。

清虚道长目光清明，神情安然，彬彬有礼，不亢不卑，是"80后"大学生，四川人，毕业于西南政法大学，因为酷爱道教文化，大学毕业后开始走访全国各地的知名道观，最终留在赤松宫修行，至今已经十余年了。

"请问清虚道长，您为何选择赤松宫？"

"缘分。"

"能给我等讲讲道文化吗？"

"道教文化已有近两千年的历史了，尊奉黄帝为始祖，也称为'黄老之学'。道文化博大精深，最基础的经典是《道德经》，道生一，一生二，二生三，三生万物。"

清虚道长送我们至山门，挥手告别，风中，她从容安详，意态空灵，衣袂飘飘，仙风道骨，岁月仿佛不曾在她的脸上留下印迹，颇有几份超凡脱俗的仙家气派。

老子曰："为学日益，为道日损，损之又损，以至于无为，无为而无不为。"

愿她学有所获，修道有成，而我亦有所悟，再寻机缘，问道于赤松宫。

小欢喜：遇见米糕

据说金华古子城酒坊巷的半壁江山素食餐厅非常有情调，那天，邹朝霞老师偕女儿十五特意约上我和小女文文一起前往探店。

小店隐于古街深处，闹中取静，别有天地，不仅就餐环境布置得典雅古朴，上来每人十道素食小菜，道道有颜值、有诗意、有味道，精致得令人不忍下箸。特别是最后上来的餐后点心，小巧玲珑，造型逼真，入口即化，回味绵长。这美食不仅要求厨师得通厨艺，还得精绘画、雕刻和诗词，真是行行不容易，我等感慨不已。

用完餐走出包厢，炎炎酷暑之期，小小天井里竟然飘舞着雪花，在朦胧的灯光下纷纷扬扬、晶莹如玉，惹得小朋友欢欣地伸出小手去捕捉，真正是"雪飞炎海变清凉"。

正当我忍不住惊叹老板的绝妙创意，不经意间，看到小店的货架上摆着几盒糕点，外包装非常雅致，也特别眼熟。十五说，这是店里的特色米糕，就是我们刚才品尝过的小点心，她经常买来送朋友。

米糕？我马上拍下几张照片，发给了以前的一个老朋友杨国荣，金华正牌食品厂的老板。

"您在半壁江山？向您分享一个好消息：我的产品终于走向

全国了！我向您承诺过，我的产品要推向全国，我做到了！您什么时候有空，一定要来我厂里走一走！"国荣的喜悦和自傲那么浓烈，任是屏幕和距离也挡不住。

"祝贺你！我一定来看看。"我由衷地为他高兴。

我曾经在市场监督管理系统工作过，监管食品安全整整八个年头。

金东区有一百多家食品生产企业，是除了义乌市以外食品生产企业最多的一个县级区域，火腿、金华酒、酥饼、佛手等金华最具特色的产品都集聚在金东区。

金华正牌食品厂原来是一家专门生产糕点馅料的企业，金华地区很多月饼和糕点的馅料都由该厂提供。老板杨国荣是江西赣州宁都人，1977 年出生，十八岁就外出打工，先是到广州学习馅料制作，两年后到杭州芸香楼食品厂做馅料师傅，二十三岁被金华美然食品有限公司聘为厂长，认识了同在美然打工的金东区江东女孩蔡艳飞，之后相识相恋并喜结良缘，2001 年夫妻俩一合计，就在江东镇国湖村和亲戚合伙开创了糕点馅料生意。

国荣是一个踏实、勤奋、肯钻研，对自身产品质量要求非常严格的企业主，自己研发产品，自己兼任质量检验员，一丝不苟。因为厂房是租用的，也曾几易其地，搬厂选址及厂房设计期间曾经几次请我前往指导，有过不少的接触，也给我留下了特别深刻的印象。

2017 年搬新厂，在厂房设计前和我探讨过未来的发展，当时他已经有意向在单纯生产半成品馅料的同时，增加终端成品的生产，主打产品的就是米月饼和米糕。他曾经把自己设计的几款外包装给我看过，美观大方，古色古香，满满的金华文化元素，其中一款由百岁画家施明德老先生题字的《金华腔调》更是记忆犹新，过目难忘。当时我就觉得，如果产品好，加上这样有内涵的包装，一定能一炮走红。而我在半壁江山看到的，就是这款产品。

杨国荣是一位有心人。早些年在金华乃至全国，流行的广月和苏月大多数都是用面粉制作。在给糕点厂送馅料的过程中，2012年他无意中认识了永康市糕点厂的一位退休老师傅，那年已经八十多岁了，手上有制作米糕和米月饼的独门技术，八婺大地基本没有人会做了，老人家担心该项技术在自己手上失传，看国荣人实诚善良，就无偿把技术传教给他。

不过当时国荣还没有能力自己生产，就把该项技术教给了金华一家知名的生产酥饼的糕点企业，可惜做了一年，没有打开市场，这家企业就放弃了。第二年，他又把该技术教给糖古糕点坊，并通过楼师傅糕点的销售渠道，终于把米月饼推向市场，如今金华地区，楼师傅米月饼的知晓率和市场占有量已经很高了。

然而国荣心中的梦想一直还在，那就是把米糕推向全国。

梦想的实现需要努力的过程，然而往往理想很丰满，现实却很骨感。2017年上半年，国荣本来打算到城区为儿子买一套学区房，当时的房价是每平方米七千元，夫妻俩看好房子准备签约时，正巧和经销商谈好合作意向，国荣就决定缓一缓再买房，把购房款投资了生产。谁知，那年金华房价大涨，到下半年竟然涨到每平方米一万六七元，他曾经向我哀叹："我这个决定直接损失一百万元，我们这样的小厂，该好几年做了。"

幸好妻子燕飞很支持丈夫，国荣也没有时间后悔，他把更多的精力放在研究和开发产品上。

没有想到几年之后，我会在这么浪漫又意想不到的地方，邂逅这款老朋友用心打造的米糕，分享国荣梦想实现的快乐，内心涌起了小小欢喜，就打定主意要抽时间去看看他们。

这天，我驱车前往，正牌食品厂还在江东镇国湖村的老地址，也就二十分钟的路程。

中秋马上就要来临，正是米月饼的生产旺季，几十个穿着工作服、戴着帽子和口罩的工人正在干净整洁的车间里工作，外包装间和仓库里成箱的米月饼堆得满满当当，等着车辆前来拉货。

国荣夫妻俩看到我来很高兴，艳飞马上端上一盒自制米糕。

我的眼睛一下子被盒中各式各样的糕点吸引住了：绿色的树叶、洁白的桂花、红色的梅花、粉色的寿桃、多指的佛手，还有一节多孔的莲藕，完全可以以假乱真，精致得不像是入口的食物，简直就是手工艺术品！

不觉就想起了《红楼梦》第三十五回，宝玉挨打后，大家都奉承着，问他想吃点啥，他说："也倒不想什么吃，倒是那一回做的那小荷叶儿小莲蓬儿的汤还好些。"于是，贾母便一迭声地叫人做去，一时却找不到模子，后来还是管金银器皿的送了来。凤姐因此说："口味不算高贵，只是太磨牙了。"曹雪芹老先生花费这么多笔墨来写这件事，可见贵族人家对于高档饮食的色香味形多么重视，小吃的模具是当金银器皿收藏着呢！

我小心翼翼地拈起一块莲藕米糕放入口中，糯软弹滑，清香微甜，回味悠长，加上外形俏丽精美，实在是绝妙的茶点小吃！

"这些糕点如此精致，模具是哪里买的呢？"

"模具都是我们自己设计研制的。其实米糕的配料也是我自己反复试验、不断改良的，这已经是第三代产品了，才得到客户的一致认可。刚开始向老师傅学习的配料，因为受时代的限制，配料偏向于高糖高油。现代人追求健康，口味要求相对清淡了。现在我的米糕已经走向全国，除了西藏没有发货，其他省份全面铺开，当然目前还是江浙沪销量最多。越南、柬埔寨等国则通过宁波港口发货。已经有四十多家电商在销售我的产品，目前我的米糕销售量在抖音食品榜上排名第二！"国荣一边和我聊着，手机上一边不断有订货电话和信息，他说："每天早上，我睁开眼第一件事就是看手机，电商一般都是半夜下单，我早上起床就开始接单。网上销售模式就是时间要求紧，而且现在年轻人追求新颖的高品质生活，要求不断出新品，这就倒逼企业不断更新换代，是压力也是动力。"

其实，创业的过程都非常艰辛，特别对于十八岁就赤手空拳外出打工的杨国荣来说。他从一名学徒，成为一名师傅，又被聘为厂长，后来与人合作开厂，一直到自己独立办厂，一步一步走过来，其间遇到的挫折和历练，一般人是无法想象的，但他和妻子两个人一直坚持一个原则：质量第一，诚信第一，与人为善。哪怕在最困难的时候，他们也从不拖欠原料款和工人的工资。

记得 2008 年独立办厂时，他们资金困难，人手不够，出生不久的儿子没人带，就只能用纸板箱带着。有一次，真是穷得连买米的钱都拿不出来，永康有个老客户正好来进货，看到他们的困境，就把接下来几个月的预付款直接打过来，帮助他们渡过难关，还鼓励国荣说："兄弟，你一直没把做食品的初心给丢了，我相信你，一定会做大做强的！"

三年疫情期间，江东镇农户自产的桑葚滞销。桑葚是非常娇贵的果实，如果不及时采摘，或者采摘后不及时处理，马上就变质腐烂。正牌食品厂本来在生产一款血糯米核桃糕，网上销量很不错，喜欢钻研的国荣看到农户们为挂在枝头的桑葚发愁，就开始琢磨着能不能用桑葚做成新产品，为当地农民做点力所能及的好事。于是，他就从农户手上采购了桑葚，熬成泥，加上核桃，做成了桑葚核桃糕，放在网上卖，不想一炮打响，酸酸甜甜的桑葚核桃糕一下子就卖爆了，每天需要好几吨的桑葚原料，反而因为江东的桑葚产量不够而脱销了。

镇里的干部说："杨总，你帮农户解决了大困难，又帮助周边群众解决了富余劳动力，这才是真正带动农民富裕的民营企业！"

为此，浙江卫视的记者特意赶到现场采访，并进行了专题报道。

"江东的蜜梨品质好，产量高，我明年还想尝试开发雪梨糕。镇里也非常支持我，已经帮助我从农户手上流转了一些荒地，目前正在建造厂房。明年，我就可以搬到自己的厂房里了！"国荣热情地介绍，还邀请我到时去参观。

"好的，相信你的米糕会越做越好，越做越美！"我由衷地祝福这对诚实勤奋的夫妻。

一场自发的签名赠书活动

　　微信平台的社交优势是显而易见的，它缩短了世界的距离，影响着人类的舆论和交友。

　　前几天，江景公寓的小区业主微信群里，美女米兔说在其他群里看到我的文章《外婆的雅畈肉饼》，读到最后，才知道是小区邻居的作品，就把它转发到我们业主群里。她说："我曾经在雅畈上过两年小学，对图片上的老街有几分记忆，读着文字，思绪一下回到了小时候，满满的回忆扑面而来，很想回去看看记忆里的老街，找找街口那个大饼油条铺子。"

　　我们业主群向来比较热闹，几个"活跃分子"读了文章，都毫不吝惜地点了赞。一起晨跑的跑友小薇看到了，就在群里为我吆喝："醉红自暖，很喜欢你写的文章，文笔细腻优美，有伤感，有温暖，还有浪漫情怀。"她建议米兔有时间读读我出版的散文集《手有余香》，并把书的封面发到了群里。几位邻居交流得挺热烈，就商议着要把"潜水"（网络用语，指在社交平台上静静地观看而不发表意见）的我"艾特"出来，问哪里可以买到这本书。

　　那天早上，我一直在忙，没有时间看手机，倒是女儿看到了，截屏发给了我。其实作为一名文学爱好者，有读者喜欢自己的作品，那是一件非常开心的事情，于是，我非常爽快地承诺：

"有需要的可以在群里留言，我签名赠书！"

没有想到，在这个电子产品和快餐文化充斥的时代，我们小区会有那么多家长希望孩子能静下心来多看看书；更没想到，我们这个小区竟然有这么多学龄儿童！在短短两天的时间里，群里竟然接龙报了一百五十多名要求签名赠书的邻居，其中有自身喜欢读书的读者，有中考考生的母亲，有小学生的父亲，也有高中阶段的莘莘学子，还有一位母亲私聊我，说她的孩子非常喜欢文学，今年刚考上了浙江师范大学的汉语言文学专业，想请我给他写上几句勉励的话，希望他能在文学之路上走得更远更高。

这时，物业经理也私聊我，问报名是不是需要截止到一定名额。我想这是一件挺有意义的活动，目前我手里的书还算充足，就是签名需要费点时间，但也总能完成，何况一言既出驷马难追，就谢绝了她的好意。

当天晚上，我就按照报名顺序开始签名题字了。

说来汗颜，因为做了二十多年的临床医生，当年每一份病历和处方都是手写的，每天要接待不少病人，从问诊、检查、手术到处方等环节，都需要自己一手完成，加上我又是个急性子，钢笔字就越写越潦草，给人签名实在拿不出手。倒是这些年一直在练习毛笔小行书，所以只要有条件，我还是喜欢用毛笔签名。这次求书的以小朋友为主，好几位家长就希望我附上一两句鼓励的话。我想，既然承诺了签名赠书，那就认真做好吧，当然也希望自己的书能让拿到手的读者真正喜欢，能对青少年起到有益的作用。

第一天，晚饭后我沐浴焚香，用了两个多小时，终于完成了三十本书的签名，并为所有的孩子在扉页上写下一句句衷心的寄语："循梦而行，向阳而生""执笔为剑，笃行逐梦""以梦为马，不负韶华""但莫管春寒，醉红自暖"……第二天一大早，我上班前把签好的书交给物业，让他们帮忙保管发放。拿到书的家长和孩子都非常高兴。也许，在实用主义和功利主义长期存在的年头，能得到一本作者亲笔签名，而且还是用古朴的毛笔写就的签名，还是一件挺风雅别致的事情。

小区的业主群里又热闹起来了！

一位家长说："我家孩子拿到书爱不释手，特别是这是有作者签名的。特开心，多谢多谢！"另一位马上接着说："我女儿也很喜欢，半夜还在看书。"有俩孩子的家长说："谢谢邻居，书已收到，俩孩子抢着看。"还有一位说："我儿子也很喜欢，说文章写得好，字又写得这么好，是他学习的榜样！他说读着你写的游记，相当于自己也去了一趟美国，还让我有时间多读读呢！"

有好几位家长反馈，孩子表示以后要向阿姨学习，当个作家。特别让我感动的是：有一个家长把她儿子一拿到书就埋头认真阅读的照片也发了出来；那位今年考入浙江师范大学汉语言文学专业的准大学生加了我的微信。我特别羡慕他，有条件报考自己喜欢的专业，大学时期是汲取知识最好的阶段，因此我鼓励他多读书多写作。我当年出于时代和贫穷的原因无法在年轻时圆自己的梦，如今年近退休，这个月刚刚报考了自考本科的汉语言文学专业，一是为了圆梦，二是为了让自己系统地多读点书。虽然我已错过了最好的年华，但是学习没有止境。我还诚挚地邀请他加入金东区作协。

用了整整四个晚上的时间，完成了一百五十二本书的签名，我心中终于落了一块石头。

一诺千金！答应了的事情，就是再忙也必须完成，这是我人生的信条。

我想，文学是最美好的艺术家园，书籍是最有益的精神食粮，而文学的终极关怀就是给人以爱，给人以诗意，给人以温暖，给人以希望，给人以力量。

古人云：书犹药也，善读可以医愚。现在政府在大力倡导书香社会，推进全民阅读，作为一名文学爱好者，我能用自己的文字，为这个社会、为孩子的教育做一点力所能及的事情，也是一种莫大的幸福。

赠人玫瑰，手有余香。

愿生逢盛世的孩子，都有美好的未来！

雅里向未来

荷月风暖，骄阳似火。

沿着美丽的小高线盆景大道，走进浙江省金华市金东区曹宅镇雅里村，只见房舍井然，绿树成荫，庭前花开，池水清冽，两朵粉荷亭亭立于水上，几只蜻蜓在水面翩翩起舞，池塘边一老叟正在怡然垂钓，好一幅江南水乡消夏图！

迎面走来一群年轻的外国人，说着一口流利的汉语，一问，才知道是浙江师范大学和金华职业技术学院的十多名外国留学生到雅里村来游学。

"雅里村太漂亮了！这里的每幢房子前后都有盆景和鲜花，池塘里的水也很清凉。"来自莫桑比克的女大学生莫雅文开心地说。

"是的，我们那里农村的房子都是用木头和稻草盖的，不像这里，白墙黑瓦，还有檐角，真好看！我希望我的家乡也能变得这么美丽！"尼泊尔小伙子艾利克也抢着说。

2003 年，"千村示范、万村整治"工程在浙江全面铺开，雅里村干部带头，党员示范，抢占时机，从一个人心涣散的后进村凤凰涅槃，浴火重生，精彩蝶变为引领乡村和美风尚的省级美丽宜居示范村，倾注了基层党员干部大量的血汗，展现了金东区的新时代村干部精神，生动演绎了一曲乡村振兴的时代之歌。

一

"榆柳荫后檐，桃李罗堂前。暧暧远人村，依依墟里烟。"

雅里村住着的是南宋著名的藏书家、书画家王柏的后裔。王柏，字会之，号鲁斋，曾受聘丽泽、上蔡等书院，著述繁富，有《诗疑》《书疑》《鲁斋清风录》等八百册书卷，与何基、金履祥、许谦等理学大家递相传授，自成金华学派，被后世尊为"北山四先生"。王柏的曾孙从义乌凤林迁到金华老城区，明代时又从城区迁到雅里村定居。

沿着雅里村中大道向东行走，两边庭院错落，地上纤尘不染，江南水韵，一步一景，宛若画中游。

雅里村是以种植粮食果蔬和盆景绿植为主的乡村，家家户户的门前都摆放着罗汉松、杜鹃、滴水观音等造型各异的盆景，屋后栽着石榴等水果。此时的三角梅开得真艳，络石藤爬满了老年活动室的外墙，上面挂着累累的木莲。雅湖塘和门口塘波光粼粼，塘中心一簇水葫芦摇曳着艳丽的黄花。见证了几百年世事变迁的王氏祠堂修缮一新，门口一对抱鼓石古拙稳当。村干部精神陈列馆内展示了近年来金东区美丽新农村的建设成果，以及各村涌现出来的优秀村干部的典型事迹，生动诠释了新时代金东村干部的奉献精神。建于20世纪70年代的群力渠高高架起，至今还用潺潺清水灌溉着村里的低丘缓坡。崇理公园内开满了星星点点的蓝草花，金华学派的北山四先生肃然伫立。知青文化馆真实再现了知识青年当年的工作和生活场景，让今人感受那个年代知识青年支援农村热火朝天的气氛。

再往上走，是村里的居家养老照料中心。此时正是中午开饭时分，有几位老年人正在窗口打饭，有几位已经坐在整洁的餐桌前开吃了。今天中午食堂供应的是红烧肉炖兰花干、清炒丝瓜和番茄汤，八十三岁的王森启老人正端着满满一大碗米饭在吃，我笑着打趣道："大伯，胃口不错啊，这么一大碗饭，我都可以吃四餐了！""好吃！我们食堂菜新鲜，吃的都是优质米，而且食堂阿姨手艺也不错，我餐餐吃这么一大碗，只要一元钱呢！"老人满脸的皱纹都带着笑意，说话中气十足，幸福满满。

"现在政府好！政策好！我们村里的老年人每天都喜欢来这里聚聚，聊聊天，喝喝茶，你看，这里连 Wi-Fi 都装上了！我有时就坐在这里用手机听金华戏！"

"如果下雨、下雪，或者身体不好，村里还会安排专人送饭上门，服务很周到的！"

边儿上几个老人都纷纷说道。

金东区自 2012 年开始尝试在农村推广居家养老服务模式，将其作为重大民生实事、重要民生工程来抓，较好解决了农村老人基本养老问题，多次被《人民日报》《浙江日报》、中央电视台、浙江卫视等众多知名媒体报道，并入选全国典型经验加以推广。

十多年过去了，老人脸上幸福和满足的笑容，正好印证了金东区"日间集中照料、夜间分散居住"的农村居家养老服务模式的成功。

照料中心的隔壁是由原小学改造而成的老年公寓，有三家没有住房的老年人居住在这里。王宗平和方翠仙夫妻俩去年搬过来居住，今天丈夫王宗平出门去了，方翠仙一个人坐在门口剥豆子，边上躺着一条小狗，她说："我们家的老房子成了危房，为了安全起见，村委按建筑面积补助给我们一定的钱，收回去修缮后用于旅游参观，然后让我们搬到老年公寓来住，不收取任何租金，而且减免了我们的水电费。没有想到，我们年纪大了，还能够享受到这么好的政策，书记和村干部都对我们很关心。"

老年公寓东侧的操场上，还垒有十个"共富灶"，摆着十张简易餐桌。这是给前来参观游览的客人提供自助式野炊服务，让游客享受久违了的农家柴火锅巴饭和农家菜。

穿过老年公寓的角门，是2022年雅里村刚刚建成的"金田共富"区。现在，田里的西瓜已经采摘得差不多了，辣椒却像红灯笼一样挂满枝头，玉米长得如一只只胖胖的山羊角，两只白鹭突然张开雪白的翅膀从田野飞向池塘。

往回走的路上，我意外碰到了多年未见的妇产科老同事王医师，她看我纳闷，就笑着告诉我："我和老公都是雅里人，前些年回家造了房子。现在村里又干净又美丽，我退休后就回来居住了，每天像住在一个大花园里，空气特别清新。"

坐在自家门前摘花生的王宗矿老人热情地招呼我们坐下，他今年七十五岁，但看起来只有六十多岁的样子。他是20世纪60年代的老兵，女儿嫁到鞋塘金家，儿子在金华一家公司搞设计，自己有三千多元退休费，他说："现在党的政策好，书记又能干，日子很舒心呢!"

孟子说："老吾老，以及人之老；幼吾幼，以及人之幼，天下可运于掌。"在雅里，在金东，一老一小都享受到了党和政府前所未有的关爱，每个人脸上都洋溢着发自内心的满足和怡然。

这就是我们的新农村，一个温暖又幸福的大家庭。

二

2000年的雅里，却是一个矛盾多多的问题村。

那时的雅里村实在太落后了，用老百姓的话说就是"晴天一身灰，雨天一身泥，夜里一片黑"。村里有大大小小的池塘七口之多，农户家的污水直接排到池塘，水面上经常漂浮着死猪、死鸡，池塘边垃圾遍布，蚊蝇乱飞，臭气熏天。村里所有的通道都是泥巴路，不仅凹凸不平，灰尘满天，一到雨天直接就成了泥潭，不穿上高帮的雨鞋根本没办法行走。农户在低丘缓坡上种些经济作物，想运出去变点现钱，可是一车葡萄运到村口，已经被颠簸得又破又烂不成串了，根本无法出售。一到晚上，整个雅里村一片漆黑，伸手不见五指，多次发生村民摔倒摔伤的事故，上了年纪的人天一黑就不敢出门了。

"我嫁到雅里村不久，有个很要好的小姐妹远嫁萧山。有一次我到她家玩，看到她们那边的村庄都是水泥路，又干净又平坦，心里那个羡慕啊！当时就想，什么时候雅里村如果有这样的路就好了！"回想起当年，村书记宋小如对老一辈党员干部充满敬意："是'千万工程'造福了雅里，也是老一辈村干部，特别是王永芳老书记，不等不靠、敢于争先的拼搏精神造福了雅里。"

王永芳出生于20世纪50年代末期，是一个有着六年军龄的坦克兵，退伍后种过庄稼，经过商，办过企业。2000年左右，他因为身体原因，在工厂停办后回家休息。2002年，村支部换届，考虑到雅里村需要一个敢挑重担的领头人，曹宅镇党委就上门动员他担任村支部书记。

当时王永芳才四十多岁，有一股不畏艰难的韧劲儿，就答应挑起这个重任，并暗暗发誓一定要改变村里的落后面貌。

但那个时代农村普遍条件不好，各级政府的财政资金都非常困难，村集体没有钱，想做点事情非常不容易。

因为资金有限，加上以前的村班子凝聚力不强，雅里村并没有被上级纳入第一批整治范围。王永芳听到消息后，急了。他灵机一动，特意在一个雨天邀请领导到村里走访，结果小车开进村里，两位领导根本没有办法下车行走。王永芳向镇领导提出了整治村庄的请求，领导当场就同意了，当即拍板拨给雅里村五千元用于村庄整治。

资金虽少，但至少可以先行动起来，王永芳相信办法总比困难多，万事开头难，只有先干起来，雅里村才能打赢翻身战。于是他一边自己带头，和党员干部对村里的污水管道进行改造，对池塘的淤泥和垃圾进行清理，把村里的主要道路用水泥进行硬化，一边积极筹集资金，动员村民有钱出钱、有力出力，为建造美丽家园尽最大努力。

经过一年努力，雅里村的面貌终于焕然一新：村里的主要道路都浇上水泥路，晴天不起灰，下雨天也不用穿着雨鞋走路了；污水改道后进行集中处理，池塘彻底清淤，池水清澈见底，妇女们可以在池塘里洗洗涮涮了；村里在重要路口装了三十多盏路灯，村民们晚上可以放心串门了！

三

宋小如出生于 1971 年 7 月，原来是曹宅镇上目宋人，因家里兄弟姐妹四个，条件不好，初中毕业就辍学在家务农了。1995年，她经人介绍嫁到邻村雅里。老公王建设是个老实巴交的泥水老师，但两个人感情很好，结婚当年就生了一个女儿，后来又添了一个儿子，一家人安安分分过日子，像农村里大部分家庭一样，没有什么过多的要求。

1999 年，因工程款不容易结账，宋小如夫妻俩决定转行，就到义乌小商品市场联系业务，开启了十多年来料加工代理人的生涯。

20 世纪 90 年代末，随着农村富余劳动力的不断增加，男性外出打工者越来越多，可妇女要照顾老人孩子，离不开农村的家。也正是这个时期，义乌小商品市场迅速崛起，大批小商品需要纯手工成品。这属于劳动密集型的产业，来料加工业务就是由代理人到市场取到活计，比如串珠、扎花、粘水晶、装拉链等手工活计，由市场批发商提供原料，由代理人委托闲置在家的妇女，按要求完成任务后支付一定的手工劳务费。来料加工因无须太多工作经验、不受时间限制、不受场地限制，而且能让妇女居家创造一定的劳动价格，在2000年前后深受广大农村妇女的欢迎。

宋小如夫妻诚实勤劳，认真负责，出活率高，出错率少，很快就得到了义乌小商品市场老板的普遍信任，接单的业务量越来越大，而当地前来取活儿的妇女也越来越多，最多的时候，她们要排上一两个小时的队才能拿到活计。宋小如因此被多次评为"金东区来料加工十佳经纪人""巾帼岗位能手"等。

到了2006年，在带领本村和周边妇女致富的同时，宋小如家也有了一定的经济基础。头脑活络的她和丈夫一合计，就在义乌小商品市场买了摊位，开始自己当老板，这一干就到了2012年暑假。

自家的条件好了，热心善良的宋小如没有忘记家乡的父老乡亲。她知道知识才是真正能够改变命运的有力武器，自己就是吃了文化水平太低的亏，所以她决定给全村好学向上的孩子进行奖励。2008年，她向全村宣布：给考上大学的孩子每人奖二百元，评上三好学生奖一百元，评上积极分子奖五十元，有特殊困难的学生视情况另定，孩子们只要凭奖状或录取通知书就可以到她家里领取奖金。

这个奖励政策到今年已经延续了整整十五年，钱虽不多，但表达了自己的一份心意，对青少年的鼓励意义很大，有效培养了崇学向上的村风，她觉得这是非常有益的事情。最多的一年，她曾经奖励了村里的孩子将近一万元，但奖得越多，她心里越高兴。现在，最早拿到奖金的学生都参加工作了，他们经常利用假期回到村里，给学生免费补课。这些村里的年轻人大都热心公益事业，这让宋小如特别欣慰。

为了生意，那些年宋小如基本住在义乌，很少回村里。

最后促使宋小如放下义乌的生意回到雅里村的，其实是儿子的一句话。

由于忙于生计，宋小如的女儿中小学期间一直都寄宿在别人家里，儿子在金华市环城小学读书，也是寄宿在老师家里，她自己最多一个星期回来一次。儿子小学毕业时，一向重视教育的她和儿子谈心，希望儿子能够更加努力，向好的同学看齐。谁知一向乖巧的儿子却委屈地说："妈妈，别人家的孩子都是父母每天接送，可你呢？一个星期一次都不能保证！"

是啊，对于孩子来说，最好的奖赏就是父母的陪伴，自己赚再多的钱，如果孩子不能得到好的教育、幸福地成长，那又有什么意义呢？

2012年下半年，宋小如终于下定决心，留下丈夫王建设一人在义乌守摊，自己回到雅里村继续接单，和妇女们一起做来料加工生意，同时把儿子转回曹宅初中上学，自己每天接送陪伴，尽量做到工作生活两不误。

宋小如回到雅里村后，一如既往地关心公益，乐于助人，在村里人缘特别好，村"两委"开始有意识地培养她。2013年，宋小如光荣地加入了中国共产党。

2017年村党支部换届时，她高票当选村支委委员，并被上级任命为支部书记。

村党支部书记的任命有些出乎意料，但是既然上任了，不服输的宋小如就下定决心，必须为村里多做事、做好事，这样才对得起党，对得起上级的嘱托，对得起党员干部和村民的信任。

这时的雅里村虽然有了较好的硬件基础，但随着人民群众物质条件的不断提升，对精神文明的需求和美好生活的向往也逐年增高，这些年村里又开始出现了新的问题和困难，宋小如决定从老百姓反映最强烈的问题着手解决。

雅里村是王柏的后裔聚集地，在清朝康熙年间就修建了王氏宗祠，民国时期又进行了一次宗祠重修。王氏宗祠为三进三开间两厢房，早年是供奉祖先、祭祀议事的场所，在新中国成立后做过学堂，办过碾米厂，是祖祖辈辈的精神家园和儿时念想。如今，由于年久失修，其中有一间已经倒塌，村民们对重修祠堂的呼声很高，但因为资金问题一直没有进展。

宋小如头脑灵活，思维敏捷，特别善于把握机遇。上任后，她就从这件群众呼声最高的历史遗留问题着手，抓住创建美丽乡村的契机，开始修缮工作：保持原来清代祠堂的风貌，保留民国时重修的石头圆柱；按照收集来的历史资料，增加了名家字画、楹联等内容；专门开辟一处学习角，供孩子们读书学习。

祠堂修缮一新，村"两委"的形象也焕然一新，村民们看到了新一届班子干事的决心和信心，接下来的工作一件件有条不紊地展开，就如同展开一幅美好的江南乡村风景画：

村里的饮用水工程是2005年完工的，如今十多年时间过去了，许多管道已经开始破损，漏水现象非常严重，村里的水费损耗越来越大，引起了不少纠纷，导致个别村民不肯交水费，水网管道修建已经迫在眉睫。正巧，2018年开始在农村试行推广安装天然气管道，使用天然气不仅能够节约能源，而且价格便宜、安全性能高，是一件利国利民的大好事，但是因为天然气公司要收取管道初装费，许多村民不愿意接受。为此，宋小如分别召开了党员会议和村民代表会议，听取多方意见，最后统一思想，研究实施方案。既然两个都是需要"开膛破肚"的地下工程，村委就决定让自来水管道改造和天然气安装一起开工，同时出台优惠政策，由村集体补助农户天然气初装费每家五百元，村民自己出资三千元，宋小如和几位老党员挨家挨户上门做工作。终于，自来水管道改造好了，二百零四户村民家里装上了天然气管道或预留了安装接头，雅里村民用上了价廉物美的天然气。

为了由内而外拓展"和美乡村"的内涵，借助美丽庭院建设的东风，2018 年雅里村开始不留死角地进行全面整治。宋小如在家人的支持下，身先士卒，投资五万余元，在门口修建了假山鱼池，扒掉了围墙，购买了盆景绿植，自创美丽庭院与大家共享。邻居和其他村民们纷纷效仿，美丽庭院工作顺利开展。

村里房前屋后的违章建房需要拆除，大量的"赤膊墙"需要粉刷。为此，在镇党委、政府的支持下，村"两委"发起了"发动一百人、清运一百车、百日换新颜"的"三百"行动，将村庄划分为三个区块，每个区块由两委班子领衔，党员带着群众干，逐步激发起全村人参与村庄整治的积极性，纵深推进整治攻坚。通过三个月地毯式的清理，共清出各类垃圾、杂物一千余车，拆除私搭乱建两千四百五十平方米，平整裸土荒地四千平方米，粉刷一万三千平方米赤膊墙，建造了灯光球场、生态洗衣房、崇理公园、幸福小广场……这些工作听起来简单，做起来却十分艰难。不要说拆除多年的违章建房，就是村里出资粉刷"赤膊房"，也会碰到很多实际困难。有户村民平时邻里关系紧张，和周边三户邻居都吵过架，还和其中一家打过官司，对方赔付了二十多万元，连村民自己都认为邻居不可能让他家搭架粉刷，可宋小如就是凭着一股韧劲，走访调解几十次，晓之以理，动之以情，啃下了这块硬骨头。村民们也从原先的不理解、不支持转变为主动整治房前屋后，自觉拆除违建。村庄面貌的快速变化给了村民信心，也让村民对村干部有了更深的信任。

随着雅里村变得越来越美丽，知名度也越来越高，金东区"新时代村干部精神展览馆"、金华婺文化（王柏）研究馆、金东

- 尘世烟火 -

区知青文化展览馆、金东区居家养老展馆等多个展馆入户雅里。2021 年，雅里村成功入选金华市党史学习教育基地。

近年来，雅里村先后接待了近一千批次的团队前来学习参观，已经成了党员干部寻找初心的网红打卡地，这让村民们倍感自豪。

四

为了让更多的人走进雅里，雅里村依托果蔬产业园、盆景长廊等产业基础，应用数字技术，创新管理方式，持续推进高标准农田建设，推动传统农业向现代农业、高效农业的转变，规划引领"党建+农业+文旅"融合发展。

宋小如会干事、能干事。2021 年全区开展"非粮化""非农化"整治期间，村里盘活了大量优质土地用于退林还田。针对村里还剩余部分无法进行机械化生产的山坡地，以及部分年龄超过六十岁的种地能手无法外出打工的情况，她开动脑筋，勇于创新，在金东区发改局的牵头下，率先依托党建联建机制，探索镇村校企结对共建，统筹剩余农田和劳动力，将部分可利用的小块状农田共享给企业、学校、城镇居民，通过出资认筹、合作入股等方式，2022 年 4 月，成功打造了"金田共富"特色项目。主要做法就是盘活村里的闲置土地，企业认领、农民种地，实现低收入农民家门口就业。该项目平均每亩认领筹资一万五千元，首批四十多亩土地被认领，村集体增收七十二万元，有效带动周边村合力盘活土地四百八十亩，带动就业二十余人。

乡村美味、美景的吸引力正逐步转变成生产力。雅里村共有三百二十七户八百八十人，人均收入已从 2016 年的八千元增长到 2022 年的四万元。2022 年雅里村首推"金田共富"项目，共有十三家企业来认领共富田，2023 年增加到了十九家，为此，村里组建了'金田共富'耕种管理队，热心的老书记王永芳担任队长，每位队员劳动一天可以领到一百二十元工资，这样六七十岁的种田好手不离家就能获得一定收入，学校和企业等则不仅能把共富田作为学生和员工的劳动基地，还能吃上健康有机的瓜果蔬菜。

但是宋小如工作做得再到位，也免不了受委屈，免不了流眼泪，可她觉得和其他地方的村支书相比，自己已经非常幸运了。雅里村不仅有老一辈党员干部带领群众创下的良好基础，有上级领导的大力支持，有一个团结协作的村领导班子，还有一群特别勤劳善良的好村民，加上丈夫和家人都十分支持她的工作。其实哪一个村的党支部书记没有受过委屈，没有流过眼泪？看着雅里村一天比一天美好，村民日子一天比一天幸福，宋小如觉得一切付出都值得，有时睡梦中都会笑出声来！

同时，她心里清楚，成绩属于过去，如何进一步发展村集体经济，是村"两委"需要更多思考和创新的问题。前些日子，她和金东区几位支书一起到其他地区的先进乡村学习，这次学习对她启发很大，她已经在构思一个新的蓝图，并将逐步演变为更加美好的现实图景。

中国是农业大国，乡村是绝大多数中国人挥之不去的乡愁和故土。从"千村示范、万村整治"引领起步，到"千村精品、万村美丽"深化提升，再到"千村未来、万村共富"的迭代升级，雅里村始终坚持"绿水青山就是金山银山"的发展理念，在"水清、路平、灯明"的基础上，拓展外延、深化内涵，促进美丽生态、美丽经济、美好生活的有机融合。

就像雅里夜空中的一盏盏明灯，照亮着前行的步伐，温暖着村民的梦乡，也吸引着游子不断回归。

雅里向未来，未来已来，未来可期。

麦磨滩上白鹭飞

　　近日，我和根芳老师、中华君为《八咏二十年精品集》编辑出版事宜赶赴麦磨滩文化园会商，其时，金东区作协主席、张金陆正与两位资深设计师在探讨二楼佛堂改造装修方案。根芳老师和中华君都是业内知名的本地文化研究专家，金陆兄非常热情地邀请我们一起参与讨论，认真地把演示文档（PPT）上的效果图演示给我们看，并建议大家一起到江上从远处观看未来完工的位置和效果。

　　七月的黄昏，我们仨从热浪滚滚的城里出来，其实有些舍不得离开空调，可架不住金陆兄的极力邀约，便一起沿着绿草茵茵的林间小道走向东阳江边。此刻晴天丽日，江风习习，江畔全然没有想象中的灼热，白色的慈航塔静静竖立，与水中倒影融为一体，在金色的阳光下犹显圣洁宏伟，湛蓝的天空飘浮着朵朵白云，倒映在清澈的东阳江面。江天一色，纯净如练，千万只白鹭从四面八方伴着晚风飞回鹭飞岛，不多一会儿，鹭飞岛上的绿树就戴上了洁白的头冠。

　　我们在慈航渡口上了停在东阳江边的篷顶小舟，金陆兄亲自掌舵，行舟驶向江心，回望东南岸，隐约只见一排排现代化厂房的屋顶，并无厂区常见的冲天烟囱，更看不见不利于生态环境的废气排放。而在一桥之隔的江北，一幢幢各具特色的楼宇，一个个古朴典雅的人文景观，皆是麦磨滩文化园的精髓所在。最早建成的六层主馆囊括了鉴庐美术馆、长弓清洁文化馆、麦磨滩会议史料展陈馆和古董珍藏馆等，在江中或者对岸，沿着傍北斗七星石而长的矮松望去，倘若在突出的二楼平台上建成别具特色的佛堂殿宇，那必将是一道醒目的新风景了。

小舟顺流向西缓缓而行，夕阳亦渐渐西沉，金色的晚霞倒映在粼粼的江面，江岸一座座精美的建筑仿佛涂上一层神圣的光泽。从麦磨滩文化产业园主楼向西，我们见证了金陆兄在这片乱石荒滩上从无到有，建成了一个又一个以潜溪流域特别是宋濂文化为主线的宏大梦想：宋濂书院、景濂禅院、潜溪明清古建筑群、古门楼长廊、露营基地……

舟行一公里余，金陆兄告诉我们：孝川古码头遗址到了！

弃舟拾级而上，我们首先看到的是一棵枝繁叶茂的巨大古樟，树下靠右侧的鹅卵石滩中间有一个古井圈，井圈旁边立有一块古朴的"慈航功德"石碑。金陆兄介绍说，此处就是原来潜溪汇入东阳江的交汇口，也是孝川古码头的遗址。当年宋濂、施复亮、陈望道、艾青、吴晗、冯雪峰等前辈先贤就是在这个码头登舟远航，离开故乡走向更宽阔、更远大的天地。

"这个区域我们将打造成景濂禅院：古井圈下面有股清泉，等工程完工后，就让清泉自然地汩汩流出；樟树下设置了一代宗师宋濂利用候船时间给一众学子讲学的席位；古埠头前还将树起曾经在这个码头上船的历代先贤的塑像；码头的左侧是关帝庙，我们命名为'忠信阁'，里面陈列了一百多尊自唐代以来不同时期的关公塑像。我们一起去看看吧！"对于自己一砖一瓦、一草一木打造的精神家园，一向低调谦逊的金陆兄犹如介绍自己的爱子一般，语气中充满了抑制不住的自豪。

忠信阁不大，但所见之处无不具有底蕴深厚的文化意象，所用物件都有典故、有历史的：在大门右侧的石墙古砖上是四个遒劲灵动的大字"羽飞云长"，左侧围墙上镶嵌着一块道光年间的石碑，曰"西溪古庙"；抬头可见大门上方四个浑厚端庄的金字"慈云远荫"，这可是民国二十二年的老匾；端坐在庙堂正中高台上的明代古木雕刻的关云长右手捧书、左手抚髯，气宇轩昂，正气凛然，两旁各有一尊坐姿各异、雕工精巧的关公雕像，窗前是一只古拙的元代赤兔马，颇有几分卡通意味，妙趣天成。庙里梁柱上悬挂的楹联匾额多为明清时代的老物件，历史厚重感非常突出。北墙不显眼处还有一篇文采飞扬的《忠信阁记》："……所谓人文，在于宋濂。潜溪文脉，源远流长。渔耕樵读，诗友文朋。候船月潭，问茶禅境。沿溪垒石，坐看云起。品高德厚，一代鸿儒。东风扬帆，得济沧海。所谓初心，在于鉴庐……"这是金陆兄撰写的共计四百一十六字的四言骈文，可谓道出了他的肺腑之言。

关帝庙的北侧是正在建造的宋濂家宴，里面提供以宋濂商标命名的系列饮食文化和器具，体现明初士大夫品茗饮酒、吟诗唱和的闲适风格，主要用于汇聚在麦磨滩文化园的文人雅士宴饮娱乐。

"宋濂作为明初一代帝师、开国文臣之首，其文风影响之大、地位之高，在金东有史记载以来的名人名家几乎无人能及，应该说，宋濂是金东最大的乡贤，也是最值得挖掘和推广的金名片！金陆兄是一个激情满怀的诗人，他怀着对明朝著名政治家、文学家、思想家宋濂的无比敬仰，多年来为了挖掘宋濂文化的精髓和价值付出了不少心血。

"其实宋濂一生的经历轨迹非常清楚。他字景濂，自号潜溪，于1310年11月4日出生在金华市金东区傅村镇下柳家村，曾师从金华闻人梦吉、兰溪柳贯、浦江吴莱、义乌黄溍等人。浦江义门郑氏仰慕宋濂才学，礼聘宋濂到私塾讲学，宋濂遂举家迁居浦江青萝山，从二十五岁到五十岁之间在'江南第一家'郑义门执教，又以一介布衣位极人臣，最后流放途中病逝于夔州（现重庆奉节）。一直亦师亦友的柳贯后人慕宋濂才学，羡潜溪文脉繁盛，迁居至宋濂旧址附近，故其出生村居改称为下柳家村。其胞兄后人于 1500 年左右迁入义乌上溪镇沿华村（现更名为潜溪村）。宋濂大半生在浙中从事著述和教育工作，文章闻名海内外，在政治思想、哲学思想、文学理论、文学创作、明初思想文化建设等方面，均卓有建树。宋濂是金东更是金华的骄傲，也是金东、金华的福分。现在义乌上溪、兰溪宋宅（宋濂后裔居住地）、重庆奉节等地都在大力挖掘宋濂文化。有幸作为一代大儒的诞生地，金东区哪能任其故居继续荒芜下去？麦磨滩文化园必将在宋濂文化研究传承和弘扬方面竭尽所能！"金陆兄一谈起宋濂，就抑制不住内心激动侃侃而谈。

早前，他发现位于下柳家村的宋濂故居荒草萋萋、无人问津，曾抚育了一代代文化名人的母亲河——潜溪也遍布垃圾、几近淹没，绝大多数当地人都不知道这位曾位极人臣的大文豪就出生在此。而除了在明太祖朱元璋曾题字过的禅定古寺北边二十米处，竖立着一块"宋濂故居遗址"的石碑，其他历史遗迹几乎连断墙残垣也不剩了，他感到十分痛心，决定要尽自己全力，呼吁社会各界对潜溪文脉，特别是宋濂文化，进行深入的挖掘和宣传。

后来，麦磨滩文化园先后建成了以观赏白鹭、生态旅游为主题的"航慈桥、观鹭台（航慈亭）、潜溪亲水平台、钓鱼台、东阳江水文观测台、儒释道石雕文化园"等多处人文景观点；建成了以红色文化为主题的"麦磨滩会议遗址、麦磨滩会议史料陈列馆、党建活动成果展览馆"等展示基地；建成了以传承宋濂文化为主题的宋濂书院、景濂禅院、潜溪明清古建筑群、鉴庐美术馆等艺术交流基地。

麦磨滩湿地原本栖歇着以小白鹭为主的白鹭群，还有部分中白鹭和被列为国家二级重点保护动物的黄嘴白鹭，另外还有斑鸠、鸳鸯、杜鹃、乌鸫、喜鹊、夜莺、野鸭等多达二十余种的其他鸟类。由于 20 世纪我国对生态环境和珍稀动植物缺乏保护，这些鸟类时常遭到人为的惊吓或猎杀，致使在麦磨滩湿地生存的鸟类数量锐减，最低潮时，滩涂仅存几十只白鹭。为此，麦磨滩文化园在建设初期，就对湿地实施了抢救性的保护和治理，鸟类繁殖数量逐年增多，目前仅白鹭就已达到万只的规模，它们白天到周边及更远的地方觅食，黄昏飞回栖息地，观鹭台成为最具魅力的观赏白鹭胜地。

最早建成的鉴庐美术馆收藏了以明清时代为主的古字画两千余幅，现代名家字画两千余幅，其中还有宋濂于洪武五年手写的书论作品，这是他存世不多的墨宝中尺幅较大的珍品。

为了不断提升宋濂作为金东先贤的知晓度，自宋濂奖金东区首届文学大奖赛开始，致力于发现文学新人、影响颇广的宋濂奖文学大赛已经联合举办了三届。

"诞生在金东区傅村镇的宋濂，是中国文化史上的一面旗帜，中国廉政史上的一代楷模，也是宋韵文化继承和发展的集大成者。抢救挖掘、传承发展宋濂文化，提高金东文化辨识度，不仅是金东文化建设的重要工作，更是当务之急！"在金东区人大、政协提案及给政府相关部门的报告中，张金陆发出了强劲有力的呼吁。

从孝川古码头重新上舟返航，此时夕阳已经下山，几只晚归的白鹭正贴着江面、张开羽翼奋力飞回鹭飞岛。

"芳草斜晖，水远烟微，一点沧州白鹭飞。"在黄昏幽暗的天空下，张金陆充满深情地注视着飞翔在麦磨滩头的白鹭，深邃的双眸炯炯有神，站立在船头的身姿显得更加坚毅果敢、英姿奋发，他仿佛在凝视着麦磨滩文化园的未来，那是一幅多么美丽又韵味无穷的中国画啊！

金华仙山驴行记

"金华山色与天齐，一径盘纡尽石梯。步步前登清汉近，时时回首白云低。"曾担任婺州刺史的唐代诗人袁吉笔下的《金华山》，是"驴友"眼里被誉为三十六洞天的金华山最真实的写照。

金华北山，雄踞浙中，东西绵延五十余公里，面积六百多平方公里，最高的大盘尖海拔一千三百一十四米，千米以上的山峰有十多座，可以从金华赤松、曹宅、源东、罗店、新狮、兰溪、义乌、浦江等南北东西各个方向直奔最高峰大盘尖，途中可觅黄大仙牧羊足迹、玉女驯鹿耕田旧地、北山四先生的讲堂书院、司雨大神徐公观棋遗址等人文景观。经典的户外活动线路不下百条，每天行走在苍茫山脊上和深幽沟壑中的户外运动爱好者不计其数，是"驴友"的"驴行天堂"和精神家园。

十多年来，每个周末，只要抽得出时间，我都会约上三五好友，或者追随驴行大部队，背包徒步走进北山的古道野径，领略山水之乐、四季之美。

因为金华有北山，北山就在我的身边，我觉得自己真是不枉此生。我努力工作过，也热情生活着，而山水之乐，是我工作之余最闪亮多彩且充满诗意的一部分。

一、最是驴行慰人心

人生低谷，最能治愈心灵的便是走进山水之间，所以激情飞扬的诗仙李白"五岳寻仙不辞远，一生好入名山游"，要"且放白鹿青崖间，须行即行访名山"；欧阳修在贬谪滁州时，写下了陶然自乐的千古名篇《醉翁亭记》"醉翁之意不在酒，在乎山水之间也，山水之乐，得之心而寓之酒也"；苏东坡在黄州沙湖道上发出了"莫听穿林打叶声，何妨吟啸且徐行，竹杖芒鞋轻胜马"的豪迈吟唱。

2008年11月15日，第一次走进北山时，正是我的人生低谷。为了帮亲人洗脱不白之冤，我打了一个旷日持久的官司，就在官司进入艰难胶着状态，我几欲失去信心的关键时刻，热情善良的"驴友"云山大哥邀请我加入云山户外群，走上北山，走进大自然。

我这才知道，有一种悄悄兴起的户外活动叫"驴行"。我也第一次知道，北山除了尖峰山、金华三洞（"双龙""冰壶""朝真"三洞）之外，还有如此清幽古朴、自然天成、野趣横生的户外仙境。

首次"驴行"我们走的是一条非常经典的北山户外线路，起点是金东区曹宅镇岩后村，经小园林林场到北山最高村落武平殿，然后从石头园林场经石头园村回到岩后村停车点，总行程二十公里，累计上升海拔近一千米。

我是"初驴"，以为不过像平时那样走个三五里路，爬个二三百米的小山峰，所以准备严重不足，背了一个孩子不用的旧书包，穿了一双坡跟鞋，带了点干粮和水，就傻傻地跟着队伍出发了。

从岩后村到小园林林场的路线是早年曹宅与兰溪横山塘村民之间的必行通道，谷幽泉清，风光旖旎，被称为江南"小九寨"。

出村大约一里许，就能看到一潭宛若碧玉的岩后水库，汇集了上游山脉的汩汩山泉。这里常年青山倒映，碧波荡漾，两岸树木葱茏，山花烂漫，是岩后村的饮用水源。离库尾不远的一座石桥已经有些年代了，经此翻过重重山峰可达源东的双尖山，在古树的掩映之下，最有意境，是游客拍照打卡的网红点，美女们总是忍不住要在石桥上面秀上一把。

沿着乔木森森的古道向上行走，石阶上青苔点点，石缝里野草倔强地探着脑袋。一侧是悬崖峭壁，灌木横斜，一侧是怪石峥嵘，泉水叮咚，穿石而出，有一巨石横卧在雪白的泉瀑之下，酷似一个巨大的石棺。据说踏上此石，定能升官发财，所以经过的游客都不能免俗，喜欢站在石棺上摆个造型留影纪念。

可惜"首驴"时我心中戚戚，自然是青山带愁，落叶含恨。

到达小园林林场后，大家在两株枝繁叶茂的桂花树下稍事休息，就开始了艰难的冲刺。这是一段坡度有六十多度的一公里斜坡，不仅陡峭，而且路面崎岖，容易脚滑，被"驴友"们戏称为"绝望坡"。

心跳如鼓，气喘如牛，一步三摇，三步一退，当我拄着一根路边砍来的木棍，好不容易爬上"绝望坡"，觉得所有的力气都已经使完了，却被领队云山告知这才刚刚完成今天路程的五分之一、强度的四分之一！

当时我完全泄气了，觉得自己根本不可能完成这么高强度的运动。可云山大哥鼓励我们，无限风光在险峰，只要坚持，一定能走到最后！

总算是咬牙坚持走上了北山最高的村落武坪殿村，这是我第一次来到这个民风淳朴的小山村。在一户农户家门口温暖的秋日暖阳下吃完自带的干粮，又向热情的大爷讨了热水，大家开始下山。

下山虽然比上山要省力，可是因为装备不足，我的脚底生痛，加上鞋底比较滑，每走一步都是挑战。石头园村宛若一块未经雕琢的璞玉，黑瓦泥墙，幽谷曲径，竹翠林茂，清泉流石，是一个隐藏在山坳里的世外桃源，可惜我已经没有力气欣赏了！

幸好，在经过千人安水库后不远，一下坡一转弯，赫然看到汽车在出发点等着我们，终点到了！

我的户外处女行足足用了七个多小时，北山的壮美和清幽，不仅慰藉我被人间险恶和丑陋戕害得伤痕累累的心，而且给了我"坚持到底就是胜利"的信念！

从此爱上北山，爱上"驴行"，一发而不可止。

二、四季如歌上翠微

经常有朋友问："你经常上北山，不会审美疲劳吗？"

其实山中的风光一天数变，一年轮换，或青翠欲滴，或彩林绚烂，或云牵雾绕，或细雨朦胧，或泉水叮咚，或鸟语花香……一切都是那么美好，乘风而上，御风而归，让你忘却天上人间，哪里会出现审美疲劳呢？

春天，北山有一条最美丽的"驴行"经典线路，就是从源东乡上京村经竹马尖到兰溪转轮岩的环线。

每年三月底四月初，源东的万亩桃花开了，那时，正好兰溪转轮岩的紫荆花也开了。

源东的桃花盛事已经有些年头了，特别自 2006 年开始举办首届桃花节以后，每到阳春三月桃花盛开之时，四面八方而来的赏花人就云集在源东丁阳岭。而户外运动者一般不会赶这个热闹，而是另辟蹊径，选择从上京村落马崖上山。落马崖山势陡峭，据说是因抗日战争时期，日本鬼子想骑马上山而从马上摔下来而名之。此处向阳背风，一层层的桃花开得特别艳丽，加上地势险峻、层次分明，地面绿草如茵，路边清泉潺潺，山上瀑布飞流，更是给娇艳的桃花增添无限生机。

沿着崎岖的山路向上行走五里路，就到了竹马尖村。村里现在已经没有人居住了，只留下一口清澈的小池塘，塘边几株高大的杉树，两三幢黄泥土屋，还有一树开满寂寞的梨花，这是在渐渐消失的江南小山村的缩影。

接下来的古道都是原汁原味的山野小径，或翠竹连绵，或梨花朵朵，或枯苇苍凉，或春花烂漫，或鸟鸣虫吟，或松涛阵阵。这是一条让你回归山野乡村的治愈古道。

当然，最美的风景总是在终点，北山东北的尽头就是转轮岩。

第一次与转轮岩漫山遍野的紫荆花相遇，是2010年阳春三月的一个黄昏，那时连兰溪本地都很少有人知道，梅江镇竟然有这么一座在春天被恣意怒放的紫荆花点燃了的山峰。

紫荆花也许是生命力最旺盛的春花了！随着煤气、天然气、电气的日渐普及，躲过了被当作柴火命运的紫荆花憋足劲头释放自我，像火焰一样地点燃了一个又一个的山坡。在"驴友"们的大力推送下，兰溪转轮岩和紫荆花成功出圈，现在已经是梅江镇最火热的景点，从2013年开始，每年三月底举办紫荆花节。

有道是山不在高，有仙则灵，转轮岩岩顶海拔只有六百二十米，因远观像一只旋转的车轮而得名。相传，每年农历八月十三凌晨二至三点，胡公大帝来此显灵，所以山顶于南宋时就修建有胡公殿，被誉为"小方岩"，也被称为"灵山"，一直香火不断。

如今因为满山遍野的紫荆花，此处更是成就了一道亮丽的春日风景。

炎炎夏日，北山是金华人的避暑胜地。

我常常在四十摄氏度的高温天气走出空调房，走向北山，很多朋友都觉得不可思议。其实海拔每升高一百米，气温就会下降约零点六摄氏度。且不说双龙冰壶的清幽，也不说盘前村的高爽，北山的夏风就会让你沉迷，吹走你久困于城市的燥热和不安，带给你不一样的心境和宁谧。

春生夏长，夏天的北山真是满目葱茏，山谷幽静，山泉潺湲，山风飒然，这在城市的空调房里根本无法感受。我经常在空空的幽谷中，用手机录一段天籁之音：淙淙的泉流，啾啾的鸟鸣，若有若无的夏虫低吟，微风拂过松梢的浅唱……

作为"驴友"，一般不太愿意走进人为修建的热闹景区，而偏爱人迹罕见的千年古道。从弹子下村到盘前村是最经典的"驴行"线路之一，一年四季，百走不厌，夏季更是幽凉，全程晒不到太阳。

自弹子下村北侧，溯着斗鸡岩两山之坳的潺潺清泉北上，在离村一里地许，可见一巨石横卧在泉水之上，宛若一枚巨大的子弹，弹子下村也因此而得名。此时抬头仰望，可以非常清晰地看到东西两座山峰，隔涧而对，尖喙大张，鸡冠冲天，蓄势待发，酷似两只正在怒目相向的雄鸡，故名曰"斗鸡岩"。

往上一华里，就是北山第一庙，白墙红瓦的四五幢庙宇，主要供奉执掌金华司雨的黄大仙长徒徐公，边上有西王母庙，是历史上人们来金华山祈雨的重要场所，每每天干地旱，八婺大地的官民们便从四面八方来此处求雨。庙门牌匾"北山第一庙"为清代知府继良所题。庙前两棵银杏树，一到夏季，绿荫如盖，凉风习习，下设石桌石椅。长住庙里的方道士原是故人，总会在银杏

- 一树繁花 -

树下给我们泡上一杯自制的"仙茶"，或奉上几枚供果。方道士十多年前把创办多年的工厂交给儿子媳妇，自己来此潜心修行，如今不仅心平气静，身体康泰，而且看上去颇有几分仙风道骨了。

又往上约五里，便是徐公上山采药观仙人弈棋成仙之处——棋盘石及徐公庙。这是供奉徐公的主庙，此处怪石嶙峋，山泉激越，棋盘石平坦处可纳坐二十余人，鹿女湖、芙蓉山和金华城区尽收眼底，是登临抒怀的绝佳之处。

再往上，就是北山的高海拔蔬菜专业村——地处大盘尖脚的盘前村了，这是一个海拔在一千米以上的高山盆地小山村，四周重峦叠嶂，森林密布，清泉长流，土地肥沃，村庄高低落差较大，房屋鳞次栉比，错落有致，村民纯朴善良，安居乐业，以种植高山蔬菜为主，北山萝卜、高山西红柿等优质蔬菜倍受欢迎，供不应求。盘前村被世人称为"浙中凉都"，村民们自发开办了多家农家乐和民宿，是"驴友"的打卡地。每次到盘前，"驴友"们只要消费四十元左右，就可以品尝到纯正的高山农家菜肴，酒足饭饱后满血复活，然后乐陶陶地徒步下山。

秋天是登高望远的季节，我国自古有重九登高的习俗，所谓"江涵秋影雁初飞，与客携壶上翠微"。

北山的秋季是一年中色彩最绚丽的时节。满山遍野的红枫、水杉、梧桐、栾树等把北山南面染成了五颜六色，甚至盖过了春天的山花烂漫。但也许一夜霜露一夜寒风，明天，满山华丽的树叶都将飘零成泥，所以秋色总捎带了一点悲怆，一种极尽绚烂的凄美。

深秋的阳光是灿烂而和煦的，透过茂密的树林，斑斑驳驳地洒落在铺满金黄色树叶的山道上，这时整座山脉都显得温暖、沉静、深邃。踩着厚厚的落叶，犹如踩在厚实的地毯上，我们伴着落叶沙沙的欢歌声一路向上，总要到达北山最高峰一千三百一十四米大盘尖。

登临绝顶，平坦如台，野草长青，芦花飞舞，风起山岚，云涌天穹，极目四望，古婺兰溪，尽收眼底，婺江兰江，浩浩汤汤。大盘尖是从四面八方汇聚而来的"驴友"和情侣的打卡胜地。

近四百年前，明代著名旅游家徐霞客曾徒步行走过金华北山，写下了文采飞扬的浙游日记四千余字，其游览的路径就是从智者寺经羊甲山（杨家山）、斗鸡岩、鹿田寺，然后再折返上棋盘石、西玉壶（小西湖），最后到峰顶三望尖，写下了一段千古美文："甫至峰头，适当落日沉渊，其下恰有水光一片承之，滉漾不定，想即衢江（其实是婺水西流）西来一曲，正当其处也。夕阳已坠，皓魄继辉，万籁尽收，一碧如洗，真是濯骨玉壶，觉我两人形影俱异，回念下界碌碌，谁复知此清光！即有登楼舒啸，酾酒临江，其视余辈独蹑万山之巅，径穷路绝，迥然尘界之表，不啻霄壤矣……"

冬天，我们就上北山看一场纯粹的雪景吧。

记得那是 2012 年大年初三，盼望已久的大雪于前一天飘飘洒洒、纷纷扬扬地从天空中落了下来，第二天雪霁初晴，云山大哥带领我们一行十人，驱车直奔曹宅镇家园里村。因路面结冰，我们停车于东宝寺，徒步上山。

此时雪后朝阳初升，天空是纯粹的瓦蓝，公路宛如一条洁白的缎带，满山遍野的白雪和松针上晶莹的冰凌，在阳光下熠熠发光。仿佛走进了粉妆玉琢的冰雪王国，大家都像孩子一样地兴奋得尖叫。有多少年没有看到这样纯净的雪了啊！

特别令人心旷神怡的是山顶防火道上的雪景：我们是雪后第一批踏足的"驴友"，白茫茫的雪花细如霜、白如棉、松如沙，还没有一丝人类留下的痕迹；落在树梢上的雪花也还来不及被风刮下，整片树林仿佛冰雕一般，堆银砌玉、晶莹剔透、千姿百态；微风吹过，雪花纷扬，冰凌叮当，我仿佛置身于向往已久的冰天雪地的东北，感受到了冰雪世界的无穷魅力。

冬日雪天的太阳特别珍贵，北山的天气更是瞬间数变，刚刚太阳还明媚地照耀大地，待我们到了山顶，她却化成了柔媚的月亮，害了羞似的蒙上面纱并干脆躲了起来。本在阳光下闪耀着晶莹光彩的冰雪天地，立刻笼上了一层朦朦胧胧的雾霭，整个山林显得遥远而缥缈，仿佛笼罩在云彩中可望而不可即的蓬莱仙境。我们远眺披着白雪、蒙着雾霭的武坪殿，恰似水墨画中的冬季村落。

三、仙山赐福奇趣多

走的山路多了，我们碰到的趣事也就多了。

"仙的金华山，妙意自然来"，这句文旅品牌口号仿佛是特地写给深爱北山的"驴友"的。

2014年12月12日，一行九个"驴友"不顾天寒地冻，车至武坪殿，准备行走北山以北，观冰瀑，谒石佛，经红岩脚、山峰村环线回到原点。

那天，寒风冷冽，山陡坡峭，山泉激越，树木萧条，芦花苍茫，另有一派冬季沧桑的慑人气概。北山以北，相对于北山的南面，几乎没有遭受人类的摧毁，保持了原始自然的纯净风味。但这条线路强度、难度都很大，胜在一路上风景奇绝，成为冬季"驴友"们的常选线路。

刚出发，一只长相非常普通的黄狗很自然地加入队伍。山路陡峭、地面湿滑，我们几次劝它回去，它却依然欢快地陪伴着我们。因不知名，我们就戏称它为"旺财"。

北山植被好，山泉一年四季长流不竭，而到红岩脚村的泉水尤其湍急，海拔大约七百米处的幽谷悬崖上有一个落差三十余米的瀑布，一到寒冬腊月，此处因终日不见阳光，而北风吹刮不止，整个瀑布就形成一挂巨大的冰瀑，像一幅凝固了的水晶图画，又像千万朵天山雪莲盛开在峭壁之上，非常壮观和震撼。

再往下走一二百米，海拔约六百米处，由古道往左横切二三百米，有两座高达五六米的天然石佛，端坐在连着山体的石头宝座上。其中一座面部略做雕刻，袒胸露腹，是大肚弥勒佛像，另一座完全是天然形成的石像，头上藤蔓如发，身上苍苔点点。两座石佛在这个无人问津的深山老林中，不知道寂寞禅坐了多少岁月，因"驴友"偶然发现才得以重获香火，据说近些年附近的山民经常前来祭拜。

"旺财"一直不知疲倦地跟着我们在湿滑的山路上安安稳稳地行走。到达距离红岩脚村不足三百米的地方，走在我前面的旺财突然箭一般地冲向山坡上的一段断墙，我立马听到急促凄厉的"哩哩"叫声。远远只能看到旺财在草丛中挣扎，我以为那叫声是旺财贪玩被草丛的野猪夹夹住而发出的凄厉惨叫，便马上大声叫走在前面的强子、麦乐迪和黄瓜："旺财被野猪夹夹住了，你们快去救救它吧！"他们三个立马赶过去，这时才看到旺财用嘴拖着一个差不多和它一样大的黄麂，一直拖到我面前，放下以后就跑得无影无踪了。

黄麂虽然鲜血淋淋，但头还能抬起来，只是发出的"哩哩"声开始弱下来了。他们说，这黄麂快不行了，还是打死了吧！它仿佛听懂了，拼了性命般地往旁边又挣扎着跑了几步。我看着可怜，求他们不要打死它，救救它吧！黄麂似乎听懂了我的话，回头用一双大大的可怜的美丽的眼睛求救般地看着我，我忍不住又喊："你们救救它吧！"

然而这时黄麂已经连肠子都流出来了，伤势太严重了！麦乐迪说："没有办法了！醉红！"

我实在不忍再看，一个人默默地走到泉水旁边背身坐下，垂危的黄麂就这样死去。我唯有在内心悲哀地为这个突然之间丧命、而在临死之前回眸向我求救的黄麂祭悼一番。

生命是如此脆弱，不管是人还是畜。

旺财与我们的偶遇是缘分，黄麂死于非命是偶然。我只得这样安慰自己。

四、1314 跨年迎日出

虽然"驴行"有些年头了，我却从来没有在外面露营过，总是当日出当日归。哪怕起早摸黑、披星戴月，也下不了决心在外面风餐露宿，以至于买来的帐篷、睡袋等户外装备静静地躺在柜子里，总没有出头之日。

其实，一个没有尝试过露营、没有在高峰观赏过日出的"驴友"，算不上一名合格的"驴友"，说明你还不能放下一切，还经常被杂事俗务所牵绊，不是一个纯粹的"驴友"。

那天，山鬼说："醉红，山就在那里，为什么不一起去呢？"

是的，山就在那里！

好吧！我去！

简单地收拾好行囊，在天黑之前，我和"驴友"们一起向北山出发。

说实话，背大包走山还是第一次。为了奖赏自己2015年户外运动开展得不错，坚持每天晨跑八公里以上，每周"驴行"一次，2015年的最后一天清晨，我给自己买了一只专业的登山包，晚上正好派上用场，装上两升的水、早中两餐的粮食、帐篷、睡袋和日用品等，感觉倒也不比平时沉重，走得挺轻松。

这个晚上的月亮出来得迟，我们到达武坪殿时它才从东山缓缓升起，仿佛喝醉了酒，酡红着脸，慢悠悠地在天空中晃。

从武坪殿开始，气温明显降低，路上的泥土都结冰了，一路走去"咯崩咯崩"地响，两旁的松树在月光下影影绰绰，鸟雀早就安睡，四周静悄悄的，只有我们十多个人徒步行走的声音。

直到23点整，我们才登上金华第一高峰一千三百一十四米大盘尖。这时，月亮褪去了酡红色，已然升到了半空中，天空好像刚刚出浴，瓦蓝瓦蓝的，没有一丝丝的杂质，闪闪的星星布满了蓝天。我仿佛回到了童年故乡夏季纳凉的园子，"一闪一闪亮晶晶，满天都是小星星……"这首童谣不由自主地冒了出来，大盘尖的夜色太美了！

可向下看，我们居住的城市却如此糟糕：北山南侧的婺城、北侧的兰溪，都笼罩在厚厚的雾霾中，就像穿了一层浑浊的盔甲，看不见富丽堂皇的高楼大厦，也看不见五光十色的霓虹彩灯，从鹿女湖的高度起，上下仿佛两重天！

然而，这上层天却是如此冷冽，作为初次露营的我完全缺乏户外经验：没有带羽绒衣，没有穿速干内衣，仅凭冲锋衣和抓绒衣根本抵挡不住零下十几摄氏度的冰冻和无遮无挡的寒风；带了帐篷、防潮垫、睡袋，却把支架给落在家里了！等大家搭好帐篷，煮好火锅，摆上菜，倒满酒的时候，我已经冻得簌簌发抖，只能看着我的"驴兄驴弟"们举杯同庆新年的到来。我被彻骨的寒冷完全击垮，连捉箸举杯喝酒的力量都没有了，唯有对着我的帐篷欲哭无泪！幸好有个无所不能的户外高手山鬼，用两个帐篷勉强拉起我可怜的缺筋少骨的帐篷，而且把他自己的帐篷让给了我，而后非常坚决地钻进了我那个残缺的小屋，我冻得连客套的力气也不复存在，只能抖抖簌簌地钻进他的帐篷里数星星了！

似乎刚刚合眼，山鬼突然叫喊："起床了，起床了，看日出了！"

大家都一骨碌地钻出了帐篷。虽然才清晨5：40左右，天已经开始麻麻亮了，东边天际有一条长长的艳丽的金红色光带，正中特别亮堂。知道这就是朝阳将升起的地方，大家都不错眼地盯着这个点，生怕一眨眼太阳就跃了出来。然而太阳公公很是端架子，他老人家慢慢悠悠、笃笃定定地磨蹭了五十分钟，于6：30才从容不迫地一点一点升起。我忍不住用手去托了他一把，2016年第一个太阳就这样被我亮丽非凡地托上了天空！

我在最高峰，在新年的第一天，观赏太阳在东方冉冉升起，气势磅礴，壮丽无比，仿佛自己的人生也如此辉煌、如此壮观！

人类社会总是在不断进步，中国人从吃不饱过渡到吃饱、吃好，乃至于迈入"富贵病"高发时期后，21世纪的中国人考虑得最多的就是健康，只有健康才能长寿，健康才能幸福，徒步、健走、跑步、骑行、广场舞等全民健康运动日益普及。

十多年来，我和众多"驴友"利用节假日时间，已经走遍了北山的山峦沟壑。如今在金华山管委会的统一管理和悉心打理下，经典的古道野径都有人定期维护。而我们大家，作为深爱山水的"驴友"们，从内心希望有着深厚文化底蕴的北山，能够在保留原生态及古遗迹的基础上，得到更好的开发和升级。

而我个人的心愿，便是在母亲山快乐"驴"行，一直走到再也走不动的时候，还能够不时打开电脑，欣赏随走随拍的千万张照片，回忆在金华山中的每一个精彩瞬间。

繁华归静

万千繁华终归静

酝酿了两天两夜的秋雨又逃遁得无影无踪了。晨起，推开游埠摄影之家的门扉，只见天空淡淡地蓝，云朵淡淡地飘，古街淡淡地伫立，老墙淡淡地斑驳，门前的小雏菊也淡淡地开放。清秋的空气清爽润湿，其间挟裹着一丝若有若无的丹桂甜香。桂花，真是最低调的人间尤物，未开花时，朴素得与四季常绿的冬青一般无二，待得秋凉时节，辛稼轩说得好："大都一点宫黄，人间直恁芬芳，怕是秋天风露，染教世界都香。"

时间尚早，安谧的前街还少有行人，只有贯休祖庭传来阵阵清越悠扬的梵音。然而不过转两个弯，游埠后街早就摩肩接踵、人声鼎沸，十里八乡的老街坊、老相识，或步行或骑车，天不亮就汇聚在老街固定的摊位上，开始几十年不变的早课了。老顾客把自带的茶杯往桌子上一放，老板就十分默契地提了茶壶倒上滚烫的开水，美好的一天就在氤氲着浓情蜜意的生活气息里开始了。只要花上一元钱，你就可以在你的"专席"坐上一天，你可以挨个儿打招呼，也可以静静地坐着发呆；你可以和老相识天南地北神侃，也可以不屑于回答慕名而来的游客大惊小怪的各种问询；你可以要一副烧饼油条就着热乎乎的浓香豆浆惬意地细嚼慢咽，也可以来一份香气扑鼻的肉沉子囫囵吞枣；或者点一碗鲜美的小馄饨，外加一个脆香流油满嘴生津的鸡子粿……总之，在这条充满人间烟火气的老街上，你一定能品尝到让你久久不能忘怀的美食。

然而正像王摩诘所云："晚年唯好静，万事不关心。"过了天命之年的我，好像越来越不适应这份热火朝天了，对于琳琅满目的早点也只能浅尝辄止。我脱离了团队，一个人慢慢沿着后街向北走，冥冥之中，总觉得会有一份不一样的遇见在等待着我。

到了太平桥，喧哗之声渐渐消失，游埠溪在这里稍作停顿，溪流变得宽阔缓慢。太平桥始建于宋朝，重建于清道光年间，俗称"炭市桥"，西连太平里，建有"六和塔"，东边就是太平码头和后街的尽头，旧时运送粮、油、酒、茶、棉、竹、酱等日常生活用品的船只都停泊在这里，并由此上岸交易。

我站在太平桥上看风景，看桥下溪水悠悠流淌，两岸树木葱茏，白墙黑瓦的老房子比邻而建，偶有匆匆的行人穿过太平里的牌楼走上小桥。太平码头上挂着一排排红红的灯笼，木柱上写着"酱、竹、棉、茶、酒"几个大字，一座颇具年代感的黝黑的二层木制楼房吸引了我的注意力。

静静地伫立在码头上的这家百年老店叫"源茂坊客栈"，分上下两层，老建筑整体采用木头建造，因为年代久远，木材的颜色已经完全与楼顶的黑瓦混为一色。一楼是个茶肆，木门微闭，有一个向外挑出来的走廊，木地板、木靠椅、木扶栏、木窗帘用竹竿撑开。在外面就可以看见，走廊的一侧两只威玛拉娜犬正慵懒地躺在临街的靠椅上，另一侧的墙上挂着一幅巨大的民国时期苦林雪花膏的仕女宣传画。老建筑里面静悄悄的，没有顾客，留声机正播放着柔软清丽的评剧。刚从喧哗的烟火后街走出来的我，一下子被这股宁静安逸的民国风给抓住了。

微闭的雕花木门边上，只简单地挂着一个精致的小小竹筛子，用墨炭笔寥寥几笔画着一条木条凳，一把水壶正在往杯子里注水，旁边的木柱子上有一块小小的木牌子，写着"源茂坊·茶馆"的中、英文。

我忍不住轻轻推开了木排门，走进了这方仿佛停留在一百年前的净土。

正对门口的柜台上站着一位老派上海滩茶博士的塑像，其戴着眼镜、右胳膊搭着毛巾、双手托着托盘、微曲着身躯，面容和蔼地迎着客人。柜台后的货架上摆着数排青花瓷罐，每个瓷罐上贴着大红"茶"字，柜台旁的墙壁上用竹简标志着店里提供的茶品、点心和小吃，柜台前挂着一块小小的牌子，上书"轻声慢语"，下面是小小的"谢绝参观"四个字。店里看不到一个人，一只威玛拉娜犬用漫不经心的眼神瞧了我一眼，继续睡觉，另一只依旧高高地坐在靠椅上，冷冷地看着窗外。

正所谓"静处乾坤大，闲中日月长"，我仿佛穿越到了20世纪初的民国茶馆，忍不住轻手轻脚地走到临街挑台前的桌子边坐下。仔细环顾四周，只见店面北侧是一间雅座，匾额上写着两个古拙的大字"敦厚"，店里摆着十来张简朴的木质茶桌和条凳，南侧的墙壁正中挂着中华民国临时大总统孙中山先生的相片，两旁一副鲜红对联："革命尚未成功，同志仍须努力"，墙上还挂着民国时期的税务登记证、北洋中学堂像、奖状、通告等老物件，挑台的尽头是那幅结着丁香般愁怨的民国仕女宣传画，转角的墙上贴着一张突兀的大红告示："莫谈国事"！

这时，一个瘦瘦高高、温润如玉的男士从后面的厨房端着一碗阳春面走了出来。他淡淡地看了我一眼，轻轻地说了声："来了！"就自顾在旁边的桌子上放下了面条。

"先生，能不能给我泡杯茶？"

"好的，你想喝什么茶？"他站起来把茶单递给我。

我一看，茶单上各式流行的中、高、档茶品都有，但标价都是十元一杯，定价便宜得像在做慈善。

他似乎感觉到了我的讶然，淡淡地说："我这里茶叶都是免费的，你可以泡杯茶在这里坐上一天。"

"那就来杯西湖龙井吧，谢谢！"

很快，他端过来一杯上好的龙井，一个小小的竹编热水壶，然后就施施然坐回位子，慢慢地品尝他自己做的阳春面。

店里非常安静，留声机里轻轻柔柔的评剧在低吟浅唱。窗外，街道上行人不多，一对情侣坐在码头前的扶椅上轻轻呢喃。千年的游埠溪静静流淌，两岸古樟郁郁葱葱，太平桥上几个老翁在闲话家常。这时，天空飞过一群南归的大雁，小桥、流水、古道、老树、人家、南飞雁，而我就是那个满腹离愁别绪的天涯客，定格在百年之前、千年之前的悠悠岁月。

我完全没有想到，在这个充满乡土味和烟火气的喧闹又繁华的老街上，会收藏着这么一份历经百年、千年而不变的安宁和祥和。

我甚至忘了此行的安排，只想一个人独自守着这份超凡脱俗的宁静，守得天黑，守得月明，守得日出，守着这绵长岁月。

这时，我的同行者吃完早茶，品尝了游埠老街上的经典小吃，兴致勃勃地准备到下一个站点参观游览，不期也从窗前走过。热情爽朗的幽兰发现了我，大着嗓门跑了进来要给我拍照，那位文雅俊逸的先生站起身来，轻声阻止："请不要喧哗，本店谢绝参观！"

这一刻，我真心想化作"隐形人"，不被打扰，更不愿有人打破这份穿越时空的静谧祥和。

然而仅仅半个时辰的静默，终究被一阵喧闹拉回了现实，我内心充满歉意和羞愧，只得向先生道歉并告退。

先生还是淡淡地说："她们不是有缘之人。可惜了，你一杯茶还没喝完呢！"

　　我没有解释，只鞠了一个躬，就慢慢地走了出去。

　　我的心头已经点上一粒朱砂。一定要找个时间，独自一人，或者约上一两个知己，重新来到这个古朴而宁静的客栈，无欲无求地消磨一天或者一段时间，喝喝茶，看看书，听听流水，望望天空，让繁杂的心静一静，把该舍弃的东西理一理，放空自我，放空心灵，放空这纷繁的世界。

我与西塘有个约会

西塘如烟,氤氲着千年不变的杨柳依依、水流潺潺;西塘如画,乌篷船慢悠悠地荡开了水墨染就的江南水乡;西塘如梦,缥缥缈缈、如丝如缕,邂逅在夜半时分的迷离月色之下。

西塘是最具代表性的江南水乡,交错的河水源自春秋,穿越唐宋,淌过明清,缠绕着千年的街巷、千年的老屋、千年的长廊,兜兜转转地流淌着,乌篷小船慢慢地摇来,揉碎了一池碧水,模糊了水底白墙黑瓦的世界。

这样的西塘,我想最好的一定是春季的雨天。如丝如烟的细雨笼罩着静谧的小镇,黑色的屋顶上稀疏的小草随风摇曳,石阶上的苍苔碧油油地绿,寂寞的小巷里走过一个撑着油纸伞的姑娘,带着迷人的芬芳,成就一帘幽梦。

西塘,西塘,在我的意象里,她风流婉转,她玲珑剔透,她妩媚多姿,她冰肌玉骨。我思念她已经很久很久,却迟迟未能成行。因为我私心里总觉得这么旖旎婉约的梦里水乡,我必将和我最爱的人一起相约而来,慢慢地走,慢慢地看,不用说话,累了就在路边的石椅上坐坐,看流水缓缓而过,就像日子在我们平淡的相守中缓缓而逝,执子之手,与子偕老。

等待,期盼。

庚子仲秋,乖巧的女儿带着我一起实现了这个愿望,我终于和我最爱最亲的人在这个美妙的地方慢悠悠地消磨了二十四个小时，从霞光乍现到皓月当空，从华灯初上到夜深人静，我和女儿走走停停，坐坐看看，真正用心感悟着水乡别样的古韵风情。

从金华驱车到西塘，不过三个小时的车程，沿着导航到达西塘古镇，随意找个小停车场，下车后一拐弯，母女俩就跌进了梦里水乡。

上午9时，西塘的游人还不算多，我和女儿把行李扔在预先约定的民宿，就开始沿着西塘弯弯绕绕的小河，穿过大大小小的弄堂，跨上高高低低的石桥，走进深深浅浅的亭园，品尝酸酸甜甜的美食，感受久久远远的故事。

每个地方都有她卓尔不群的灵魂。在我眼中，西塘的灵魂应该是那九曲十八弯千年不竭的河水了。千年的垂柳临水而照，弯弯的拱桥跨水而设，白墙黑瓦、错落有致的江南民居依水而建。如今为了迎接八方来客，这些民居大多已经改造成了颇具江南韵味的酒肆茶馆、客舍商店，红灯笼高高挂起，酒帘儿随风飘扬。古老的香樟树枝繁叶茂，临水低拂，乌篷船慢悠悠地从高高的拱桥底下穿过，棹桨撑开一河碧波，层层的涟漪荡进了游客的灵魂。

每个地方都有她独一无二的文化和景物。石皮弄是西塘最狭窄最古老的小巷，宽不过一米，高却达三丈，因地下铺设下水管道，上面只有一层薄薄的青石板，故名。此时，若天降小雨，一个优雅的姑娘，撑着一把美丽的小花伞，从窄窄的深巷中缓缓走来，该是何等曼妙韵致。西园，几竿修竹正好，秋日暖阳给幽静的园林抹上了一层金色的光辉，玲珑剔透的太湖石重重叠叠，小小的私家园林显得更加幽静深邃，高高的亭台上彩衣美女回眸一笑，摄像机为她留下了青春的倩影。没有想到，小小的纽扣也在这里建立了博物馆，从束缚服装的原始社会的草绳，作为带钩的明清时期的玛瑙玉石，到后来的塑料和有机玻璃材料都可以在这里见到。如今衣服的纽扣好像越来越少，松紧带、拉链等似有替代之势，但民族风一类的衣服，还是多采用精致的盘扣，怀旧的古典美仍然是很多现代设计无法实现的。

黄昏时分，西塘的游人越来越多，仿佛四面八方的旅客都汇聚在这个千年古镇。我和女儿随意走进河畔的一家酒家，找了一个临河的位子，点上几个当地的特色小菜，坐在窗边慢慢啜着一杯冰啤酒，看窗下静水流深、街上游人如织，感觉人生如此，才是岁月静好，心生欢喜。这时，夕阳渐渐西下，染红了云霞，也染红了西塘的水，两岸华灯初上，小船在溪水里慢慢地摇，一圈圈的涟漪生出了万千远古情愫。我已等不及十六的圆月升到高处，便牵着女儿的手走上游船，在飘飘摇摇的小船中，看两岸酒家如林，美人如画，人间如梦。

夜晚的西塘无疑是热闹喧嚣的万丈红尘。弃舟上岸，穿过熙熙攘攘的人流，冷眼旁观诸多酒吧店家声嘶力竭地招揽客人，我的心里不免生出几分烦躁，便想突出这光怪陆离的重围。于是一直向东走，拐进米行埭，人渐渐稀少了，月亮在马头墙上撒下清冷冷的光辉，不过是一转弯的距离，那壁厢的红尘喧嚣似乎已隔了千山万水。澄清天宇中只剩下一轮孤傲的圆月，高高地疏离地俯视人间万象，超脱俗世的宁静，安详。

夜渐渐深了，沸腾的西塘还在灯红酒绿中演绎着跌宕的情景剧，在喧闹的他乡，我渐感疲惫，还是回到今夜暂栖的旅店吧。走进逼仄的弄堂，小小的旅店却内有乾坤，曲曲折折、深深浅浅，竟然设有不少客房，二楼甚至还建有一个小小的仿古的六角凉亭。如水的月华从天而泻，女儿进房洗漱，我一个人独坐亭内，几尺之外的红尘悄然隐去。今夜，只剩凉亭、清风、明月、年华已然消逝的女人，以及斑驳的岁月留在马头墙上的点点苍苔。

　　清晨的西塘安闲静谧，仿佛在一夜狂欢后还来不及苏醒，除了一两个垃圾清运夫，小巷长廊悄无声息，所有的店门都紧闭着。我沿着河流和长廊独自行走，细细探访这座被誉为吴越文化发祥地的千年古镇。河水清清，拱桥寂寂，荷叶田田，浮萍飘飘，塔湾街长廊上的灯笼低低，路边供人休憩的木椅空空，护国随粮王庙的大门紧闭，河边空空的古戏台上只是晨风掠过，恍惚间，听伶人一声轻叹："原来姹紫嫣红开遍，似这般都付与断井颓垣，良辰美景奈何天，赏心乐事谁家院？……"

　　西塘再美，终到了离别时分，就留下一份小小的遗憾吧。我想选择一个杏花春雨的日子，再来看看越角人家的小桥流水。

故乡的田园梦境

　　五月的雨，淅淅沥沥，点点滴滴，从清晨下到黄昏，从黑夜下到黎明，仿佛永远不会停歇，一直下，一直下，全然不顾你心中有多少迷茫，有多少忧伤。

　　我乘着大巴逃离城市，恍恍惚惚地穿越了长长的水泥路，满腹尘俗凡世里的阴霾心事。

　　直到摇摇晃晃的汽车突然停下，一睁眼，跃入眼眸的是千万株欣欣向荣的绿禾，宁静，清新，纯粹，仿佛走进了俄罗斯风景画家瓦西里·波列诺夫的绿色油画里。

　　是啊，生长在无边无际的田野里的禾苗，他们是多么喜欢这甘露一般的细雨啊！他们擎着细细的枝条努力向空中伸展，只希望多一些、再多一些接到甜津津的雨水，于是，在烟雨蒙蒙的天空下，青翠欲滴的万亩禾苗如锦如缎，如诗如画，染绿了天空，染绿了池塘，染绿了我被日益逼仄的城市压抑得失去光彩的眼睛。

　　梅子黄时江南雨，微风吹送满平川，记不得这是谁的诗，也记不得准确的是不是这句诗，就这样跳上心头。

　　坐在田园中间古色古香的躬耕堂，穿堂的清风挟裹着木槿花和美人蕉的淡淡清香，房前屋后都种着瓜果菜蔬，四周是绿油油的稻禾，窗外的池塘睡莲初植，娇羞地随风摇曳，一颗晶莹的雨滴在莲叶上滚来滚去，一只白蝴蝶停在黄瓜的花蕊上，茄子刚刚长成弯弯的豆角模样，泛着紫色的油光，四季豆开出小小的花朵，远处突然飞起一双白鹭，给宁静的画面划出了两道灵动的倩影，我是坐在儿时老屋的明堂里吧！

我坐在明堂中央的小池塘边，正和隔壁的阿花用刚采来的凤仙花染着指甲。

我家的老屋非常大、非常古旧，从高高的石拱门进来，北边住着我们戴姓兄弟三房，南边是叶氏兄弟两房，南边还连着叶氏本家很多的同族兄弟，只是他们都从另外的大门进出。石拱门进来，中间是宽敞的明堂，石拱门和明堂之间有一个小小的池塘，有一棵长不大的弯脖子柳树。明堂的地是用青砖铺成的，可以晒稻谷晒麦子晒干菜，当然更适合夏夜乘凉数星星。

"小五，吃饭啰！"听到母亲的喊声，我连忙跳了起来，风一样地跑回家，跨过高高的门槛，乌溜溜的八仙桌上已经摆了四大碗手擀面，面里有血红的苋菜，面条也被染成了鲜红的颜色，屋里飘荡着猪油独特的香气，我的肚子跟着咕咕叫了起来。可是父亲说还少点滋味，要去摘点辣椒和大蒜，我小尾巴一样跟着父亲到屋后的菜园子里。

也是这样的初夏，墙角的萱草花开得正艳，几只花蝴蝶在豇豆和丝瓜的花蕊里欢快地吮着蜜汁，父亲摘了几个尖尖的辣椒，又拔了几头大蒜，回家舀水洗净，剁碎放入碗中，倒了点酱油，这就是上好的调料了！父亲吃得津津有味，要给我和弟弟也加一点，可小孩哪里受得了这种辛辣，我和弟弟捧着碗躲得远远的，咯咯笑。

"我是因为喜欢，才义无反顾地来到了古镇洋埠的万亩良田。我想未来的乡村肯定是美好的，北京、上海这两年的大逃离，更印证了大城市适合创业，而田园才是适合疗伤归隐的场所。我觉得我能先行一步，和乡村里的叔叔阿姨一起，为自己喜欢的田园事业绘制美好蓝图，是非常有意义的事情。"高挑优雅的孙晓丽站在田园会客厅里，面对着我们这些寻梦的游子娓娓道来："去年年初，在镇政府的极力邀约下，我几次走进洋埠，深深爱上了这块古老而神奇的土地。古镇、古街、古埠头、旧商铺、旧粮仓、旧剧院，还有万亩粮田，还有生旦净末丑，还有酸甜苦辣咸的老味道，这不就是饭隐文化的原始元素吗？为了尽快打造饭隐田园之梦，我和我的团队把蓝图绘在心里，大到整体设计，小到一砖一瓦，全都亲力亲为，打造了田园会客厅、艺术粮仓、洋埠剧院、洋埠乡味馆等一系列的乡土休闲观光项目。只是当我一头扎进这项庞大的项目中，我的父亲却于去年因病不幸去世，家人因为我太忙不忍心打扰我，等我知道时已经回天无力。我还没来得及陪陪他老人家，他就永远离开了我！"说到这里，孙晓丽忍不住潸然泪下。

父亲，我的父亲呢？我的父亲已经离开我们四十多年了！

我有多久没有去过老屋了？十年？二十年？三十年？

我曾经拎着一个小小的皮箱逃离家乡，以为可以再也不回头。

可是，今天，我闲坐在这个可以瞭望四野的躬耕堂听风听雨，窗外，细雨落在芭蕉蜷曲的内芯里，也落在玉米舒展的长叶上，无垠的禾苗安静地排列成阵，偶尔有几声鸟鸣蛙叫，被我刻意尘封了多年的家乡如此鲜明、如此生动地浮了上来。

四十年的岁月已经让老屋变得面目全非，可毕竟它还苟延残喘地存在着，毕竟那里承载了我无数的童年欢乐时光，当然那里也留存着少年时代多少不堪回首的往事。

长长的青石板老街，光滑锃亮的大理石门厅，雕刻精细的乌黑檐角，咯吱咯吱响的木楼梯，绕着画梁飞来飞去的燕子，明堂

－ 一树繁花 －

边上那一丛茂盛的蓖麻树，小池塘里扑棱着水的小黄鸭……老屋里的父亲是那么亲切，仿佛从来没有离别和死亡，我仿佛还能看到他在屋后弄堂里用火烤着肉，还能看到他摘了头茬儿的两个茄子，放在饭锅里蒸熟后用酱油凉拌了下饭……

"乡村，承载了许多我们儿时的回忆，许多人的童年就在这片美好空间里度过，随着岁月更迭，我们离乡了，远行了，家乡的温情时刻却萦绕在心头。"舨隐文旅的宣传文案如是说。

而此时，稻田正开了一个缺口在哗哗地放水，这是江南雨季田野中多么动听的声音！为了防止禾苗被淹，黄梅雨季，每丘田都要从"田缺"往渠沟里放水。这时，傻傻的鲤鱼会不顾一切地逆流而上，要通过"田缺"湍急的水流跃到田里，完全不知道人类正等着抓了它下锅呢！

今天，这个流水的"田缺"，能让我抓到一条肥美的鲤鱼吗？

"归来吧，归来哟，浪迹天涯的游子。归来吧，归来哟，别再四处漂泊……"远远的天空中似乎飘来了田园故乡深情的呼唤。

归来吧，归来吧！"云无心以出岫，鸟倦飞而知还"，我突然不可遏止地想回到故乡，想回到摇摇欲坠的老屋。

然而谁来修复日渐颓败的老屋？我有能力让老屋回光返照，焕发生机吗？我能够重新住进伤痕累累、满目疮痍的老屋吗？

有田园的地方就有故乡。今天，我只希望在美轮美奂的洋埠古镇，荷锄，采豆，品茗，听雨，发呆，疗伤……

白沙溪水润千年

我坚持认为：水是一个城市的灵魂，一个没有活水的城市再好再美，总是少了一份灵气。杭州如果没了水光潋滟的西湖，怎能够"淡妆浓抹总相宜"？南京少了一碧万顷的玄武湖，哪来的"烟云渺渺水茫茫"？桂林如果缺了"水作青罗带"的漓江，何以得"山水甲天下"的美誉？就是北京，也要在天安门前引入一条弯弯的金水河，因为没有它，成就不了京城帝都的霸王气象。

李清照在风流千古的八咏楼上吟出了"水通南国三千里，气压江城十四州"名句，这应该是迄今为止古婺最好的城市广告语。而今天的金华能荣登全国十佳宜居城市之榜，除了拥有江南"小邹鲁"浓厚的文化底蕴和文雅惬意的慢生活节奏，双溪合并穿城而过、逶迤向西的一江婺水，经过全力打造、移步换景、人文荟萃的三江六岸风情，非常关键的一点就是从南山潺潺流出清清亮亮带点甜的白沙溪水，足以保障金华七百余万人口的日常生活用水。

千万股清泉从重峦叠嶂的南山峡谷奔涌而出，汇聚成跌宕起伏、蜿蜒曲折的白沙溪，主流全长六十五公里，从沙畈溪口门陈入境，接纳银坑溪、大铺水、左别源等支流后汇入"高峡出平湖"的沙畈水库，然后在波光潋滟的金兰水库怀抱里稍作停留，又流经琅琊镇、古方村、新昌桥村、白龙桥、临江，直到乾西乡石柱头汇入婺江。白沙溪流域共有三十六座梯级群堰，始建于东汉建武三年，从沙畈堰到中济堰横跨四十五公里，落差一百六十八米，比三峡大坝还要高出五十五米，距今已有一千九百多年的悠久历史，仍有二十一座古堰继续发挥着引水灌溉作用，灌溉农田达二十七点八万亩，润泽万民，造福一方。无怪乎，2020 年 12 月 8 日"白沙溪三十六堰"申报世界灌溉工程遗产，一举获得成功，千年古堰迎来了新时期崭新的发展机遇。

作为一名土生土长的金华人，白沙溪流域一直是我们四季"驴行"和夏日避暑的绝佳胜地，我和众多"驴友"为神秘多姿的南山和千年流淌的白沙溪水而吸引，一次又一次地走进南山的经典古道和白沙溪边的乡村民居，享受四季不同的山野田园风光和怡然自乐的农家生活。

"驴友"安雯因为留恋南山水韵，特意在沙畈水库的尽头上回坑村租了一座闲置的民房，简单装修后用于节假日的休闲场所，也成了我们"驴友"的休息补给之地。平时若是略有闲暇，她就会和家人一起，或者约上三两好友去住个一晚两晚，爬爬山，吹吹风，听听泉声，看看星星，或者什么都不做，就在院子里晒晒太阳、发发呆，渴了就喝一捧山泉水，困了就在树荫下睡个午觉。在城市的喧嚣嘈杂中浸淫太久，还有什么比得上白沙溪源头的蓝天白云、青山绿水更令人流连忘返的呢？到了岁末，热心的安雯还会组织一批"驴友"穿越周边的峡谷，登临南山高峰，充分感受大自然的美景和气息，然后用土灶锅台烧一桌地道的农家土菜，用的是当地农家现成的食材，喝的是农家特制的糯米酒。酒足饭饱之余，大伙儿把山民们自产的土鸡、土鸭、土蜂蜜、土猪肉、土笋干等优质农产品采购一空，满载而归。看着革命老区纯朴的百姓菊花般的笑脸，我们内心感慨不已，能够给山民们一点微不足道的帮助，比吃到任何美味要快乐得多。

金兰水库是新中国在白沙溪水建立的第一座水库，其坝高四十多米，长七百多米，可蓄水九千多万立方米。它处于群山环绕之中，四季变幻，惊艳不断，娴静时温润如玉，碧波万顷，水光潋滟，泄洪时如白龙奔腾，气势磅礴，一泻千里。记得有年清明节，花芋嘎嘎邀约我们到下南坑村小住避夏，车经金兰水库尾部时突然抛锚，我们本来想赶到下南坑村吃午饭，如此只能等待朋友赶来接应。本是挺懊恼的一件事，一下车，却发现这正是上帝最好的安排：在葱茏青翠的南山怀抱之中，金兰水库明艳如一方碧绿的翡翠，山上的层层绿茶正冒着嫩芽，水杉新换的枝叶全是可人的新绿，新抽的翠竹柔软得扶不起腰肢，偶尔有只白鹭从水面掠过，揉碎了一池碧玉……我们完全沉醉在"白沙连翠竹，春色漾清波"的美景之中，忘了时间。直到午后一点多，才想起应该先解决下温饱问题，刚巧水库转弯处有个美丽的小村庄李宫，有家农户几个住在城里的儿女利用假期回来探望父母，一家人正在乐呵呵地做清明粿。听说我们还没吃午饭，他们就麻利地给我们烧了一锅美味的农家土面充饥，却怎么说也不肯收钱，并且热情地邀请我们经常来这里游玩，山乡人民的纯朴善良让我们仿佛回到了儿时的故乡。

近年来，琅琊镇政府依托白沙溪流域在琅峰山脚开发了房地产，我的表妹喜欢这依山傍水的自然环境，在白沙溪第二堰边上的琅峰水岸买了一套房子，每年新春总会邀家人过来聚聚。阳春三月，我们一大家子欣然前往。正值春光明媚，惠风和畅，琅峰山丹岩峭壁，临水耸立，绿树摇曳，溪水欢淌，从著名的白沙溪第二堰亦称为白沙堰上漫过，连成一道雪白的珠帘。堰坝上几个小孩正在开心地嬉水，村妇自在地洗涤衣物。山脚下建有古色古香的琅峰阁，阁内陈列有《白沙水利碑记》，记载着白沙老爷卢文台的丰功伟绩及历代名家诗篇。琅峰山的另一侧，鲜红的"琅

- 一树繁花 -

琊榜"三个大字苍劲有力，彰显了婺城海纳百川、广招天下英才的决心。我们漫步在撩人的春色之中，无意中发现路边的荠菜艾草鲜嫩肥美，忍不住停下脚步采摘，不一会儿就给餐桌增添了一道时鲜的野菜，也备好了制作清明粿的天然食材，真是意外之喜。

沙畈水库，是金华人最引以为傲的"一缸好水"，其依恋的程度不同寻常。女儿高中毕业，一心要到外面看看精彩的世界，省内的大学一个也不肯填报，后来被郑州大学录取，在河南读书期间，她对家乡最大的念想就是甘甜爽冽的自来水。后来她又先后到台湾辅仁大学、美国加利福尼亚大学游学，可她觉得哪里的水都没有金华的水好喝，所以在美国读完研究生后，义无反顾地选择回到家乡就业。在千万里外的他乡读书多年的女儿，最终回到金华，回到我的身边，让我得以享受晚年的天伦之乐，我从内心感恩缓缓流淌穿越千年的白沙溪水。

今天，婺城区宣传部组织了市区两级文艺家走读白沙溪活动，我有幸走进停久村，这里流传着白沙老爷和他家属部下的传奇故事，让孤陋寡闻的我对白沙溪和卢文台将军有了进一步的了解。据传，27 年，东汉时期辅国大将军卢文台准备归隐南山，走到这里，发现此地四周环山，白沙溪潺潺而过，五指峰遥遥相对，卢大将军停下脚步，久久不愿离去，故名为"停久"。从此，卢老爷和他的家属部下就在此安居下来，百岁后也长眠于此，成就了白沙溪三十六堰、福泽千年伟业。

青山万里，碧水千寻。一弯白沙溪水，两潭山间水库，三十六道千年堰坝，润泽万顷良田，福佑千年百姓，她构建了白沙溪流域依水而居、男耕女织的美好生活，成就了文人雅士结庐南山的田园梦想，更打造了独一无二的白沙溪文化。明朝诗人杜恒曾作《白沙春水》："白沙春水镜光清，水面无风似掌平。春暖锦鳞吹细浪，晚晴黄莺啭新声。烟堤绿树人家小，云渚斜阳钓艇横。三十六渠饶灌溉，秋田万顷仰西成。"这正是居住在白沙溪两岸和喝着沙畈水长大的婺城人民幸福生活的真实写照。

为了让白沙古韵再谱新篇，婺城区委、区政府开启了打造世界级幸福河的新征程，打造新时代婺城"富春山居图"。

安居乐业，现世安稳，这不是古往今来百姓和文人的最大心愿吗？曾皙曰："莫春者，春服既成，冠者五六人，童子六七人，浴乎沂，风乎舞雩，咏而归。"夫子喟然叹曰："吾与点也！"儒家先圣虽然一直在忧国忧民，但内心深处也是向往闲云野鹤般的田园生活。

花满婺城，水润金华。愿春风十里，你我共同徜徉在白沙溪岸无边的春色之中，享受"竹篱茅屋趁溪斜，春入山村处处花"的桃源美景。

天下奇石隐常山

电闪雷鸣，疾风骤雨，天崩地裂，在山冈上默默地栖息了千万年的我，被生生地劈成两半。

岁月如梭，沧海桑田，又一个千万年的轮回，山冈变成了低洼的河床。一次次的山洪暴发，河流改道，我只能眼睁睁地看着另一半被湍急的河水冲走、冲远、直到消失……

千万个夜晚，我在广西来宾红水河十五滩湍急的水流中，梦里依稀听到遥远的呼唤。血肉相连的另一半在哪儿？沉默的石头与谁诉说心思？

缘分从来天注定。谁能想到呢？劈成两半的我会在红水河相隔百里的上下游被不同的人拣拾，辗转，最后由不同的收藏家先后转赠，我和我的另一半意外重逢在天下观赏奇石的集聚地——常山中国观赏石博览馆。

如今，我们历尽沧桑，破镜重圆，相处一室，两相对望，被善良的人们寓为"天作之合"，与来自世界各地的奇石珍宝幸福地生活在这个精致温暖的超级大家庭里。

中国观赏石博览馆是常山县观赏石博览园的核心展馆，是浙江省首批三十七个特色小镇之一常山赏石小镇的核心项目，也是目前中国规模最大、档次最高、展品最奇的观赏石主题博物馆，珍藏了属于中国观赏石国家标准中五大类的观赏石展品，尤以岩石类、矿物晶体类和生物化石类三大类珍稀贵重藏品云集著称。

博览馆分三层楼厅布置，一楼展示岩石类观赏石，二楼的生物化石类展馆介绍地球上一些古生物的演化，三楼矿物晶体展馆则陈列了自然界神奇的宝石矿物。

博览馆一楼是岩石之家，据统计，目前岩石类观赏石有七千多种，根据出处分为山之神、水之仙、沙之精、土之魂、洞之灵五类，陈列的精美石头充满灵气和曲折故事。

水之仙展厅里有一块和"天作之合"一样，也是来自广西红水河的彩陶摩尔石，形状自然完整，线条优美流畅，宛若大漠落日，晚霞飞天，漫漫黄沙，连绵起伏，远处传来驼铃声声，仿佛带着我穿越到远古的丝绸之路，肃穆中透露出一种奔放之美，于无声之中阐述着时代的变迁和中华民族重新走向辉煌的历程——这块充满光辉的奇石就叫作"一带一路"。

土之灵展厅里陈列着全国室内展览最大最重的灵璧石，重达八十吨，长七余米，宽两余米，高两余米，外形像一条昂首腾飞的巨龙。灵璧石产于安徽省灵璧县渔沟镇，形成于八亿多年前，开发距今也有三千多年的历史。灵璧石在殷商时期主要被用于雕刻宫廷乐器，唐代作为皇室贡品，清乾隆皇帝称灵璧石为"天下第一石"，素有"灵璧一石天下奇，声如青铜色如玉"的美誉。因为龙是中华民族的图腾，象征着腾飞和祥和，所以灵璧石界的泰斗孙淮滨老先生赐予这块龙形灵璧石"天下第一石"之美誉。

一楼展馆还专门设有一个富丽堂皇的展厅，展示由九千余件石头组成的满汉全席玛瑙奇石宴，宴桌上摆放着由不同材质的奇石组成的一百三十八道菜，清蒸甲鱼、红烧鹿腿、油焖熊掌、箱子豆腐、香酥金豆、脆爽冬枣……无不形象逼真、色泽鲜艳，令人垂涎欲滴。此时，你不仅仅能感受到中华赏石文化和饮食文化之博大精深，还能欣赏到书法、墨刻、绘画、武术等中国传统文化的深厚底蕴。

在展厅外的过道里，赫然呈现着一块获得吉尼斯纪录的巨型化石，长十七余米，高五米，里面有大大小小、形状不一的海百合五百多个。海百合因外形似百合花而得名，但其实它属于无脊椎棘皮动物，最早出现于五亿年前的早寒武纪底层，繁盛于二点二亿年前的晚三叠世，直到现在仍然没有灭绝，因对水质要求较高而转向海洋深处。这块海百合化石获得了上海吉尼斯纪录之最，是目前世界上发现最大的海百合群体化石，称为"百年好合"。

博览馆的镇馆之宝是来自世界第一高峰珠穆朗玛峰的珠峰奇石。这是一块神圣的石头，它形状奇特，气质祥瑞，形如麒麟，又似幼虎，完全没有经过任何人工打磨，浑然天成，像极了西藏神话中著名的民族英雄格萨尔王的坐骑，所以又名珠峰神兽。在西藏人民和常山县援藏干部的共同努力下，这块奇石终于从世界最高峰被请到了浙江最西部的常山。

珠峰灵石永久留存在常山，成为两地人民美好友谊的见证。

……

数不尽的玉石珍宝，说不完的奇石故事。漫步在这个千姿百态的美石世界，你会忍不住感慨大自然的鬼斧神工，造就了千奇百怪的精美石头：千万朵沙漠玫瑰在"怒放"、默默沉思的"思考者"、距今有四亿年历史的集鱼龙、海百合、菊石于一体的"三生三世"、满天星空下充满灵性的陨石、泰坦尼克号上那条美丽的"海洋之心"原石、多姿多彩的矿物宝石、默默展示亿万年历史演变的古生物化石……在浩瀚的历史长河，在璀璨的碧海星空中，每一块石头都在用生命讲述自己独一无二的故事，见证着岁月的沧桑和生命的轮回，让走进其间的人们感受大自然的神秘和精彩。

"江南有奇石，身隐常山溪，水落沙洗后，名声世人知。"自古常山多奇石，广为传播的就有十大名石：巧石、石笋石、三衢石、卵石、千层石、砚瓦石、青石、花石、寿源石和萤石等。北宋时期，常山"花石"深得宋徽宗赵佶喜爱，且他对常山南门溪的奇石情有独钟，专门御赐其名为"巧石"，由此，常山奇石名声远播，盛极一时。到明代永乐年间，常山石笋石凭借修长的外形和淡雅的气质，与翠竹搭配成"竹石"造型，于1420年移入故宫御花园至今，其中北京颐和园"十二生肖石"中的龙石与蛇石，均取材于石笋石，常山石笋石因此成为京城园林中的一朵奇葩。

时至今日，常山县青石镇的砚瓦山村，还在谱写一曲"点石成金"的现代神话。

砚瓦山村青山环绕，绿树成荫，奇石林立，假山叠嶂，是有名的花石之乡，以盛产砚石和石材闻名，其中颇负盛名的"西砚"就出于此地，《常山县志》记载："砚山在县南二十里，出紫石和金星石，俱可砚，四方人多贸易。"

砚瓦山村祖辈都是石匠，以打石头为生，原来只是守着山上的石头赚点小钱。改革开放初期，在村党支部徐春阳老书记的带领下，一步一个脚印，背着石头拓市场，打开了销路，扩大了名气，走上了致富路。现在砚瓦山村已经成为华东规模最大的青石花石交易市场，市场总面积两万多平方米，拥有经营户两百多家，兼具青石、花石、盆景、园林打造等综合功能为一体，年交易额超三亿元，人均收入达六万元，是一个名副其实的赏石之乡。

1997年，在地质学家的不懈努力下，常山县天马街道黄泥塘"金钉子"被国际地科联组织确认为中国的第一枚"金钉子"，是距今约四点六亿年奥陶纪达瑞威尔阶的一段全球标准地质剖面。

- 一树繁花 -

如今，这颗具有国际影响力的"金钉子"得到了有效保护，常山县设立了国家级黄泥塘"金钉子"地质公园和"金钉子"地质博物馆，已经成为全国地质科学研究中心和地质学习交流基地。

古人云："山无石不奇，水无石不清，园无石不秀，室无石不雅。赏石清心，赏石怡人，赏石益智，赏石陶情，赏石长寿。"赏石文化是人类文明的基因，也是社会昌盛的标志。在中国数千年的历史长河中，赏石展现着远古神话、魏晋遗风、唐宋风雅、明清盛景，是与诗书画、儒释道兼收并蓄、圆融通达的文化传承。当今盛世，老百姓的生活水平提高了，对文化和精神的追求越来越高，观赏石的需求和市场也随之越来越大。

精美的石头会唱歌，每一块石头都见证了亿万年的世事沧桑。

女娲补天遗下的一块顽石，引发一曲流传千年的红楼绮梦。

我相信，常山的奇石，一定能唱出优美清越的传世歌谣。

西子湖畔柳如丝

早春二月，我收到浙江广电一个不期而遇的邀约，活动地点就在离西湖不远的青年路悦览树书吧。

最喜北宋词人李元膺的《洞仙歌》："一年春好处，不在浓芳，小艳疏香最娇软。"如是佳期，西湖烟柳，应是绿芽新吐，柳眼初开，韵味无穷，情致最佳。于我而言，错过了西湖的新柳，就错过了西湖一年最美的春色，实不忍心辜负了这份美意。于是，我应约前往，完成了规定动作后，便直奔柳浪闻莺，只为卿卿此柳。

春到西湖，人间天上。这天，端的是惠风和畅，春暖欲醉，烟柳新绿，玉兰初绽，万千柳丝，迎风摇曳，宛若一群来自天庭的豆蔻仙女，恰是青春好时光。

虽说诗圣杜工部诗多沉郁顿挫，但亦有清丽温婉之作："西子湖畔柳如丝，春风不断细腰垂。"也许是情人眼中出西施，也许说到底还是我见识浅薄，总觉得这世上再也没有一处的杨柳，能够像西子湖畔的垂柳这般婀娜多姿，柔媚天成，入诗入画，风情万种。

西湖烟柳，烟柳西湖，自是人间绝配。每每见之，我总忍不住抚柳叩问：湖畔何时初有柳？湖柳何人亲手栽？有人说是大唐诗魔香山居士首栽。但白乐天在《西湖晚归回望孤山寺赠诸客》

中已歌："柳湖松岛莲花寺，晚动归桡出道场。"他还说："最爱湖东行不足，绿杨阴里白沙堤。"可见西湖岸柳在他来杭之前，早已苍翠茂盛，葱郁成荫。不管如何，虽说第一位在湖畔栽种杨柳的高人雅士，早就化灰化烟，无从考究，无从寻觅，可早春二月，只要春风又绿江南岸，刚吐新叶的柳树却依然是豆蔻年华，历久弥新的湖光山色依然珠圆玉润，如芳龄妙妇。

烟柳画桥，已泛化成了江南春色的标配和诗意的具象。

"一树春风千万枝，嫩于金色软于丝。"千万条垂下的绿丝绦，细细柔柔，娇娇软软，摇摇摆摆，微微颤动，柔若无骨又韧性绵长，尽力向西湖春水倾斜，伸展，凝眸，待看清水中自个的倩影，不觉嫣然而笑，如少女般不胜微风的娇羞。她仿佛忆起了千年前醉吟先生对她的痴迷，忆起了北宋第一才子东坡居士和爱妾朝云的唱和，忆起了坐着油壁车与阮郎穿行在柳丝下的苏小小，忆起了含羞还伞于梦中情郎许仙的白娘子……

而此时，坐在岸边的我，在如镜的湖面上，也恍惚看到了第一次来到西子湖畔的两个青春少女，正款款走到杨柳岸边，穿花拂柳结伴而来。

那是三十多年前，年方二九的好年华。我和闺蜜菲菲都在浦江县人民医院实习，因为一个偶然的机会，我俩被指派随救护车护送一个病人到杭州。这件在其他医师看来的苦差事，却被我们两个农村娃视为天大的美差——终于有一个名正言顺抵达人间天堂的理由了，终于能够一睹省会杭城的绝世容颜了，而且还能省下到杭州的车费！

也是早春时节，烟雨朦胧。把患者安全送到省城医院后，我们在杭州实习的校友处借宿了一个晚上，第二天一大早，为了饱览西湖美色，我俩兴冲冲地赶到湖畔，毫不犹豫地把身上的钱都掏出来，买了两张游船票，在料峭的绵绵春雨中整整游览了一天。

虽然还是初出校门的学生娃，朴实无华，素面朝天，但沉醉在西湖美景中的少女，想来还是青春焕发、靓丽迷人的。记得同船有一个比我们还要青葱羞涩的北方小伙，也是第一次一个人来游览西湖，似乎比我们还搞不清东南西北，只知道紧紧跟随着我俩，甚至连我们上卫生间，他也等候在门口。这让我们被吓到了，只能变着法子地甩掉他。其实事后想想，他也就是初涉江湖，憨厚老实，不知所措而已。

因为游兴太浓，乐不思蜀，加上当时交通不便利，后来我俩竟然没能买到回程的汽车票，身上的钱也不够了，很吃了一些苦头才得以返回浦江呢。

可那苏堤春晓、柳浪闻莺、三潭印月、湖心美景……就此根植在我们年轻且富有诗意的心里，特别是湖边随处可见的依依杨柳，曼妙多姿，让我生出无限爱怜。从此，只要有机会到杭州，我总要奔赴西湖，与万千垂柳缠绵一番，以慰相思之情。

只是，光景不待人，须臾发成丝。湖水一荡一漾，坐在湖畔的少女早已尘满面、发如霜了！

不变的只有湖边的烟柳，纵使已过千年，再过千年，只要二月春风如期而至，总能裁剪出碧玉般的绿丝绦，年年豆蔻，岁岁青春。

今天，西湖的垂柳熬过严冬，熬过北风和霜雪，在春姑娘温柔地呼唤下，欣欣然张开了眼，万千柳丝如轻纱，如流烟，如飞瀑，如云霞，兜头兜脑地从天上飞降而下，染绿了天空，染绿了湖水，也染绿了游客的眼睛和心灵。我坐在柳枝下，仿佛禅定，一动也不想动，一动也不敢动。这样美的春色，这样美的烟柳，只可意会，笨拙的文字根本无法表达。

柳下的人儿，早忘了岁月易逝年华易老，只想幻化成绿纱帐里的黄莺儿，在这美好的春柳枝头啾啾鸣唱。

柳树下，碧绿的湖面上，一只雄鸳不慌不忙地穿过柳丝向前游弋，一只雌鸯紧跟在其后。此刻，山无语，水无语，断桥无语，柳丝亦无语，紧紧相随的一对鸳鸯，却在无声中演绎着地老天荒，爱情永存。

天色渐渐暗下去，远山变淡，变得更淡，终于在暮色中消失了。湖面的游船也消失了。纤柔的柳丝在暮色中更加温婉可人，依依牵扯着人心，白娘子应该在这样的柳丝中乱了芳心，苏小小正透过车窗和柳丝寻觅心中的阮郎，梁山伯和祝英台也必定在这样的柳丝中化为彩蝶双宿双飞。

早春的晚风，带着一丝丝的凉意，拂过柳丝，拂过柳树边刚刚开放的第一朵桃花，也拂过沉醉在漫天柳丝中的我，让我久久不忍离去。

西湖春景，烟柳之约，合当趁早啊！

诚如元膺先生所云："到清明时节，百紫千红，花正乱，已失春风一半。早占取韶光共追游，但莫管春寒，醉红自暖。"

三月，水亭风光正好

阳春三月，天朗气清，惠风和畅，这样的日子正宜于乡村行走，何况我已经在这个春天把自己封闭许久了。

一

知道兰溪有一个水亭乡，是因为这里的豆制品特别好，现在散落在八婺大地上的豆制品作坊主，除了湖北人，最多的便是兰溪水亭人了。水亭的千张韧滑薄嫩，味美价廉，是其他地方的工艺无法比拟的，不管红烧还是清炖，不管是炒落汤青还是炖老鸭煲，总是让人口齿留香、回味无穷，实在称得上豆制品中的一绝。

做豆制品是一项苦差事，因为保质期特别短，需现做现卖，而且销售范围极小，夜半制作，清晨必须到达消费者手里，放到第二天就不能食用了。因此，豆制品的生产加工往往只能以小作坊的形式卑微地存在，现在已经很少有年轻人愿意从事这种苦差事了，可我知道，有不少的水亭年轻人选择远走他乡，用辛勤的劳动换回生活所需，也把家乡的特色美味献给千家万户。

二

走进西姜古村，看到一个四五岁的小男孩戴着帽子蹲在太阳底下，正聚精会神地玩着手上的一块石头，任凭我怎样招呼也不抬头，这样的专注在城市里被新媒体教育得精灵古怪的孩子中是极少见的。直到他奶奶走过来，小男孩才抬起头，露出了纯真的笑容。坐在家门口两三交谈的老人闲适而安逸，满是皱纹的脸上挂着淡淡的笑容。

据说西姜是三国名将姜维的后裔村，元朝元贞元年，姜维的第三十六代孙姜霖公选址在龙山上，依山势呈扇形而建造了这个古村落。西姜祠堂建于明隆庆年间，是全国等级规格最高、规模最大的民间家庙之一，它飞檐翘翼，肥梁胖柱，用料硕大，设计精巧，其中轴线正对龙山的制高点——凤岗，已经被列为"国家重点文物保护单位"。在一代名医姜本耕的带动下，西姜村的"保和堂"（一说"保翼堂"）本着悬壶济世、医者仁心的宗旨，在清末民初声名远扬，求医问药者络绎不绝，可惜时过境迁，如今只剩残垣断墙了。但这些并没有对世世代代生长在这里的姜姓后裔产生多大的影响，只要被视为龙眼的两口古井水源不竭，月光下漫步在通往凤岗的石级上，听取一片蛙鸣、数声狗吠，就是平头百姓所求的现世安稳了。

西姜村口新建了古色古香的青砖矮墙和玲珑雅致的百寿亭，与边上长长的青石板路和斑驳的土泥墙颇为和谐，路边更有几株绿意葱茏的朴树，和桃花未落新叶初长的桃树，带着随意率真的乡村野趣。在众多粗制滥造的新村建设中，这份用心已经十分难得了。

三

阳春布德泽，万物生光辉。

春天的田野，是那么欣欣向荣、生机勃勃，到处是杨柳婆娑，绿草茵茵。大片大片的油菜花渐渐褪去了耀眼的金色，开始结出碧绿的果实。丰收在望，空气中仿佛飘荡着菜籽油的喷香，而勤劳的水亭人又开辟出万亩优质文旦基地。据陪同的乡镇干部介绍，小小的一株文旦幼苗就值千元，这漫山遍野的文旦基地，确实价值不菲啊，难怪水亭人把文旦当成自己的孩子来爱护，把万亩基地当作自家的自留地来侍弄。

文旦基地所在的制高点叫明真山，是柳塘章畲族村人心目中的朝圣之地。相传，明朝以前的明真山叫雾禁山，它高耸云端，陡峭如刀削，山上松柏参天，山脚下荆棘盘缠，从山脚上山只有一条小路。朱元璋在山岗殿一带和元兵交战时大败，又与常遇春将军冲散，只得单骑拼死冲出重围，往西逃走。元兵哪里肯放，直盯着朱元璋那匹白马猛追。到了雾禁山，朱元璋调转马头，倒退着上了山，在浓密的树林里躲了起来。元兵追到雾禁山脚下，看到路上是下山的马蹄印，就沿着山脚向后山追去，朱元璋因此躲过一劫。当上皇帝后，雾禁山被改称为"明真山"，意指这是明朝真命天子到过的山。

沧海桑田，如今明真山已变成了一个只有几十米高度的小山坡，光秃秃的山上突兀地生长着十二棵大樟树，枝繁叶茂，苍翠挺拔，估摸着已有七八十年的树龄，屹然坚守在明真山上，静默地观望着世间轮回巨变。沿着甬道走上明真山顶，乡村的撩人春色尽收眼底，天是出奇地瓦蓝，不见一丝云彩，田野里，山坡上，绿油油地长满了青草，石孔头水库的水在微风吹拂下闪着粼

- 一树繁花 -

粼的波光。畲族三月三的舞台就搭在水库上，试想，当畲族一年一度最重要的节日来临之际，天为穹，地为铺，水为媒，在熊熊燃起的篝火旁，摆上畲族长桌宴，来自四面八方的朋友们喝着畲家糯米酒，吃着畲家特色菜，"山哈"们快乐地对歌，尽情地跳舞，开心地舞起断头龙，那将是怎样的盛况啊。

四

我实在是孤陋寡闻得很，以前对水亭畲族乡知之甚少，只有真正走进畲乡，才能窥到其悠远的历史足迹和浓厚的文化底蕴。

畲族乡西方坞村位于兰溪最西边，是一个有浓郁畲族特色的生态民族村，也是少数民族人口占比最高的一个行政村，其中畲族人口占了全村总人口的83%之多，以蓝姓和雷姓为主，日常畲民交流也以畲语为主，所以畲族风情园和民族馆就建在该村，近几年畲族传统的三月三风情节多由它承办。

畲族是一个古老的游耕民族，信仰的是祖先教，家家户户都有一个代表历代祖先的香炉。在流离迁徙的过程中，其他物品能遗弃，唯有香炉不能丢。

畲族虽然没有自己的文字，但有自己独特的服饰、饮食、工艺品、舞蹈等文化。民歌更是畲族重要的文化传承，畲族素来有"歌是山哈传家宝"之说，祭祀以歌唱史，婚恋以歌传情，丧礼以歌代哭，日常以歌自娱，岁余节庆必有歌会，青山绿水俱是歌场。三月三是最热闹的对歌会，届时青年男女都会穿上最隆重的民族服装，尽情歌舞，表达对生活的赞美感恩之情，所以畲族人上到八旬老妪，下至五岁娃娃，可以说个个能歌善舞。记得有个畲族的初中同学，歌唱得超级棒，每每让天生五音不全的我佩服不已，原来他是尽得祖先遗传，有先天优势的！

五

袅晴丝吹来闲庭院，摇漾春如线。

伊园是李渔中年时期居于兰溪夏李时倾心建造的雅致别业，也是他得享列仙之福、做了十年山中宰相的人间仙境。在这样美好的春天，风和日丽，碧空万里，我恍若杜丽娘走进后花园般地邂逅伊园，但见园内叠石为山，引水作池，佳木葱茏，秀竹摇曳，清堂茅舍，曲径通幽，而蜿蜒低矮的粉墙外，正缓缓走过一个曼妙的女子，这是多么风情雅致啊！其实楼不在高，窗临水曲琴书润，园不在大，人读花间字句香，如此风花雪月，诗路花语，此生足矣。

唉！世间有几人能参透李笠翁之名联：名乎利乎道路奔波休碌碌，来者往者溪山清静且停停？

且停停，在这三月的乡间小路。

紫荆花开灿若霞

记得那是 2010 年的阳春三月，午后温暖的空气中氤氲着几分旖旎，浮动着些许暗香，让蛰伏了一冬的心忍不住蠢蠢欲动。

痴迷于山水的"驴友"，也许骨子里天生都不是随遇而安的人，在一长串中规中矩、平平淡淡的日子里，突发奇想，总想制造一点小小的浪漫。

那时，微信还没有盛行，QQ 群正流行。群里有人说兰溪市梅江镇转轮岩的紫荆花开得正旺，我一时激情涌动，呼朋唤友，立马就有了七八位志趣相投的户外发烧友作陪，大家在黄昏即将来临之际，飞车越过太阳岭，扑向大自然的怀抱，一下子跌落到一派春花烂漫之中！

那是我第一次邂逅漫山遍野恣意怒放的紫荆花海。

从梅江镇观岩陈村往东南方向穿过一大片金色的油菜花，就来到了转轮岩脚下，转轮岩虽然海拔只有六百二十米，却因奇峰突兀，山岩嶙峋，远远望去仿佛一只旋转的轮子而得名。

从山脚拾级而上，古道陡峭狭窄，弯弯绕绕十八曲，沿途两边的岩石上生长着苍劲的小松树和常见的小灌木，此时艳丽的紫荆花正密密匝匝地从光秃秃的枝丫上破皮而出，纷纷扰扰地挤在枝头，诚如宋元时代的诗人方回所述："疏枝坚瘦骨为皮，忽迸红英簇紫葳。"

山脚的紫荆花丛中还间杂着几株洁白秀丽的白鹃梅，愈往上，紫荆花就愈繁密。过了半山腰的步云亭，漫山遍野的紫荆花已经汇成姹紫嫣红的花海，在夕阳的映照下，仿佛是紫红色的火焰在一个又一个的小山坡流淌，铺天盖地，扑面而来，其奔放其热烈其壮观实在让人叹为观止。

我们一行八九个人完全被击中心灵，为眼前大气磅礴的美景而震撼，几乎石化在这如火如荼、繁花似锦的暮色之中。

转轮岩的紫荆花海征服了每一位来访者的心灵，如今已经成了兰溪市梅江镇的一张金名片。一到春季，来自四面八方的游客蜂拥而至，徜徉在无边无际的紫色花海之中，被誉为是浙江最美的紫荆花岩，"梅溪之畔，紫荆花开"也成了梅江镇标志性的地方广告语。

近几年，江南各地的紫荆花海不断被发现、被宣传、被推广：浦江的郑家坞的"荆"生有你，浪漫满"坞"；天台赤城山的紫荆花热烈绽放，如诗如画；金东区赤松镇虎岩紫荆花海连着千亩粉樱，惊艳四方……朵朵密集、簇簇相拥的紫荆花在这盛世年华，仿佛星星之火，可以燎原。

葳蕤紫荆花，辉映非一朝。

为什么这些年会有越来越多的紫荆花海纷繁地呈现在世人面前呢？

其实，紫荆是江南农村最常见的豆科紫荆属小灌木，生命力非常旺盛，一般长在浅山野谷之中。因其易于栽培，而且色彩艳丽，古人经常植于门前屋后，作为观赏之用。不管是唐代朱绛的"独坐纱窗刺绣迟，紫荆花下啭黄鹂"，还是宋代韦骧的"紫艳暮春庭，少陵诗思清，老蛟蟠曲干，丹矿缀繁英"，抑或元代张雨"黄土筑墙茅盖屋，门前一树紫荆花"，都可以看出古人对紫荆花的喜爱和赞赏。然而因为紫荆移植在闲庭幽园，要考虑整体效果和意境，所受限制颇多，主人不可能任其肆意扩张，成林成片，独领风骚。

而20世纪80年代以前，在生产力还十分低下、温饱尚未解决的农村，长在山野之中的紫荆与其他灌木便似乎没有多大区别。它每年顽强地生长，顽强地开花，可是一过了夏天，它就成了山野樵夫利刃下的柴火。在物质贫乏的年代，它的生命力再旺盛，也抵挡不了锋利无情的刀斧，根本无法大面积生长，乃至汇成花海。

如今，随着科学技术的高速发展，加上国民经济的不断改善，老百姓日常生活基本以煤电为主，即便是农村，近二十年江浙一带也很少有人用柴火灶做饭烧菜了。于是，这本不起眼的紫荆充分凸显了它的生命力之强和生长速度之快，不经意间，它就以燎原之态，占据了大片山头，惊艳了万千眼眸。

上周末，随着"驴行"队伍走进丽水南郊富岭的巾山，我又一次感受到了紫荆花海的不同凡响的震撼。

据称，丽水市经济开发区非常重视南城的这片自然景观，在富岭巾山的东北面建立游步道，串联了巾山寺、巾山塔等人文景观，结合游步道两旁竞相开放的紫荆花，倾情打造了一个美轮美奂的紫荆花主题公园，一时花团锦簇，游人如织。然而，因为人工雕凿和干扰的痕迹太过明显，步道两旁的紫荆花虽然艳丽，却总让人觉得少了一份可以怦然心动、充满生机的力量。

我心里正后悔赶赴这么远的路途，看到的却并不是我所想要的风景。这时，绝大多数游人都停留在巾山塔下止步回头了，领队大雁却带着我们一群"驴友"从巾山塔东南侧一条无人行走的崎岖的羊肠小道下去。在巾山的南半坡，因为没有了人类的干扰，密密匝匝的紫荆花呈自然生长之态，一串串、一簇簇地挂满枝头，伸向天空，在阳光下有种惊天动地的磅礴气势，仿佛要把多年蛰居的憋屈全然释放。它们在湛蓝的天空下恣意怒放，姹紫嫣红，繁花似锦，灿烂若霞，绚烂多姿，美不胜收。

在近距离的接触中，我意外发现，不同于一般的烂漫春花只在枝丫上开花，紫荆花竟然能从树根和主干上拼命钻出，让累累的花朵从头到脚都挤满，难怪别名是"满条红"，有"春来满条红，风动紫荆香"的雅致和活力。

坐在这一片生机盎然的紫荆花海之中，我不禁感慨万分：江南的紫荆花，就像生生不息的中华儿女，原本就是最平凡朴实、生机勃勃的，长在繁华盛世，哪怕只给它一片贫瘠的山坡地，少些人为的干扰和破坏，让它自由生长尽情开放，它就会在春风浩荡的三月，凝聚全身心的力量绽放自己，带给世界无限惊喜和希望。

- 一树繁花 -

湖镇印象

"龙游丽水伴云和月，仙居天台似玉环山"，第一次听到这副浙江地名对联，是我在家乡贫瘠的自留地里干农活时。我那个聪明乐观的小猫舅舅有一肚子说不完的故事，总是边干活边演绎，给单调乏味的劳作抹上一层亮色，因此，我们几个小屁孩特别喜欢跟在他的后面。他一脸陶醉，抑扬顿挫地念着这副对联，我当时就觉得这词好美丽、好有气势，从此，龙游、丽水等地就美好地镌刻在脑海中了。

那天，三余兄邀我到他的故乡龙游湖镇走走，一起去看看湖镇的古街、古塔、古建筑，我脑海里马上就跳出了这副对联。龙游虽然不远，可我除了听说过神秘的龙游石窟，好像从来没有走进这片土地，心中一直有着一份期盼和神往。

古街

车子把我们一行八人带进湖镇一个非常普通的小园子——一对铁门、一圈矮墙、几间平房，其对面的二层楼房在 20 世纪五六十年代算是比较现代化的建筑了——这是三余儿时的乐园。园子里最有生机的是一棵粗壮蓬勃、枝繁叶茂的大樟树，但它看着还非常年轻，没有古樟盘曲遒劲的沧桑感。三余说，这棵樟树确实比他大不了多少岁，但在他小时候已经可以爬上去掏鸟窝了！仔细一看，枝丫之间真的有一个鸟窝，这当然不是三余兄曾经掏过的那个鸟窝，但他很确定地说，树下的这口井是儿时他参与挖掘的，曾带给他无数的快乐和清凉，而且他就是在这口水井边练成了吊水高手。

下车出了园子右拐百余米，曾经人来车往热闹繁华的湖镇千年古街就在暖暖的秋阳下温婉地伫立着。

古时，陆地交通工具不够发达，水运的作用就尤为凸显。作为龙游县的东大门，毗邻衢江，且水系丰富，彼时千帆竞发，百舸争流，因多湖而得名的湖镇曾经有十八码头之称。湖镇老街因此商贾云集，络绎不绝，街上粮油店、小吃店、剃头店、手工店、邮局、旅舍等一应俱全。

然而历史的车轮滚滚向前，高速发展的科学技术无情地碾压着过往悠悠的慢生活，湖镇古街也遭遇了各地千年老街同样的命运，三十年来逐渐气象式微、颓败斑驳了。

不过，"乡村振兴""保护古迹"的东风在这个激情豪迈的时代终于吹拂过这条千米古街，在尽最大可能不改变原本面貌、不影响本地居民生活的情况下，政府出资抢救性修复了老街。

今天，漫步在湖镇老街，我恍若穿越回到故乡儿时充满烟火气息的老街。老街的西头，矗立着一块古铜色的路牌"湖头街"。早市已过，老街上人并不多，街道两旁树立着乌黑的木排门和雕刻着精美花纹的垂花柱，店面挂着红红的灯笼和鲜艳的店招，旧楼梯唱着吱吱哑哑的古老曲调，本地居民闲坐着侃大山，小吃店的灶台冒着热腾腾的蒸气……虽则岁月悠悠光阴似箭，但江南水乡小镇的气息浓郁得化也化不开。

街头有两家毗邻的小吃店，出售的都是当地知名小吃，其中就有我喜爱的兰溪鸡子粿。一位慈祥和蔼的婆婆热情地招呼着客

- 一树繁花 -

人，在我眼里幻化出了故乡老街上当炉的外婆，便顾不得早饭刚刚吃过，立马买了一个新出锅的鸡子粿尝尝鲜。但据说，老街上的清朝馄饨最是有名。店主叫六月苟，祖上几代都在这条老街上卖馄饨，店面就是祖上留下来的。架在街边的炉灶里柴火通红，一大锅的水正在上下翻滚，小小的锅盖似一朵漂萍随着滚水在大锅中浮动。老街清朝馄饨皮薄馅鲜，讲究的是火候，据说无论你要几碗，老板总是一碗一碗分开煮，而且每天就供应两百碗，卖完就没有了，保证的就是质优味美原汁原味。隔壁是一家"老娘剃头店"，里面设施简单，笑眯眯的老板娘在给同样乐呵呵的老大爷用一个旧推剪理发。来理发的都是多年的街坊邻居，一坐下来不用开口，老板娘就知道顾客需要的是什么，彼此之间默契得很。再往前，蒸笼店的老板正在编织新的蒸笼，边上还堆放着一些刚送过来维修的旧蒸笼，毕竟在农村过年过节，家家户户还在使用蒸笼，有一定的市场。而隔壁的蓑衣店，老手工艺人一边在娴熟地编织着蓑衣，一边和我们感叹道：蓑衣的作用因为现代塑料工艺的发展早已失去了使用价值，只是作为一种工艺品而存在了！确实，小时候要在下雨天干农活，迫不得已地穿上厚重的蓑衣，粗糙的棕丝穿透夏季薄薄的衣服触到皮肤，又痒又痛，很是不舒服，现在穿惯柔软舒适服装的娇嫩皮肤哪里还受得了？但工具一旦失去使用价值，手工艺人想借此维持生计就不长远了。老街上还设有一家乡愁邮局，还是那一抹熟悉又遥远的邮政绿，然而其实用性已经被快速便捷的电话和网络取而代之，现在的年轻人，谁还会有"云中谁寄锦书来，雁字回时，月满西楼"的惆怅和期盼？谁又会有"西来青鸟东飞去，愿寄一书谢麻姑"的浪漫和豪迈？少年时期曾经那样热切地徘徊在邮局门口，只为等待一张温情脉脉的信笺，以至于这一抹邮政绿成为我记忆中永远不会消失的美好意象。作为中国古代四大发明之一的活字印刷，在油印、激光等先进技术取而代之后，现实生活中消失得似乎更早一些，湖头街上曾经有一家古老的印刷厂，20世纪80年代还靠印刷试卷、复习资料等生存着，如今当然早就不复存在了。但作为一种古老的记忆，龙游县政府还是在原址上把它作为体验馆保留下来。它和其他逐渐消失的"踩高跷""小脚灯""硬头狮子"等民间工艺，以及早就被豪华宽薄的液晶电视取代了的老式黑白电视机，一起在老街上陈列出来，让来自五湖四海的游子漫步在千年古街，回味儿时的记忆，把逐渐从生活中消失的民间工艺镌刻在心中。留住乡愁，这大约是修复古迹的意义所在吧。

古塔

沿着老街的青石板路慢悠悠地逛，穿越两旁从儿时记忆深处复活过来的老店，一直走到湖头老街的最东头，一座颇具历史沧桑感又显得特别精致灵巧的白色古塔出现在一堵矮墙后面。同行的建筑名家、诗人洪铁城老师非常高兴，他此行最重要的目的就是来探访这座全国重点文物保护单位——千年舍利塔！

随行的朱老师介绍，湖镇舍利塔始建于南朝陈天嘉五年，为五级浮屠，后又由隋文帝重建为七级浮屠。岁月变更，风雨飘摇，历经战乱和地壳变化的古塔开始颓败。到北宋嘉祐年间，乡贤江延厚再次在原地花巨资再次修建了舍利塔，保留了隋代的塔基，在此基础上建造六面七层楼阁实心砖塔，高近三十米，每面宽两米余，不仅玲珑精巧，而且异常坚固结实，在明末清初当地曾经发生过较大级别的地震，连边上的溪流都因此改了道，该塔却屹立千年而不倒，于2001年6月被国务院批准为全国重点文物保护单位。据探测，舍利塔下面还有比较完整的地宫，至今尚未开发。

今天，天气晴好，秋高气爽。蓝天白云下，玲珑宝塔在绿树掩映中显得尤其古朴典雅，尖尖的塔顶直指苍穹，六条细细的铁索连着最上层的六个檐角，白色的塔身经岁月洗礼已有些许斑驳，但黑白分明的宝塔依然风姿绰约。每层宝塔的六个面都刻有壶门状的佛龛，里面放置晶莹剔透的玉制释迦牟尼像。据说第一层的玉佛大部分已经被盗，现有的是新供上去的，明显缺乏漫长岁月中汲取的日月精华。每层之间砌有黑色的腰檐，由菱角牙子层叠而成，显得即繁复又有序。檐角高高翘起，挂着远古的风铃，风起，曼妙的铃声饱含着隋唐时期的古风雅韵。

我绕着古塔环行一周，深感古人制作工艺的精雕细琢和一丝不苟，也有些奇怪，一个佛龛本来应该只供奉一个佛像，可古塔第一层的同一个佛龛里为什么会供奉上下两尊玉佛呢？这些玉佛明显都是新进的，是当地善良的百姓怕佛祖太过寂寞吗？

无意之中，我发现在第一层塔身西面的佛龛中，一个巨大的马蜂窝竟然结庐在玉佛头顶，按理说这是大不敬，应当立即铲除，可佛祖依然慈眉善目，物我两忘，与世无争，清静修为，这才是真正的佛家意境，"菩提本无树，明镜亦非台，本来无一物，何处惹尘埃"。

作为供奉佛祖舍利子的古塔，一般都有庙宇高僧，湖镇舍利塔的北侧原来也建有寺庙，在 20 世纪 50 年代被改建为粮仓，原来里面供奉的释迦牟尼及四大天王塑像也被拆除了。

洪老师是建筑、历史、文物等多领域的专家，他对湖镇古塔非常重视，说："这是一个非常有价值的古迹，是中华文物瑰宝，历经千年还如此完好，当地政府一定要好好保护！"

红木小镇

听说湖镇有个红木小镇已经有些年头，在湖镇开设牙科诊所的朋友杨医生前几年就曾经邀请我过来游玩，但因故没有能够成行。当时我并不为憾，以为这个新建成的红木家具小镇就和大多数现代速成的旅游景点一般无二。

今天，当我来到美丽的衢江边上这个规划面积三万五千平方公里、已经投资了四十亿元的集家具制造、旅游休闲、文化体验、商业服务和生态住宅五位一体的浙江省首批特色小镇时，我深深为年年红家具集团董事长金樟溪的博大胸襟和企业情怀所折服，也深深为小镇深厚独特的文化底蕴及其与衢江自然风景的完美结合所倾倒。

从小镇的游客中心沿着人工挖掘的九曲溪乘游船驶向衢江，远远就看到一座气势恢宏的拱形廊桥横跨在碧波之上。桥身全部采用红木建造，共计用料三千余方，以传统的榫卯结构打造而成，桥面分上下两层，两层之间呈月牙形，桥顶以七间单檐歇山顶楼阁覆盖，两侧采用完全透明的玻璃开窗。但见蓝天白云，江水悠悠，两岸绿树葱茏，鸟语花香，试想：站在桥上，凭栏远眺，抚今追昔，或上下天光，一碧万顷；或长烟一空，皓月千里，或淫雨霏霏，阴风怒号……把酒临风，岂不喜洋洋者矣？

游船穿过善建桥，就到了衢江流域。此处水面宽阔，水流平缓，远远一线长长的泄洪坝横断整个衢江，是近期根据钱塘江流域综合规划新建的龙游小溪滩水利枢纽。此时正值初秋，阳光和煦，江风习习，游船慢移，北岸的红木小镇如同一幅色彩艳丽的风情油画徐徐展开，中西合璧的亭台楼阁、依江而建的仿古长廊、郁郁葱葱的绿树彩林，和波光粼粼的秀美衢江完美结合，宛若天成。

弃舟登岸，沿着全红木建筑的文化古建长廊，可以感受到业主的用心精巧和良苦。长达千米的长廊是用纯粹的红木仿古精雕细琢而成，雕梁画栋，飞檐翘角，做工考究，尺寸精准，由西往东按照唐宋、明清、现代和未来的时间轴打造了一条由古到今的观赏带，两廊悬挂着名家诗词楹联，读来颇有共鸣："何妨小坐闲心也共青云远，尽管常来慧眼犹储碧云多""小憩长亭偶有风声清过耳，闲观万象恐无世味淡于心""江畔临风烹紫雪，廊间随月步青云"……长廊内侧是匠心独具的江南园林，其间水榭亭台，玲珑假山，如茵绿坪，似玉碧潭，曲径通幽，小桥流水，莺啼燕语。位于长廊中部的缘佛圣树大酒店，每个阳台都长满了各种倒悬的绿植，绿意从楼顶如瀑布般倾斜而下，仿佛是童话世界的宫殿。如果能在这里住上一晚，我想我必定会在梦中变身为迷失在绿野仙踪里的女孩多萝西。而长廊的外侧，正是一江微波荡漾的秋水，数只游船，点点鸥鹭，沙汀寂寂，远山如画。漫步其中，确乎心旷神怡，宠辱偕忘。

衢水之上的太母殿供奉的是盘古开天辟地以来中国古代历史上最伟大的五位女性，是为纪念和感恩女性为人类社会做出的巨大贡献而建造。宫殿主体结构用坚硬致密的名贵铁梨木打造，天花板采用中国古代建筑特有的藻井结构，门口高悬"母仪天下"的匾额。殿正中的是女娲铜像，高十二米，重达五吨；女娲上方的神像是华胥氏，相传她踩中雷神脚印生下伏羲和女娲；女娲的下方是周室三母——太姜、太任、太姒；铜像的下面，雕刻着五十六个小铜人，象征五十六个民族，彼此肩并肩、手拉手、筑梦前行，以此盛赞母教的伟大。

匆匆走过红木小镇，大家对于现代企业家的博大情怀和历史担当都不胜感叹。虽然红木小镇还处于创建过程，但以其打造"千年古建，江南一绝"的坚定信心，排除一切困难奋力推进，百年、千年之后，如此气势磅礴、精工细作的红木仿古建筑群，不就是一座传承中华文化的恢宏古迹吗？

淄博"赶烤"小记

人生的际遇就是如此奇妙，有时自己也无法准确预料下一步的行程。

自 2023 年 3 月以来，淄博烧烤一夜走红，成为风靡全国、独占鳌头的网红打卡点。但在一个月之前，孤陋寡闻的我根本没有关注，更没想到对烧烤颇有些不屑一顾的我，竟然会一反常态地进淄"赶烤"。

这当然源于本次活动的发起人——淄博市作协副主席、周村区作协主席葛思绪。

4 月底，中国作协在海宁举办了一期华东五省基层作协主席培训班，我与葛老师一见如故，当时他就邀请我们大家到淄博"赶烤"，以为不过一句客套而已，且现在的网红经济来得快也去得快，便一笑而过。

谁知历经"五一"小长假，淄博烧烤的热度有增无减，连我这不愿赶趟凑热闹的人，也被周围一片叫嚣着要到淄博吃烧烤的声音所俘惑。我很好奇，全国各地哪里没有烧烤？新疆、徐州等地的烧烤很早就小有名气了，为什么独独名不见经传的淄博火起来，而且一火冲天，红遍全国呢？

不曾料想，淄博人不仅实诚而且好客，5 月上旬果真收到了葛老师的邀请函，邀约各地文友前往淄博体验一次火热的烧烤盛宴，我便欣然前往了。

5月19日晚上，到达淄博火车站时已将近19点，我所乘坐的D1673次列车一到站，坐得满满的车厢哗啦啦一大半人都下了车。据说，周末到淄博"赶烤"，动车、旅馆都要提前预订，而且基本靠抢，这样看来果然不假。因为外面酒店旅馆已经爆满，五十多位来"赶烤"的文艺工作者就住在了山东水利技师学院。

出了站，早有淄博作协李主席亲自开车来接我们，他非常贴心地迎到出站口，热情地帮忙提行李箱，一路给我们介绍沿途景物及齐鲁文化。到了水院公寓，思绪老师和当地几位作协主席早已在等待，我刚放下东西，就被拉着和几位没赶上晚饭的文友来到学院门口的烧烤店，第一时间感受了淄博烧烤灵魂三件套——大葱、小饼、甜面酱。

可以说，从踏上淄博的土地，热情就像烧烤不可阻挡的香气一样地包围了我的身心。

第二天一大早，我们参观了山东水利技师学院。这是一所环境秀丽、充满文化底蕴的院校，美丽的萌源河穿校而过，河面三座洁白的大理石同济桥、陶然桥、安澜桥，把河水分隔成青荷塘、龙津潭、一鉴池、芙蓉浦和涵月湾五个水域，大小不一，风韵各异。两岸烟柳雾松，鲜花野蔓，水面白鹭仙鹤，沙汀水榭，小桥流水，美轮美奂。热情的师生仅仅用了半天的时间，就把一所充满活力和正能量的技工学院，以如诗如画的唯美形象展示给了大家。来前我还挺好奇：淄博是地级市，为什么"赶烤"会安排在一所省级水利技师学院？这会儿才知道，作为齐国古都的淄博，它的每一个细胞、每一个元素，在这一历史性的高光时刻，都在倾情绽放独具特色而又绚丽多彩的烟火，最终汇成璀璨夺目的盛世繁华。

第二站，我们走进了周村古商城。

这是近年来我看到过的保存最完好的古建筑，有五万平方米以上的古商业建筑群，布局紧凑，整体协调，错落有致，风格各异。山西、陕西、安徽、福建乃至中世纪欧洲的建筑网络和特色都能在周村找到印迹，周村有"活着的古商业街市建筑博物馆群""天下第一村""中国北方丝绸之路的源头"等美誉，虽"不通水路而天下之货聚焉"，故被称为"旱码头"。以前从没有听说过这个古商城，遇见周村确实是我此次"赶烤"的意外收获。

周村古商城从今年开始免除了门票。走进古城的大街，宽不过十余米，两排商铺均为古朴的青砖黑瓦，檐角轻翘，街上人来人往，摩肩接踵。在网购时代，如此盛况的古街已经很少看到了。街上有多家百年商铺，诸如大清邮局、瑞蚨祥布庄、广源堂、聚合斋、东顺成等，更有周村烧饼博物馆、状元府、天下第一村等承载着齐鲁文化的古迹。树立在大街上的一块"今日无税"的六角石碑，展现了中国古代知识型官员忧国忧民的家国情怀，也似乎说明了那个经济低迷时期政府努力的方向。

这天晚上，是采风团全体成员"赶烤"的正餐，就安排在古商城的大三元烧烤店。走进店门，墙上的小标语先就让人开怀："淄博烧烤，生活就该这么有味""来滴都是客""木有（网络用语，没有）烧烤就木有朋友""一串烧烤一座城"。当店家把火红的木柴放进烧烤炉，一串串烤物在火炉里滋滋地冒油。我们用特制的小饼蘸上甜面酱，撒上佐料，把烤得流油的肉串和清脆的大葱一并卷上，咬上一口，咸香爽脆，满口生津，这充满人间烟火气息的美味，瞬间抚平了尘世中的一切烦闷忐忑。有滋有味的生活真是太美好了！

五十多位来自天南地北的吃货，尽情撸串，开怀畅饮，最后结账，居然只要四千余元，简直等于江浙一带每人一份商务快餐的费用。

第二天，我们一行人又前往最负盛名的八大局便民市场。在熙熙攘攘的进口处，有许多穿着行政执法服的工作人员高高举着蓝色的牌子上面写着醒目的红字"淄博文旅专线"，标明了所到景点的名称和车费。车费一般在五到八元之间，如果你想了解景点，工作人员会热情地向你介绍并引导你到乘车点位。到淄博的旅行就是这样明明白白，便捷经济。

八大局的人气简直爆了棚！整条大街就像一条缓缓流淌的河流，每一个游客就是其中惬意而快乐的小水滴。街上有数不清的餐饮小吃，门前都排着长队，基本上都是外地赶来消费的年轻人。我想，来这里的大多数人，并不仅仅享受了美食，还能享受到一份特殊的文化和愉悦吧！淄博的商家不仅勤劳、实在、诚信，而且睿智。商店的广告语充满妙趣和人生智慧：烤饼店的门前横幅写"人生有两季，你来是旺季，你不来是淡季"；拇指煎包的产品介绍是"白白胖胖，充满希望"；"椰子下个蛋"更绝，它的"蛋"是如珠妙语——"有淄有味""淄淄不倦、博博生机""人间烟火，首选淄博""淄博那么火，怎能缺了我"，等等，让你不消费都觉得对不起这些有滋有味的心灵鸡汤。没错，世界就是如此温暖，美味不容错过。

下午，在北京向晴老师的极力推荐下，我们又来到了另一处打卡点——中国陶瓷琉璃馆。该博物馆位于淄博市中心文化广场，主体建筑五万平方米，分为陶瓷展陈、琉璃展陈、陶琉文化体验互动、文创产品四部分，展示了各朝代陶瓷文物和当代国内顶级大师的陶瓷琉璃艺术精品。一如淄博其他景点，这座博物馆也是免费开放，只要通过身份验证，游客就可以体验一次服务到位、精品迭出的视觉盛宴。

"爱出者爱返，福往者福来。"短短两天的行程，我多少理解了淄博为什么会火，而且在网络舆情瞬息万变的时代，淄博烧烤的这把火为什么能持续这么久。

可惜，对我有着强大吸引力的齐文化博物馆和文昌湖等景点没有时间观览。

留个念想吧，我一定还会再次重游这座处于齐鲁大地上最热情好客的城市。

- 一树繁花 -

上善若水，水院之歌

五月的清晨，一缕晨光透过纱窗，鸟儿唱起了婉转的情歌。

我走出山东水利技师学院（水院）培训公寓，门前就是一片盛开的剑叶金鸡菊，灿烂明艳的鲜花在晨风中欢快地摇曳，仿佛在热情地向行人打着招呼；美丽的萌源河横穿水院东西，两岸杨柳依依，蒹葭苍苍，牡丹谢了春红，蔷薇水晶帘动；雪白的同济桥静卧在河面上，一叶扁舟兀自停泊在沙汀边，几只白鹭以优美的身姿上下翻飞——我恍惚回到了远在千里之外的江南水乡。

但这里却是一夜之间红遍全国的淄博，是处于秦淮以北的山东水利技师学院。我对技师学院的印象不太好，然而，走进山东水院大门，扑面而来的是明媚的风物景致、有序的校园规划、浓厚的文化气息，路上遇见几位朝气蓬勃的少年，都远远地向我点头致敬："老师好！"

是什么力量，让进入这个大家庭的孩子能够阳光成长，在青春年华遇见最好的自己？

在全程参加了水院的校园文化采风活动和黄河水文化研究中心成立活动后，我找到了答案，且发自内心地感动，为水院"以爱为源、阳光育人"的初心，为水院"少年当自强、强国我担当"的使命。

山东水利技师学院有一位充满人格魅力和教育情怀的掌舵

人。水院党委书记深知技工教育处于"夹缝中的夹缝、问题中的问题"的尴尬现状，在接任水院以来，他始终将个人目标融入国家的需要、学院的发展之中，把自己的小我融入学校的大我、祖国的大我之中，以一种有信仰、有韧性、有温度的教育情怀，着力让阳光洒在每一位师生的心坎里，让自信刻在每一位师生的骨子里；他坚持"以文化人、以文育人"，提出水院文化主旨"正道而行，大道至简"，弘扬"德能同修、知行合一"的校训、"严谨严格、唯实唯新"的校风、"以爱为源、因材施教"的教风和"快乐学习、多元发展"的学风；"国将兴，必贵师而重傅"，他重视教职工队伍建设，坚持党建引领，构建"大思政"格局，不断创新育人路径；他爱生如子，相信好孩子是夸出来的，全力推行"讲好水院故事、讲好师生故事"和"家访报喜，爱出爱返"爱心育人党建品牌建设。八年间，水院坚定地朝着"学生信赖、家长满意、社会认可、省内一流、国内知名"的目标前进，至今已有六百八十一人次在省级及以上技能竞赛中获奖，学生就业率持续保持在98%以上。

水院有一支团结协作、激情满怀的教职工队伍。在学生处穆云丽处长的带领下，我们一行人参观了水院最具特色的水利工程系、交通工程系、智能制造系和现代管理系。

"师者匠心，止于至善；师者如光，微以致远"，不管是水质检测实验室、新能源汽车和无人机开发现场，还是茶艺、陶瓷等国学社团，讲解老师博学多才、旁征博引，带教老师春风化雨、循循善诱，一起做实验的年轻老师，更是和学生充分融为一体。让我印象特别深刻的是交通工程系的张峻主任，一位温文尔雅的中年老师，他一路带着微笑，用抑扬顿挫的声调给大家进行全方位的介绍。在新能源汽车研发现场，他说："为什么美国频频使用舰机闯入我方南海附近海空域，而我国誓死捍卫领域主权？我国是最大的原油进口国，如果南海被占领，那么我国的石油输入就会成问题。如果没有石油，那么我们的汽车大炮都得趴下！所以我们不仅要捍卫主权，还要不断研发新能源汽车，我国有煤炭，煤炭能源的研发也是非常有必要的。"他是那么自然地把爱国主义教育融入专业技能培训之中，让听众的大国工匠的自豪之情和责任之感油然而生。

水院注重每一个细节。早上和我们一起用餐的老师介绍说：食堂的早餐看上去简单，但保证学生食堂和老师食堂同品同质，所有食物都由食堂师傅起早现做，绝不偷工减料。像大馅包子、葱莜麦饼、自磨豆浆、腌制酱菜等都是食堂做的，不像很多单位图省事，用外购的半成品代替，"我们必须确保师生的营养和安全！"

悬挂在道路两旁的欢迎横幅也十分新颖别致："榴月花照眼，雅集文载道""游目骋怀处，妙笔生花时""好书悟后三更月，文友来时四座春"，热情、温暖、文雅，又不落窠臼。

水院更有一群追光而遇、沐光而行的莘莘学子。学院坚持学生至上，致力于让每个学生把阳光定在脸上，把自信刻在骨子里，把"好就业、就好业、高质量就业"作为立足点和落脚点，让每个在校生每天都在砥砺奋斗中积蓄学养、磨炼技能，让每一个毕业生对母校的成就感到与有荣焉，让"今朝水院学子，明日大国工匠"的铿锵信念厚植内心。一路走过，操场上龙腾狮舞，腰鼓喧天，军训队训练有素，步伐稳健，处处展现水院学子的青春风采和勃勃生机。

最后，在黄河水文化研究中心揭牌仪式上，学院用了四个充满地域特色和文化底蕴的文艺表演，把整个活动推向高潮，当台上台下学生争相呼应，激情朗诵"少年强于欧洲，则国强于欧洲；少年雄于地球，则国雄于地球"时，全场掌声雷动，所有文艺工作者血脉偾张、热泪盈眶。

上善若水。这真是一座美丽又充满温情和文化的水利学院。

树立在萌源河畔体育场边的大禹塑像凝聚着水院的灵魂，代表着水利形象，彰显着水利文化，弘扬着大禹精神。

耳边不由响起了荡气回肠的《水院赋》："钟凤凰山之清流，毓萌源河之浩渺。'正道而行，大道至简'，承主旨以坚守，奉天道而自励。'德能同修，知行合一'，惟宗纲之不移，鞠厚德而躬耕。浩然正气通天地，弦诵长吟为永昌。今朝水院学子，明日大国工匠；千花应时绽放，万树俱显神姿……"

赞曰："猛志固存高远兮，弄潮儿向时代立；续写水院华章兮，腾蛟起凤正当时！"

相信，水院的明日更美好！

成都，旅途中的心灵驿站

虽然早就听说四川丹巴旅游线路条件差、价格高且体力消耗大，但318川藏线蕴含的独特魅力、老成都三千年历史的文化沉淀，还有稻城亚丁这方神山净土，一切都在无声召唤，成了我的梦想。

二十年前没有百度地图，没有网约车，旅游业也没有现在透明，即使路过也没能走进这个西南部最大的省会大都市，使我留下了深深的遗憾。二十年过去，今天终于有机会体验一把"最成都"的烟火慢生活了。

一下飞机，旅行社的导游小游子就已经在出口处迎接我们。这是一个热情爽朗且专业素养十分不错的成都姑娘，她用非常简洁明快的语言介绍了成都"活在当下"的市井烟火文化，向我们推荐了品味特色成都小吃和盖碗茶的好去处。而且为了满足大家的愿望，她特别在行程之外排出半天时间让我们自由活动，改为转天中午从酒店启程。

网络信息快速发展对于外出游客的好处自不必多言。一办完酒店入住手续，我们一行八人就相约结伴到奎星楼街吃火锅，据说当地人都愿意光临这条百年老街。手机一点，网约车几分钟就到达酒店门口，只需花费十几元，不到一刻钟一车四人就被稳稳地送到了奎星楼街口。

其时不过下午五点多，街口的火锅串串店门口已经坐满了人。我们到店门口一打听，说八人桌要等三个小时。这样漫长的等待，急躁如我，显然无法接受，只能到别处去碰碰运气。可从街头到街尾一圈逛下来，所有的火锅店都已经座无虚席，我们再从街尾转回来，一家火锅店正好店门口有一张八人桌因来客减少，愿意腾让给我们，服务员很麻利地收拾出来让大家坐下。我们终于可以围炉涮美食了。

　　说实话，成都火锅在金华并不少见，若光从饱口福、品美食的角度出发，作为不是四川本地人的我们来说，哪怕有些微差别也品尝不出来，而到成都非要走进市井深巷品尝街头火锅，更多还是为了体验不一样风情和文化。正如小游子所说：四川经常地震，特别是 2008 年汶川大地震后，四川人都活得特别明白，那就是"活在当下"，所以他们要享受每一天的生活。而江浙人习惯的是"打拼"文化，总是以快节奏、勤耕耘、不断积累原始资本为主题，所以能够来成都的夜空下"巴适巴适"，也算不枉此行。

　　宽窄巷子是成都的城市金名片，最早建造于康熙五十七年，据说清朝时是八旗子弟的居住地，后来经过历史变革，形成了现今以旅游休闲为主、具有鲜明的地域特色和浓郁的巴蜀文化氛围的复合型商业美食街。宽窄巷子由宽巷子、窄巷子和井巷子三条平行排列的老式街道及四合院落群组成，是成都市三大历史文化保护区之一，是老成都"千年少城"城市格局和百年原真建筑群的最后遗存，也是北方胡同文化在南方的"孤本"。这条建造于两百多年前的街区记录了老成都的沧桑历史，其建筑风格兼具川西民居与北方四合院的特点，目前已经成为感受成都慢生活的网红打卡点了。

　　奎星楼街与宽窄巷子距离不过千米，饭后步行十余分钟就

- 一树繁花 -

到。漫步在宽窄巷子熙熙攘攘的人流中，感受着古色古香老胡同的神秘、琳琅满目小吃街的丰盛、火树银花不夜天的繁华、怡然自乐成都人的悠闲，让我对生活在这素有"天府之国"美誉、古蜀文明发祥地的人们多了几分羡慕，觉得他们有火焰一样的热情，也有清泉一般的悠然，也许这就是麻辣火锅和盖碗茶同时造就的双重性格吧。

不过被誉为"天府之都、美食之都、休闲之都"的老成都，最令我高山仰止的文化地标还是武侯祠和杜甫草堂，为此，我特别感激小游子给我们预留的半天时间。

回到酒店后，我认真规划了行程，武侯祠和杜甫草堂一个也不能少！为了节约时间，我决定当个独行侠，争取用四个小时拜谒两个先哲景点。

晨练是我坚持多年的习惯，从不因天气和地点的变化而改变。第二天5：30，我就出门了，计划是跑步到四点五公里外的人民公园去喝一碗地道的盖碗茶，然后直接到武侯祠。

当跑到三公里的时候，我在无意中邂逅了五代前蜀高祖王建的陵墓——永陵。这原本不在今天的行程之中，但既然有缘相遇，我便果断地改变了计划。

中国历代皇帝都是把陵墓修建在地下或山体中，而王建却在平地上建造石墓室，然后再覆盖上封土成为圆形坟丘，成为全国唯一建在地上的皇陵。首先吸引我的，是陵墓边上四个正在抬扶棺床的石雕大力士，周边有二十四个艺伎，或吹笛、或抚琴、或反弹琵琶，神态各异，服饰精美，场面壮观，颇有唐代宫廷乐队的盛大气派。

这个时间，边上的永陵公园正好开门，我就进去逛了逛，树木葱茏，小桥流水，亭台轩榭，曲径通幽，倒是休闲晨练的好去处。

可惜永陵博物馆门前标明9点开馆，只能望门兴叹而去。

跑回酒店，冲个澡，以最快的速度整理好行装，用了早点，我就按导航赶到抚琴站乘地铁直奔武侯祠而去。

8：15，当我马不停蹄一身大汗跑到武侯祠景区门口，却被告知核心景区9点才开门。好吧！

下地铁时我发现墨镜的镜脚断了，想到明天开始就要上高原观雪山了，没有墨镜我的老眼估计吃不消，我决定先去找找附近的眼镜店。

可惜转了一大圈也没找到眼镜店，这么宝贵的时间，容不得半点浪费，我又继续研究武侯祠景区地图。

不看不知道，一看真是吓一跳：武侯祠占地两百三十亩，是由需要门票的文物保护区、我目前所在的文化体验区和锦里民俗区三部分组成，就是用整整一天的时间似乎也只够看个大概。

我只得以快步健走的方式，匆匆浏览了体验区的各式书院、美术馆和刘湘墓，穿过锦里古街，在高高的古戏台前留了个影，正好等到景区开门。

从北门进去，首先看到的就是三义庙，刘关张桃园三结义的故事流传之广，在国内可谓家喻户晓，庙前一副楹联说得好："遗庙近昭陵问魏吴而今安在，万年垂汉统看英雄此日何如"。中国人特别看重血统，一世枭雄曹操似乎总没有刘皇叔来得正统，不过正如苏子所言："天地之间，物各有主，苟非吾之所有，虽一毫而莫取。惟江上之清风，与山间之明月，耳得之而为声，目遇之而成色，取之无禁，用之不竭，是造物主之无尽藏也。"滚滚长江东逝水，唯余清风明月，千古英雄，而今安在？

"丞相祠堂何处寻，锦官城外柏森森"，成都武侯祠相较于南阳武侯祠名声更重，当然是得益于诗圣杜甫的这首千古绝唱了。静远堂里，诸葛亮手持羽扇，身披鹤氅，头戴纶巾，仙风道骨，温润儒雅，让人不能不油然而生崇敬之情。历朝历代的高人雅士在武侯祠留下了大量题咏墨宝，因为时间限制，来不及细品，我只能用手机一一拍下。但在两幅龙飞凤舞、气势如虹的《出师表》《后出师表》面前，我还是久久不忍离去，特别是看到落款乃一代名将岳飞，且文后还有跋文记载："绍兴戊午秋八月望前，过南阳，谒武侯祠，遇雨，遂宿于祠内。更深秉烛，细观壁间昔贤所赞先生文词、诗赋及祠前石刻二表，不觉泪下如雨。是夜，竟不成眠，坐以待旦。道士献茶毕，出纸索字，挥涕走笔，不计工拙，稍舒胸中抑郁耳。岳飞并识。"想着壮志难酬的岳鹏举，在"出师未捷身先死，长使英雄泪满襟"的前辈英雄面前洒泪挥毫，是何等悲壮，何等愤慨，何等豪情！

不过，记忆之中武穆侯应该没有到过成都吧。后来上网一查，这是在南阳武侯祠所书（这在跋文中已有描述），成都武侯祠是拓碑复刻的。

相对于武侯祠和汉昭烈庙的人头涌动，惠陵就非常清冷了，除我之外，只有一对夫妻和讲解员在谒拜，以前一个人出游时总会跟着团队听点讲解，可惜现在科技发达了，讲解员和游客都用上耳麦了，一则保持了环境的安静，二则也排除我这类贪小便宜之流的邪念了！

很快就 10 点有余，我得赶往下一个站点了！

与足智多谋、亦神亦仙的诸葛孔明相比，一生坎坷忧国忧民的杜工部似乎与我等小民更加亲近。想象一个穷困潦倒的旧时代知识分子，在自己唯一栖身的茅屋被风刮跑、又遭顽皮小子抢走之际，还在念叨着"安得广厦千万间，大庇天下寒士俱欢颜"的场景，是何其可叹可悲、可笑又可敬！

有一条成都文旅宣传口号称："没有到过杜甫草堂，就不算来过成都"。这话不一定适合每一个人，但对我而言，成都之所以成为我内心景仰的历史文化高地，很大一部分就是因为诗圣和他融入当时当地、充满现实感的诗作。

759年冬，杜甫因避战乱而入蜀，在朋友的帮助下，于第二年春在成都西郊浣花溪畔建造草堂，从此有了近四年相对安定的生活，并在此期间写下了二百四十余首诗歌，如记录草堂落成的《堂成》："背郭堂成荫白茅，缘江路熟俯青郊，桤林碍日吟风叶，笼竹和烟滴露梢。"有反映草堂生活闲适安逸的："清江一曲抱村流，长夏江村事事幽，自去自来梁上燕，相亲相近水中鸥，老妻画纸为棋局，稚子敲针作钓钩。"有千百年来当作成都城市宣传语的"晓看红湿处，花重锦官城"，当然更有流芳千古的代表作《茅屋为秋风所破歌》……

杜甫草堂，翠竹万竿，诗碑千座，茅屋依旧，风骨长存，不仅是一处风景秀丽的古典园林，更是一块中国文化史上的圣地，是一个值得后辈瞻仰的好去处。

旅行的意义在于行万里路，读万卷书，品万种情。如果仅仅为了一点表面的景观，那么窝在家里看高清摄影片似乎来得更加唯美而经济，但你肯定无法感受到身临其境的震撼和共情。

时间的沙漏总是在缓缓流逝，再精彩的景区也无法打破跟团游的规定时限，我恋恋不舍地离开草堂，一路小跑赶去乘坐地铁，却在出站的时候走错了出口，绕了远路。正在懊恼之时，意外发现街边有个眼镜店，如果错过这家，想在一路荒凉的川藏线上再找个眼镜店，那几乎不可能了，真是幸运！我赶紧进去请求老板帮忙维修墨镜，老板熟练地帮我拧紧镜腿的螺丝，却不肯收取维修费用，人在旅途的我，心中不免涌上一丝暖流。

我又在路边店顺手买了一个刚出锅的馕，只花了六元，拿来当中午充饥之物，非常地道且回味甘香，大赞！

12：20，我准时坐上大巴，告别了这座温暖多情而底蕴深厚的历史名城，在赶赴下一个新站点的途中，我已经盘算着退休后的自驾游了。

那时，我就可以慢慢地体验老成都更多更深的精髓了。

须行即走访仙山

金华北山，古称长山，巍巍然雄踞浙中大地，绵绵乎长达数十公里，从西至东横亘于兰溪、婺城、金东、浦江、义乌五个县市区，险峻幽奇，水清石秀，茂林修竹，山花烂漫，地下溶洞纵深交错，洞中钟乳石笋千姿百态，不仅遍布仙踪神迹，充满神奇色彩，而且融儒、释、道为一体。北山是一千八百多年古婺文化的制高点，更是八婺大地的洞天福地，天然成为抵御台风的有力屏障，而且还是当地寻常百姓和户外"驴友"探险休闲的绝佳去处。

2023年的金华山文学采风活动酝酿已久，最初收到消息我就决定背包徒步上山。不想好事多磨，等到终于成行，已然过了立冬之日，气温断崖式下降，空中也缠缠绵绵地下起了冷雨，婺城人脱了短袖就直接换上冬装，一时还不能适应骤然来临的寒意。

作为一名有着十五年野外经验的资深"驴友"，北山一直是我最爱的"驴行"天堂和精神家园，这点微寒和小雨当然不在话下，我早已拟定了徒步上山路线。然而连着几天凄风苦雨，天气预报又显示周六全天有雨，在户外小群里邀约同伴时，我的心里颇有点忐忑，已经做了独自前行的思想准备。不期然，大胡子、云龙、郎先生、华哥四大帅哥积极响应，风雨无阻陪我同行，心甚快哉！

- 一树繁花 -

周六清晨，天色虽然空蒙，可车一到迎宾大道，尖尖的芙蓉峰（又名尖峰山）和若隐若现的北山就如海市蜃楼一般地呈现在我们的眼前。天空中乳白色的云雾大团大团地涌动、飘移、缭绕、升腾，如含苞未放的玉莲般的芙蓉峰顶时隐时现，其后方逶迤的北山在大片的云海中更是神龙不见首尾，万般变化莫测其形。我忍不住跳下汽车狂拍一气，心中大喜：对于北山，阴晴雨雪都是美景，遇到就是缘，这正是观云赏雾的绝佳日子！

今天徒步的起点是2010年重建的智者寺，也是三百多年前的"驴行"宗师徐霞客上北山的起点，不过因为不想走人造石级，我们放弃了霞客古道，而选择了与其基本平行的一条直达古茶园的野路。

其时虽已立冬，却正是秋意浓郁之时。途中浓雾时聚时散，即开即合，如影随形，但亦可见山中银杏已黄，枫叶泛红，梧桐染色，修竹滴翠，满地落叶堆积，青苔点点，颇有一些憔悴秋意。然而路边黄色的千里光、鲜红的火棘、粉色的格药枑、艳丽的山茶花，一簇簇、一丛丛，开得热闹纷呈，即便是苍茫的大雾也无法遮掩它们野性的热烈，给雨后空山增添了无限生机。

大约行走两公里，转过一个小山头，前面是一片苍翠的荒野古茶园。此时原本雾气朦胧的天空豁然开朗，一时云消雾散，尖尖的芙蓉峰突然曼妙地呈现在山坳之间，仿佛触手可及。待我掏出手机按下快门，大片的云雾又快速聚拢过来，除了面前一畦畦苍郁的老茶树，刚才出现在镜头中的芙蓉峰已然消失在云海之中，浓雾中的山峦仿佛贾宝玉眼中的太虚仙境，似真似幻，如泡如影。

穿过古茶园，就到了羊甲山村的北侧后方，此处曾是引爆火药全家殉国的明末抗清名臣朱大典之山庄，如今却已踪迹难觅。

沿着山腰处弯弯曲曲的鹿女湖排水渠横切行走约一公里处，

双龙管委会新修建了一条往东向上通往西斗鸡岩峰的山道，倒是颇具古道意韵。山道先是一段用松木段固定的泥基台阶，再往上便是就地取材的块状石头搭建或凿就的台阶。我们沿着石阶往上攀爬，途中白石累累，或大或小，形似向上爬行之石羊，黄大仙叱石成羊的神话流传千年，而今满山可觅仙迹，实乃一大奇观。

向上行走大约一公里，海拔七百余米处，有几块天然巨石突兀在拐弯之处，可供行人稍事休息。此时，芙蓉峰再次出现，不过已在我们脚下，却愈发显得青葱玲珑，在后方浓厚的白雾衬托下，确似刘禹锡诗中所述"白银盘中一青螺"。其北侧，随着缥缈的仙雾徐徐移动，仿佛慢慢揭开了帷幔的舞台，缤纷的秋季彩林、金色的黄大仙祖宫、洁白的鹿田民居和碧绿的鹿女湖等美景，宛若一幅精致的山水画卷一般，缓缓地展现在我们的眼前。大自然的鬼斧神工，实在让人叹为观止。

攀上最后一个小山头，只见一块长达几十米的巨石横亘在山冈之上，在缥缈的迷雾中，仿佛一条腾云驾雾蓄势待飞的长龙。

依着巨石走过两百余米狭窄的山脊线，就到了霞客笔下的斗鸡岩西峰，这是我第一次登上此峰。

其实，从弹子下村经东西对峙的斗鸡岩峡谷上大盘尖是一条经典的"驴行"线路，也是徐霞客当年浓墨重彩地描述过的人间仙境，我已徒步行走了无数次。出弹子下村北侧，溯着斗鸡岩峡谷的潺潺清泉北上，在离村一里地许，可见一巨石横卧在泉水之上，酷似一枚巨大的子弹，弹子下村也因此而得名。再往上行走，若穿过两峰之间的石桥回头看，可见两峰之间各有一块突兀的岩石对峙，形似两只怒发冲冠、正在搏斗的公鸡：东峰斗鸡张开的上下喙直向天穹，而西峰的斗鸡昂首向上，英姿勃发，充满雄风斗志。霞客先生云："山桥东下一里，两峰横夹，涧出其中，峰石皆片片排空赴涧，形若鸡冠怒起，溪流奔跃其下，亦一胜矣。"即指此景。

上斗鸡岩东西两峰并不容易，因为山路崎岖艰险，部分地方我们只能在岩石的缝隙中手脚并用贴壁猿爬，稍有不慎甚至可能有生命危险，所以斗鸡岩峰顶我一直没有上去。只记得多年以前，"驴友"山鬼独自一人从荆棘中攀爬到西岩峰顶，在秋日暖阳下煮咖啡、沐清风、观日落，他的那些照片至今深刻在我的脑海里，我想着那该是何等风流雅致、通体舒爽，所以一直希望哪天自己也能一登此峰，今天终于得以遂愿。

此刻斗鸡岩两峰之间雾海如潮，似行云流水，如轻纱薄翼，时聚时散，瞬间万变。站在西岩峰顶，可见斗鸡岩东峰巉岩林立，意态雄劲，在山脚下看到的那只"斗鸡"，此时却似一匹脱缰的骏马，昂首欲奔。远处白墙红瓦的北山第一庙，在仙雾缭绕中若隐若现，宛若天上宫阙，隐约传来阵阵诵经梵音。无意之中，我突然看到仙雾笼罩的悬崖之上有一高数米的天然岩石，云鬓高耸，宝相庄严，体态丰满，左手执净瓶，右手执柳枝，俨然是观音大士下凡而来。

仙气、仙音、仙人，此景只合天上有，我自以为入仙境。

从斗鸡岩下来，穿过举岩茶园，行走几百米，就是肃穆雄伟的黄大仙祖宫，是本次采风的景点之一。我们没有停留，穿过祖宫高大巍峨的朱红色牌坊，往右拐，美丽而又神奇的鹿女湖就到了。

这是我今天的终点，为了感谢四位"驴友"的友情相伴，我特意邀请他们到鹿女湖边上的土菜馆小酌一杯。

北山真是一座有灵性的仙山，我们刚走进土菜馆，天就开始落雨了。有位本想加入我们、因天气预报有雨而放弃的"驴友"刚好打来电话，说金华城里雨很大，问我们被淋湿了没有。我们非常自豪地用行话回答："人品绝佳！整个行程没有落到一滴雨，刚走进饭店才开始下雨呢！"

这家土菜馆是鹿田村民两兄弟共同经营了十多年的农家小店，就建在鹿女湖畔，依山傍水，价廉物美，大部分蔬菜都是兄弟俩自己种植、现摘现炒的，是"驴友"们经常选择的老据点。在这里，"驴友"可以边享受美食边欣赏美景，尤其是盛夏，坐在二楼露台上，清风徐来，水波微漾，临湖把酒，实乃人生一大幸事。

今天的鹿女湖是一个蒙着面纱羞答答的少女，湖边的水杉已经换上艳丽的秋装，如剑如戟的斑茅直指苍穹，金色的梅花鹿高高傲立在湖边的岩石之上，湖水却只能在仙雾缓缓飘过的瞬间得以一窥，仿佛少女的面纱被微风撩起一角，不经意间露出了稀世容颜。

赏了景，我们的菜也上桌了，土菜馆的农家菜确实不错，浓郁的红烧土鸡、腊肉笋干，带着甜味的北山萝卜、高山油冬菜，还有一盘鲜嫩的时令小菜——荠菜拌豆腐，简直一绝！

北山是八婺大地及周边区域"驴友"的野游胜地，经典"驴行"线路不下百条，而且四季变幻，风景各异，想走就走，百走不厌，因此也带动了鹿田、盘前、羊甲山等村的农家菜馆生意，当地的农产品更是十分畅销。这座被誉为"三十六洞天福地"的母亲山，总是无条件地赐予她的子民们丰厚馈赠。

酒足饭饱，北山司雨的徐公又大发慈悲，收起了行雨令，送我的四位同伴踏上下山归途。我精神抖擞地走进了鹿湖山庄，正式开启北山文学采风之行。

我们骑行去

"兰湖的水杉黄了，明天我们骑行去！"

"好，骑行去！"

都说一江春水向东流，滚滚长江东逝水，可是千百年来，婺水却是不疾不徐地向西流淌。我住在婺江之东，第二天，太阳刚刚从积道山后露出一点红晕，我就从金东新城沿着婺江顺流向西出发了。

这些年，金华的三江六岸建设得确实亲民，沿江两岸的运动绿道就是为老百姓倾力打造的。一路上，老的少的、男的女的、跑步的、健走的、打太极拳的、跳广场舞的，还有像我一样骑行的……各类户外运动者络绎不绝，每天睁开眼就能在如诗如画的婺水之畔开展体育运动，增强自身体质，实在是太有福气了，难怪金华屡屡被选入全国十佳宜居城市了。

骑行是我这个秋天新爱上的户外运动。

虽然十多年了，我坚持每天在江边晨跑，不过只有五公里、十公里；每周一天背包"驴行"，那也只有二三十公里；偶尔也自驾，或者坐高铁、乘飞机，来一次说走就走的旅行，可惜越来越快的速度让我们失去了沿途许多美丽的风景。

骑行正好填补了这些小缺陷，特别在这个充满诗意的秋天。

骑行可以有目的地，也可以没目的地。

第一次骑行就没有既定目标，因为担心我跟不上，领队郎先生带着我们几人沿着婺江向西行。两岸风光如画，不断冲击着我的视觉神经，以至于我整个人兴奋莫名，竟然一口气骑到六十公里外的游埠古街，在古街上品尝了地道的兰溪美食后，又骑行回到金华，总行程整整一百公里，我算通过了组织的验收。

　　今天的目的地却很明确，就是兰湖。

　　骑行最享受的是沿途的风景。因为贪图婺水两岸艳丽的秋色，我忍不住一次次停车抢拍，等赶到城南上官桥头集合点的时候，已经让其他三位队友多等了一刻钟，不觉有些汗颜。

　　不过一切都是最好的安排。瓦蓝的天空，明媚的阳光，婀娜的柳丝，火红的枫叶，雪白的茅花，澄净如练的江水，还有不远处延绵的北山南山，哪一样不是慰藉心灵的良药呢？

　　等待也是等在最治愈的山水画卷中。

　　出发吧，还有更多的美好在旅途中。

　　骑到河盘桥头，我们经过了我人生中买的第一套房子，此刻正好拆迁队进场施工。虽然十多年前房子就转给了舅舅，上个月他刚刚签署完拆迁协议，但今天无意中遇到建筑工人站在楼顶掀瓦，见尘土飞扬中这幢大楼马上要灰飞烟灭，曾经承载着女儿童年梦想的房间就将消失，我心中不免感怀。

　　不过，不管是我的换房、舅舅家的拆迁、城市的发展，一切不都是为了让生活变得更美好吗？

　　如此一想，也就释然了。

　　骑过了橡皮坝，婺江边裸露的沙地竟然都被附近的居民种上了蔬菜，大片大片的绿色菜地长势喜人，有人在锄地，有人在浇水，有人在捉虫。随着城市化的步伐越来越快，许多农民搬进了现代化的城市，多年勤劳的本性却没有丢，每一寸土壤都值得珍惜，种出来的菜，自己吃不完，送送隔壁邻居也好啊！

　　- 一树繁花 -

江边还有许多垂钓者，在和煦的秋阳下全神贯注地看着浮标，也许他们一整天都钓不上几条鱼，可是这个过程是多么享受啊！哥为的是钓鱼，不是吃鱼！

出了城，乡下的沙滩又是另一番景致。乡村的农民不缺地，所以他们不需要抢占枯水期的沙滩种菜，房前屋后随时撒点菜籽就够一家人吃了。乡村的沙地里长满了嫩绿的野草，这里是黄牛水牛的天堂，更是白鹭野鸟的乐园。只见牛在悠闲地吃草，白鹭在牛背等着猎物，只有水鸟最勤劳，一直在蹦蹦跳跳地寻觅美味。

郭力垅水库边的美丽风景，让我们一时迷失了方向，不知不觉间多骑行了五公里。可这又有什么要紧呢？我们因此遇上了一段最美的乡村小道，两排金黄的水杉仿佛两条金色的丝绸，在金色的阳光下蜿蜒飘移看不到尽头。

路边晚熟的稻子还在，一畦畦散发着丰收的喜悦。已经收割完的稻田里，麻雀踱着优雅的方步，不慌不忙，仪态万方，看见飞驰着经过的我们，甚至还友好地打了一声招呼，再也不是半个世纪前幼年的我所碰到的那些从人的嘴巴夺食的惊慌失措的害鸟了。人已经足够富足，麻雀也变绅士了。

兰湖终于到了，兰湖就是为了秋天而准备的。

此刻，天空湛蓝，秋水湛蓝，而其间的银杏是明媚高贵的金黄，一排排的水杉是温暖高古的琥珀黄，地上的小雏菊是惹人怜爱的柠檬黄，枫树的叶子红得像燃烧的火焰。我坐在湖边的人间小餐厅，仿佛坐在天上的琼楼玉宇，几欲成仙，不忍归去。

然而我们终究还是要回家，我们的家安放在城市的另一个角落里。

最美的风景在路上，最温暖的等待却永远在家中。

我们沿着公路上的银杏树向东骑，我们沿着兰江边的枫树向东骑，我们上坡，猛踩几步就到了坡顶，我们下坡，风从耳边呼呼刮，我们把太阳丢在了西天。

我们向东骑，那里有我们的家，才下午 4 点，月亮却早早地挂在了东方明亮的天空，怕我们真的忘了回家的时间和方向。

我想，热爱运动的人，一定是快乐又负责任的人，不管跑步、徒步、旅游还是骑行，最终都是为了更诗意地生活，为了温暖整个家庭。

－一树繁花－

金华江畔的河阳古村落

　　现代交通拉近了人间的距离，汽车载着我们飞奔在高速公路上，从金华东到达位于缙云县西南方向的新建镇河阳村，总共才用了六十分钟。这距离与丽水作协主席鲁晓敏约定的时间还有半个多小时，国友兄建议大家先四处转转。

　　汽车进村时穿过一条宽阔的溪流，春水丰盈，浩浩汤汤，两岸绿树掩映，房舍井然，给我一种故乡般的亲切感，甚是怡人。大家不约而同地走向溪畔。

　　水是人类生存和生活最不可或缺的伙伴，所谓风水，风是无形之物，水却有迹可循，所以古人总是择水为邻，以溪为伴，依江而立，一为便捷，二可防御，三则水润万物，水净万物。

　　河阳古村落的朱姓先民们，一千多年前为避战乱，自北而南下，一路奔波，四处寻觅，最终选择在此生根发芽，开枝散叶，使之成为一方富庶而繁盛之地，想来与这条美丽而清澈的溪流大有渊源！

　　每一条河流都尽其所能哺育着在她身边繁衍生息的人类，每一滴河水都像母亲哺育儿女的乳汁。所以每到一地，我总是最先探访与当地居民相依相伴的母亲河，对于丽水和缙云来说，它们的母亲河自然是发源于大盘山的好溪（又名丽水）无疑。我以为这条美丽多情的溪流就是好溪，不过为了避免误会，还是习惯性地拿出手机搜索了一下，结果跳出来的是"金华江"！

作为一名土生土长的金华人，几十年来我一直在武义江畔成长和居住，记得小学时描写家乡雅畈曾经这样开头："我的家乡在南山脚下，美丽的武义江绕着村庄潺潺而流……"我自认为对金华的母亲河十分了解，发源于武义千丈岩并收集永康境内部分支流的武义江和发源于大盘山的东阳江在燕尾洲汇合而成为婺江。今天，乍一看到"金华江"三个字，虽然感觉特别亲切，却以为不过是一种巧合，忍不住发问："这条江怎么会叫金华江呢？"

"这条江就是婺江的上游，往下流就是武义江了。"国友兄马上解释道。

"怎么会呢？武义江从武义的千丈岩起源，绕经永康，在武义纳入熟溪后，过国湖、雅畈而至燕尾洲，怎么可能经过缙云呢？"我冲口而出。

国友兄看我疑且急，挺有涵养地笑而不语。

我虽不信，但知道国友兄是一个严谨的人，且自己实在没有方位概念，觉得还是有必要上网求证。网上资料显示：武义江发源于武义县项店乡千丈岩，源流称董源坑，绕经缙云县新川、新建镇，至东川后称南溪，折向北流经永康县前仓、新店至石柱西北右纳杨溪，西北流至永康县城右纳华溪后称永康江，折向西蜿蜒流至武义县城壶山镇东北，左纳熟溪后称武义江，西北流至金华与东阳江汇合后称金华江。

难怪，一到江畔，我就有一种莫名的亲切感，原来，河阳古村落的居民和我真真正正是同饮一江水的啊！

曾经，缙云在我的眼里代表着遥远，代表着贫穷。小时候，我家隔壁有位独生女招了一个上门女婿，是个做篾师傅，就是缙云人，他说一口我们听不懂的外地话，据说家里实在穷，只得抛家别祖落户到山高路远的异乡。他一直谨言慎行，很多年都不曾回家乡，也从不见他家乡有客来访，所以我狭窄的印象中缙云算得上穷乡僻壤。

然而今天到达的第一站河阳古村落，就完全颠覆了我的认知。

这条缓缓流淌的金华江，不仅在上游建有古老的堰坝，确保干旱时期也能储存一江碧水，而且还完整地保留着一座建于清朝咸丰年间的公济桥。这座桥虽历经岁月洗礼，难掩沧桑斑驳之感，但自有一份从容恬淡，以金木水火土五行辟有的五个半圆形大桥洞，与水中倒影相合，犹如五轮圆圆的满月，内含远山如黛、绿树葱茏，雍容典雅地笑对江水的日夜流逝和人间的冷暖百态。

鲁晓敏是一位致力于乡村振兴的本土作家，在他的介绍下，河阳古村更是充满深厚的文化底蕴和盎然的诗情画意。

河阳古村的先祖是河南信阳人氏，因唐末局势动荡，中原王朝不断更迭，故一路南下，先到杭州，五代吴越宝正六年，始祖朱清源被吴越钱武肃王聘为掌书记。后钱武肃王薨，朱清源携弟朱清渊游括苍之缙云，看到这里三面环山、一江碧水，就在山下择宝地而居，历一千多年、四十二代子孙，为使朱氏后裔不忘本，取河南信阳各一字而名"河阳"。古村至今保存有明清时期的古民居、祠堂、古桥、水系、古街、墓葬等大量历史文化遗迹，保存完好的院落式古民居建筑群三十多处，古祠堂十五处，总计一千余间，数量之多、规模之大、质量之高，实属罕见。

其中，虚竹公祠是最具代表性的建筑之一。

据称，河阳三十三世祖朱公虚竹，少有机敏，经商有方，乐善好施，耕读传家，终成缙云首富，拥有苏州一整条街一百二十间店面，田产五千五百亩，百岁后其六子为纪念父亲，花巨资建成此祠。虚竹公祠是古朴素雅的苏派建筑和精美细腻的东阳木雕的完美结合。

虚竹公祠为两进院落，门厅、正寝面阔三间，两侧厢房各六间，布局合理，功能完备，风行水上，冬暖夏凉。正寝两侧各有一个天井，内有池塘，既能排水防火，又能降温避暑，是炎夏家族学子读书用功的最佳场所。

虚竹公祠中最引人注目的当数精彩纷呈的木雕艺术。东阳木雕以其精湛的工艺、丰富的文化内涵和广泛的题材而闻名。其中，人物木雕是最上乘的技艺，因为人物开脸的功夫非一般雕工所能驾驭。该祠堂中的木雕除了大量精美的植物形象和动物形象，还有许多形态逼真、面目传神、栩栩如生的人物形象，纷繁奢华地出现在祠堂的门楼、横梁、牛腿、雀替、挂落、窗棂等处，雕工精细、结构严密、细节考究、层次感丰富、故事性极强。

在虚竹公祠天井回廊的梁柱上，雕刻了分别代表"忠、孝、节、义"的马、羊、虎、犬四种动物，个个栩栩如生、活灵活现。以天井檐柱上一对硕大的木质牛腿最为精彩，雕刻的内容来自民间故事"刘海戏金蟾"——孝子刘海神态安详，笑容满面，一手执如意，一手执铜钱，脚下是一只正在运气的金蟾，刘海正欲趁着金蟾吐出的金光羽化飞升，一派天真烂漫之气。这对牛腿想象之瑰丽、构思之灵巧、雕工之精妙，堪称缙云宗祠之最，东阳木雕之翘楚。

虚竹公祠建造于咸丰九年，占地一千一百平方米，费时四年整，单砖瓦工就花了七万六千多工，雕刻工六万七千多工。据说，太平天国期间，太平军攻入河阳村，烧毁了大量古民居和祠堂，虚竹公的儿子们为了保住这座祠堂，紧急筹措了二十万两银子交到太平军首领的手上，才算躲过一劫，完整地保存至今，得以向后世绵绵传递着恪守诚信、耕读传家、知感恩、行孝道等中华传统美德。

行走在河阳古村落巷陌老街之间，仿佛穿越到古今切换的时光隧道。村里至今还保留着三教合一的宋代古刹"福昌寺"、元代的"八士门"，以及"八士门"前明太祖朱元璋御赐的石"稀罕"，古代的大桥、农具、家具、壁画、诗句、匾额、雕刻等，还有堪称中国民间艺术一绝的河阳窗花剪纸，以及古时历代农民义军的遗迹，古色古香的民俗活动，构成了江南罕见的千年文化古村，让人流连忘返，乐不思归。

第二天，正是甲辰三月三祭祀轩辕黄帝大典之日。天降喜雨，来自全国各地的一百四十多名作家齐聚仙都鼎湖轩辕殿，冒雨祭祀。至此，我才真正了解缙云"仙都"的来历：原来是轩辕黄帝铸鼎炉、殇百神，而后羽化升天之地，唐天宝七年被玄宗敕封为"仙都"两字，并建有黄帝祠宇，作为祭祀轩辕黄帝大典的场所。

实现中华民族伟大复兴是近代以来中国人民最伟大的梦想。诚如中国作家协会副主席白庚胜在祭祀大典上恭读祭文中言："……振兴中华，神州梦想；和平发展，乾坤朗朗；中国文学，人民立场；时代作家，气宇轩昂；守正创新，仰望穹苍；踔厉奋发，乘风破浪……"

现阶段，从政府到民间，都在不遗余力地拯救和复兴传统村落及文化，金华江畔这个美丽而又古朴的千年古村落，必将焕发出勃勃生机。

从百草园到灵芝王国

"不必说碧绿的菜畦，光滑的石井栏，高大的皂荚树，紫红的桑葚；也不必说鸣蝉在树叶里长吟，肥胖的黄蜂伏在菜花上，轻捷的叫天子忽然从草间直窜向云霄里去了。单是周围的短短的泥墙根一带，就有无限趣味。油蛉在这里低唱，蟋蟀们在这里弹琴……"小时候，每每朗声诵读鲁迅先生这段优美的文字，我便忍不住在心中描绘出一个美好的儿童乐园，虽然我家屋后也有一个小小的菜园子，但确实没有这么好玩。我家的园子里一年四季只种蔬菜，在长辈们的辛勤耕耘下，似乎连杂草也没有几根，就是我们进去挖蚯蚓玩，不小心踩到了蔬菜也要挨父母的骂，实在不能和儿童乐园挂上钩，觉得鲁迅先生的童年比我有趣多了。

今天，来到寿仙谷有机国药基地的百草园，儿时十分向往的乐园真实地呈现在我的眼前，不由心生欢喜。在这方生机勃勃的园子里，我邂逅了许许多多以前只是听说却不曾相见、有着特别美好意象的植物，更是觉得此行太值当了。

沿着小小池塘边弯弯曲曲的小径绕行一圈，园子里长着各式葳蕤的植物，有王维"遥看兄弟登高处，遍插茱萸少一人"的吴茱萸和山茱萸，有当代女诗人舒婷笔下的会唱歌的"鸢尾花"，还有六月雪、苦参、女贞、半枝莲、活血丹等中草药。我忍不住又独自走了第二圈，用相机拍下了上百张珍贵的照片。

当然，与百草园里千姿百态的奇花异草相比，作为寿仙谷的主打产品，大批量种植在大棚里的灵芝和石斛，那只能用壮观和震撼来形容了。

五六月之交，正是石斛花季，石斛的花朵虽然没有榴花和蔷薇那样明媚鲜艳，淡黄色的花瓣微微张开，中间一点俏丽的嫣红，却有着幽兰般的清新雅丽。石斛不仅可以入药，可以作为保健食品，也可以作为餐桌上的一道时令佳肴，而且由寿仙谷培育的仙斛3号，还特别适合放在书桌上当作盆景观赏。

在中国数千年的传统文化和中医药史上，灵芝一直被敬为仙草。《白蛇传》中白素贞为救许仙，历经千难万险盗得千年灵芝，终于让夫君起死回生，这段荡气回肠的人神之恋不仅感动了千千万万的观众，也让灵芝在中华儿女的心目中固化为仙草神药中的上品。《本草纲目》中记载灵芝明目、补肝气、益心气、益脾气、益肺气、安神、通利口鼻，久食，轻身不老，延年神仙。而现代医学也用充分的实验和临床数据证明灵芝在很多方面都有药用的价值。

李明焱出生在中医世家，从小在传说中南极仙翁故里的寿仙谷长大，他的曾祖父李志尚是武义当地闻名的中医师。在改革开放初期，因为一个偶然的机会，他开始学习研究栽培食用菌和名贵珍稀药材的技术，悉心培育了"武香1号"高温香菇品种并大力推广，被菇农和媒体誉为"高温香菇之父"。

后来，李明焱又开始把研究方向转向了灵芝、铁皮石斛等珍稀中药材的栽培和产品研发上。为此，他和妻子朱惠照先后辞去了原先的工作，开始了充满艰辛而具有传奇色彩的缔造灵芝王国之旅，恢复了八十九年前由曾祖父命名的"寿仙谷"老字号，使之焕发新彩。

我国是最早使用灵芝的国家，早在秦汉时期《神农本草经》

中就有灵芝入药的记录，但一直以来都是靠药农到深山野林里采摘野生灵芝，量少价高，不是平凡人家能够享用的。为了惠及更多的人群，李明焱带领他的团队，走遍大半个中国，深入荒山野岭，先后采集到五十多个野生灵芝种子，建立了灵芝种质资源库，并运用现代化高科技技术，成功培育了有效成分远远高于日韩灵芝的"仙芝1号"。

2003年10月，"神舟五号"飞船成功发射，又顺利返回。李明焱借鉴蔬菜和粮食经太空育种的经验，经多方努力及上级部门的支持，有幸与中国首位宇航员杨利伟"同行"的寿仙谷灵芝和铁皮石斛种子试样，成为中国"太空育种"的第一批中药材种子，并成功培育出高品质的"仙芝2号"。它是神五之子，也是国内首个灵芝孢子粉产量、多糖、三萜含量"三高"的灵芝优良品种。

此后，寿仙谷灵芝和铁皮石斛又多次搭乘宇宙飞船和火箭遨游太空，然后回归寿仙谷种质资源基地繁育亲本，接受一次又一次的筛选性实验，又培育出多个优良品种。

"重德觅上药，诚善济世人"是寿仙谷的百年祖训。李明焱认为："凡食品药品，维系民众生命健康，事比天大，不容丝毫轻怠。"在培育出优质品种的同时，寿仙谷团队又致力于优质产品的研发。灵芝有效成分中最重要的是孢子粉，但像大多数植物种子一样，孢子粉有一层外壁包裹，而且非常坚硬，如果不把外壁破坏，人体就无法吸收灵芝孢子粉的精华。为此，寿仙谷不仅采用最先进的超声速低温气流破壁技术，而且率先掌握了独门的去壁技术，即在孢子粉破壁的基础上，通过提取、分离、去壁、纯化、浓缩、精制等二十六道先进工艺，成功实现壁壳与有效成分的分离。有效成分纯度提高后，更加易于吸收，因此造福了更多人，李明焱也由此被誉为"灵芝孢子粉去壁时代开创者"。

诚如他的座右铭所言，"人类社会是靠人去创造的，作为人类的一分子，就要尽自己最大的努力，去为社会为民众创造更多的财富，造福于人类。"为了在菌物、植物研究和国际前沿科技生物研究等方面，引领产业高质量发展，目前，寿仙谷与中国工程院院士李玉科研团队合作，共建了"寿仙谷生物育种创新中心"，担当起寿仙谷种业战略科技力量的重任，力争打造国际领先水平，助力我国现代种业跨越式发展。

今天，站在寿仙谷有机国药基地的灵芝王国，一畦畦的灵芝如朵朵美丽的祥云，正在奋力喷涌着生命精华——褐色的孢子粉雾，它仿佛在无声地演奏着奋进的旋律和生命的乐章。

百年传承，初心不改！寿仙谷必将践行它庄严的承诺，为民众的健康长寿服务！

又上北山

虽说是梅雨季节，清晨的天气却挺好，风很通透，云也很灵巧，高高地挂在瓦蓝瓦蓝的天空上，我站在小区大门口的树荫下等云龙来接。

小区岗亭里的两位保安大哥看我背着沉重的行囊，而且全副武装，知道我又要去登山，问我到哪里，我说又上北山。

他俩表示很羡慕。我说："你们也可以去啊，北山就在眼前，一天来回，你们无论如何可以挤出一天的时间上去走走啊!"

他们说走不出，这里下了班，回家还有一大堆的事儿呢，儿女有了孩子，得给他们带孩子。

我十分不解，给儿女带孩子也应该，但儿女总有休息天，也得给父母放一天假吧!

他俩一个说不放心让儿女带，一个说儿女难得休息，想让他们歇歇。

可怜天下父母心!我只有摇头，挥挥手搭云龙的车走了。连每周一天的时间都不让儿女自己带孩子，儿女怎么能体会到其中的辛苦和乐趣呢?

其实，每个人的日子怎么过，决定权都在自己。工作再忙，生活再累，我也要给自己放一天假，就是在女儿中考、高考期间，我都没有为她牺牲过周末走山日。读初中、高中期间，女儿每周六乘公交回家，周日东西多，一般我总是尽可能送她回去，女儿从小乖巧，也十分理解。

不过今天去不去走山，我还是挺纠结的。前两天腰椎间盘突出的老毛病又复发了，昨天我在床上躺着看了一天的书，实在烦闷得很，早上起床，还是决定又上北山。

反正就在北山，真吃不消，我也可以自己一个人走回头路，不影响同行的队伍。

今天"驴行"的起点是里宅，经大云关、盘前从老虎岩、石棋盘、弹子下回原点。这是近年走得最多的一条线路，爬升七百多米，行程十二公里，路好，阴凉，能出汗，时间也就四五个小时。

说实话，新农村建设确实极大地改善农村居住环境，北山脚下的几个村庄真是越来越美丽了。穿过里宅村中的石阶小路向上行走，村里几乎纤尘不染，家家户户门前都摆着盆栽的蔬菜或花卉，路边几幢因违章几年前被拆除的豪华别墅，建筑垃圾终于清除了，看着像是准备复耕。再往上，石阶变成了山道，两边的翠竹长得真好啊！今年雨水多，竹林那个绿啊，就像要滴出水来的绿，人走在里面，就像走进了绿色的染缸里，土地绿了，空气绿了，人也染成绿色了，连流出来的汗水也变成绿色了。

天气预报说今天多云转小雨，气温虽然才三十三摄氏度，但山上湿度很大，毛竹林里没有一丝风，汗水就像决了堤的溪水，哗哗地冲刷下来。真舒服啊！好像要把我血管里的杂质和污垢都冲出来了，好像要把我大脑里的胡思乱想也冲出来了，好像要把我腰椎上的瘀肿疼痛也冲掉了。

北山"驴行"最大的好处，就是上午一路向上，到达盘前或者大盘尖吃完中午饭，再一路向下回到起点。中午饭前把大部分的运动量都完成了，中午饭就可以在盘安混个饭，品尝高山农家菜肴，也可以喝点小酒，下午优哉游哉地下山回家，所以成了金华"驴友"的首选线路。

这两年，金华山风景区管委会对于山中野径古道的维护真的太到位了！本来这条古道只有一米余宽，一到夏季，路边的野草杂木疯狂生长，一不留神两边的草木就缠绵在一起，让人无处下脚。现在，定期有人除草，道路也被拓宽了，踩在厚厚的落叶和松针上，就像踩在云朵里一样，我想就这样跟着队伍往上走，走，走，一直走上去……

很快就走过了山半腰，山谷里突然腾起一片很大很大的雾，脚底下的整个山谷都看不到了，层层叠叠的山冈消失在浓雾中，走在前面的人也模糊了，浓密的雾就在我们的脚下，追逐着我们，包裹着我们。再往上，雾却变稀薄了，就像一缕缕的青烟，慢慢向山顶漂移，漂移，山顶还是青翠的树，可以听到鸟叫、虫鸣、松涛，还有远远传来的泉声，可是，向下望只有浓雾，白茫茫的一片，什么都看不见了。

泉水的声音越来越大，因为今年的雨季特别长，泉声不再像以往那么温柔、那么清脆，而是哗哗地喧闹着往山下奔腾。这时，太阳突然露脸了，阳光穿过头顶碧绿的树叶，把叶子变成了一片片晶莹透澈的翡翠，阳光也驱散了山谷里的浓雾。不一会儿，刚刚还白茫茫一片的脚下，突然变得纯净了，路边长得十分像扬州琼花的栎叶绣球开得正好，岩石边颤巍巍的粉花绣线菊娇弱得让人心疼，短短的茅草却倔强地昂着沾着露水的头，白雾一层层地退去，就像帘幕一层层地揭开，一座座的山峦又脆生生地出现在脚下了。

踏过用四根老松木搭铺在清泉上的小桥，不知何时，雕刻在巨石的"大云关"三个字已赫然出现在眼前，这是驴友歇脚的绝佳场所。这里有一潭四季不竭的清泉，有一棵苍翠遒劲的杨柳倒

- 一树繁花 -

卧在泉上，泉边大大小小的石头平整光滑，最是适宜行人坐卧。荫翳蔽日，清泉甘冽，清风徐徐，松涛阵阵，加之上升的海拔基本已经完成，此时用泉水洗洗，在泉边坐坐，补充点水分和能量，岂不快哉！

不过，稍作休憩之后，再往上却是一个神秘的处所。不知道何时何人在大云关清幽的山坳中修建了几间小小的土屋，用毛竹篱笆围成一个小小的园子，门扉长年紧闭，也从未看见一个人影，却养着四五只狗，有人经过时就扑到柴门后狂吠不止，十分吓人。前些年门上还挂着一副对联："生者莫入，死者为大"，横批为"生死之界"，这两年门上的对联已经不见，可我每次都不敢多看、多留，匆匆而过。至今不知是何方人士在此隐居，我也曾想去附近村里略作了解，后来想想还是作罢，既然此人已经退避红尘，选择归隐，还是不扰人清幽为好。

其实北山上的徐公庙，就建在棋盘石上，有一石罅，泉水不竭，曰"龙潭"。北山第一庙，则建在弹子石上，石前瀑布如帘，飞珠溅玉，又是一处修行福地。也许，大云关的奥妙，百年千年以后，或可与徐公庙第一庙、媲美，也未可知。

到了盘前，领队开心罕见地不组织混饭，我就在村口小店的简易棚里，吹着清凉的山风，吃点自带的干粮，观赏着蓝天上白云舒卷，蓝天下的盘前村则如方外之境，美得如此不真实，令人不忍归去。

"驴行"真是一剂良药，不仅清除了心灵的烦闷，纠缠了我十来天的腰痛也神奇地消失了。

风雨阳光

外婆的雅畈肉饼

"外婆！"看到雅畈老街上外婆那个氤氤着扑鼻香气的熟悉的肉饼摊，我忍不住大声喊道。

银丝如雪的外婆满脸宠溺的笑容，朝着我说道："快坐下！饿了吧！你最爱吃的韭菜馄饨和肉饼，外婆马上给你端来！"

当热气腾腾的馄饨和肉饼摆在我面前的小桌子上，我正想美美地一口咬下去时，梦醒了！

善良而慈祥的外婆已经离开我们整整六年了！虽然现在的婺城和雅畈到处可见高挂着"雅畈肉饼"招牌的小店，然而外婆独一无二的味道，我却再也吃不到了！

清凉的月光从窗外冷冷泻入，我忍不住泪流满面。

我的外婆是一个好善乐施、吃苦耐劳、坚韧不拔、美丽聪慧的传奇女子，老家在武义县王宅镇，大名鼎鼎的农学家方悴农是她的本家哥哥。年幼的她跟着开船行的父亲沿着蜿蜒清澈的武义江顺流而下，后来遇到了年轻睿智又同样善良勤劳的外公，就定居在了南山脚下、武义江畔的雅畈古镇。

当年，我的外婆家庭条件不错，是家里娇宠的独养女，外公是以女婿的身份上门入赘到方家的，只是我母亲姐弟五人都跟了外公姓王。外公外婆伉俪情深，培育了五个出色的儿女。我母亲是长姐，和大舅都毕业于金华一中，母亲因身体不好没有读大学就回家乡教书了，而我的大舅是雅畈古镇第一个清华大学的毕业生，是国防电子工程师，国家一级研究员。只可惜我的外公英年早逝，于1959年便不幸因病辞世，留下外婆独自艰难地拉扯着年迈的公公（外公的父亲）和几个年幼的儿女度过了困难时期，走过了漫漫长岁。

我无法知道坎坷岁月是如何把一个娇生惯养的绣花女孩打磨成一个无坚不摧的女人，我只知道，从我记事起，美丽慈祥又无所不能就是我外婆的代名词，而我的母亲、舅舅和姨娘都特别善良、勤劳、能干。

外婆热情好客，且颇带几份豪侠之气。虽然因为我母亲和大舅都是高中以上的学历，按照当时的政策，我的小舅和姨娘就失去了求学的机会，但兄弟姐妹五人都秉承了勤劳善良、奉亲孝悌、乐于助人的良好家风。在物资十分贫乏的20世纪六七十年代，孀居且有五个孩子的外婆勉力承担，帮着治愈了武义老家同族送过来的几个精神病和肝炎患者。而且外婆的厨艺十分了得，村里乡亲如果有红白喜事，都喜欢叫外婆主厨，而外婆亲手制作的雅畈肉饼和金华土馄饨是多少雅畈游子忘不掉的乡情乡味和乡愁！

记得那是20世纪70年代末期，大约是1979年吧，武义老家的本族兄弟为感谢外婆长期的帮助，特意赶到雅畈来探望多年未见的妹妹，并且手提肩扛给外婆送来一大袋的木炭。

送别兄弟后，看着一贫如洗的家和年事渐长的小儿子，聪慧的外婆突然想到可以利用这袋木炭到雅畈老街上烤饼卖，除了一家人在黄土地上辛勤耕耘挣回口粮外，兴许可以此赚回几个活钱。

说干就干。外婆立马让小舅找出家里多年不用的平底铁锅，又支起一个可以肩挑的饼摊，然后用家里仅有的一点现钱买了几斤面粉和一斤肉，萝卜、青菜、大葱、咸菜等在勤劳的农家是现成的。

第二天刚蒙蒙亮，小舅就帮外婆把摊子挑到了下街，在陪嫁井对面的二村礼堂门口支起了雅畈古镇的第一个饼摊。外婆开始主要做的是一种叫"肚发饼"的菜肉饼和葱油薄饼。外婆的"肚发饼"堪称一绝，外皮柔韧薄匀，馅料鲜美丰足，刚出锅时饼里的气体因完全密封而膨胀成一个圆球，如果你急不可待就咬上一口，可要小心被里面的鲜汁和热气烫个小泡噢！葱油薄饼则完全采用猪肉肥膘剁成肉泥，拌上自家菜地里刚拔的小葱，擀成薄可透光的圆饼，用炭火烤得又香又脆，咬一口油而不腻、满嘴生津、回味绵长，准保你一辈子都忘不了。

外婆的饼摊因为货真价实、童叟无欺，而且味道鲜美，所以每天总是销售一空。而我，每天上下学的途中，远远就能看到站在饼摊边忙忙碌碌的白发外婆，偶尔还能吃到一个外婆做的美味无比的饼，在那个贫瘠的岁月是一种多么令人难忘的记忆啊！

渐渐地，一直秉承"顾客至上、薄利多销"原则的外婆，靠着一分二分的营利，不断丰富饼摊的品种，除了饼和米粥外，又增加冬瓜饺、金华土馄饨、豆浆、豆花、江西小馄饨等颇具江南特色的风味小吃。

而雅畈肉饼的产生，说起来还有一段故事呢。有一次，外婆家隔壁的一位大叔不幸患上了肝硬化，吃什么都没胃口，连最喜欢的"肚发饼"也吃不下。家里人着急，请求外婆帮忙给他单独做一个"香一点，软一点，不用油，最好是纯瘦肉"的饼。根据顾客的要求，外婆独创了第一个雅畈肉饼。第二天，大叔的家属非常高兴，说大叔近些天都没这么大的食量，让外婆再给大叔做一个肉饼吧。从那以后，外婆就试着做些这样的肉饼来卖，谁知一发不可收拾，品尝过刚出锅鲜香美味的肉饼的人都成了回头客。如此一传十十传百，外婆的肉饼越来越有名，并被冠以"雅畈肉饼"的名称。经过不断改良后，不仅本镇人非吃不可，金华城里人也经常赶过来品尝，更有甚者，有在外地工作的游子让家里人有机会就给他们捎几个雅畈肉饼，路途长的甚至带到上海和北京。如此，因为外婆腾不出手，原来的"肚发饼"反倒做得少了，主打的产品就成了雅畈肉饼。

后来，外婆有了自己的固定店面，不再需要每天挑着饼摊，每天起早生炉火了，而雅畈肉饼的生意也越来越好，加上小舅小舅妈一起上阵，人手还是不够。这时，就有本村人想来学艺，主动提出可以免费帮工三到六个月，外婆总是有求必应，而且还觉得人家来帮工不付工资说不过去，逢年过节总要给点礼品礼金。再后来，外乡也有人来学艺了。

挂着雅畈肉饼的小吃店开始陆续出现在金华市区及各个乡镇，到如今在金华的小吃界已经有了一定的市场份额。

可不管外面的饼店开了多少家，外婆的雅畈肉饼一直生意火爆，这主要归功于外婆"价廉物美、童叟无欺、顾客至上"的经营理念。外婆的雅畈肉饼原料总是选用价格较贵的猪前腿肉和肋条肉两种按一定的比例剁碎了混合着用，干菜都是到村里乡亲手里收购来的头年雪里蕻干菜，而且每斤猪肉只能做四个半肉饼。记得多年前有一群朋友到我家玩，我到外婆店里拿了十个饼招待他们，他们一边说好吃，一边问这是不是给他们特制的，否则两元钱的饼哪有可能放这么多肉啊！

其实，我特别引以为豪的一点，就是到我外婆店里，自家人都和顾客吃一样的饼，用一样的碗。外婆多年来坚持用沸水煮碗筷，坚持任何时候不能偷工减料，坚持所有食材必须新鲜卫生。我在后来从事食品监管工作，对此特别有感触，每当看到不良商贩或者负面报道，我就会想起我的外婆。早年因为农家干菜都晒在竹垫上，我们放学回家就有一个任务，必须仔细把第二天要用的干菜挑选一遍，把里面的小竹丝拣干净，并把葱和韭菜的黄叶择拣清爽，洗净晾干。

我的外婆没有多少文化，却有一个朴素纯粹的经营理念：干净卫生是基础，食材新鲜是根本，货真价实是关键！做饮食生意就如同做人，人在做，天在看，首先要对得起天地良心，否则赚多少钱也不会心安！所以外婆从事饮食生意将近四十年，一直按照自家人同吃的标准经营，从来没有一例食品不良反应和生意纠纷出现过。

"天道酬勤，地道酬善，人道酬诚"，此诚不欺人也！外婆风雨飘摇度过了将近一个世纪，看尽世态炎凉，尝遍人情冷暖，却也儿女双全，子孙满堂。金华电视台曾经报道过外婆九十高龄时，五代同堂、十二生肖齐全的五十多个子孙一同祝寿的热闹场景。直到在世的前一个多月，她还能自行走上我家五楼和晚辈们一起聚餐，记得当时我扶着她老人家说，明年我就可以搬到有电梯的房子了，您就不用再走这么高的楼梯了！

然而，外婆最终没能坐上电梯到我的新家。

2016 年 2 月底，她在碧云路上开的雅畈肉饼店里包馄饨时，突然感觉胸口疼痛，家人匆匆忙忙把她送到中心医院抢救，她于三天后就溘然长逝，享年九十七岁，最终没能实现五十多个子孙后代"长命百岁"共同期盼！

而我，只有在梦中才能吃到外婆的雅畈肉饼了！

人间清欢闲饮茶

松涛烹雪醒诗梦，竹院浮烟荡俗尘。

汲泉煮茶，松下品茗，自古就是高人隐士的闲情雅韵，也是诗友骚客吟诵唱和的好题材。

我与茶的初遇，却是"前村残月尚朦胧，路入茶田第几重"的另类况味。

作为一个来自江南小镇的农村娃，我的记忆从茶园开始，没有那么多的风花雪月，一切不过是为了生计。

老家雅畈的庄稼人历来勤劳，除了辛勤耕耘保证全家口粮的一亩三分肥沃农田，在离村庄很远的贫瘠的低丘缓坡上，也不忘栽上成片的茶树，每年一到清明谷雨，就需要临时招募采茶工，抢占时节，采摘刚刚冒出来的春芽。天生勤勉的我，十来岁便学会利用节假日，跟着三姑六婆到大队的茶山上采摘春茶，现在已经记不清每采摘一斤茶叶能得三分还是五分钱了，反正，从天刚刚亮，一直采到下午，采了一篮又一篮，采得手指头又黑又痛。等送到茶屋里验了货过了磅，会有三四角的收入，虽然累，心里却是畅快的，因为能给家里赚点油盐钱。

不过我家乡的茶叶是普通得不能再普通的粗茶；穿着简陋的采茶女，也完全没有舞台上的飘逸妖娆。但是制茶师傅在茶园现场演示徒手炒制绿茶的纯熟手法，确实让少年的我深感神奇，绿茶特有的清香袅袅兮若春风，更是久久挥之不去。

因此我从小爱喝茶。虽然家乡的茶不过是农人解渴之物，些许清香，些许回甘，也不乏些许苦涩。

孤陋寡闻的我，以为天下之茶大抵如此。直到有一天，意外邂逅了西湖龙井，我才知道，世上还有如此美妙的尤物。

记得那是我读初中的一个夏季，母亲有一位在新疆工作的发小，二十多年没回家乡，那年携家带口回小镇探望父母。母亲带我一起去拜访她们一家，具体细节已经比较模糊了，但是我记得阿姨用农村常见的白瓷杯，给我和母亲各泡了一杯茶，特别介绍说这是当年新采的正宗西湖龙井，还特意用了院子里新汲的泉水煮开泡上。

未谙世事的我对于龙井的认识，源自一本民间故事《西湖的传说》。生平第一次接触到传说中的珍品，我不觉暗自凝神礼拜，只见雪白的瓷杯内，是清亮葱绿的茶水，氤氲着若有若无的清香，轻轻啜上一口，茶水沿着口唇流向舌尖、喉咙，直至胃部，一缕清气瞬间在全身弥漫，慰藉着每一个细胞，只觉得津液顿生，满嘴回甘，通体舒坦，端的是"一片翠绿山色，一缕香气袅袅"！那一杯西湖龙井，从此萦绕于心，再难忘却。

工作以后，喝到龙井的机会渐渐增多，后来，杭州的友人还会每年春季给我寄一盒明前龙井。她，一直是我心头无法取代的茶中珍品。

从来佳茗似佳人，喜欢在绵绵雨夜与西湖龙井相看两不厌。用修长的玻璃杯倒上一杯刚烧开的水，放入一撮碧绿的龙井，然后静静地观赏茶叶在水中的蝶变：开始，压制得扁实的嫩叶都浮在水面，过不了多久，初遇爱情的茶叶被热烈的开水感染，终于褪去初相遇时的羞涩，渐渐融入水中，舒展开来了，一朵朵蒂朝下，叶朝上，娉娉袅袅、婀婀娜娜、飘飘摇摇地滑入杯底，仿佛一群穿着裙裾的仙子降入凡间，在葱茏的春色中漫步游园，还未品尝，已然享受，令人浮想联翩，意味悠远。

在很长的岁月里，我只爱绿茶，尤其钟情西湖龙井。仿佛那是初涉情海的恋人，以为"曾经沧海难为水，除却巫山不是云"。

大约到了而立之年，21世纪之初，婺城茶室渐兴，与三两朋友到茶室小聚，比胡吃海喝、斗勇拼酒雅致多了。每到茶室，我像一位用情专一的男子，一心一意只等待西湖龙井的回眸。

有一天，老友汤君实在看不过去，自说自话帮我点了一份安溪铁观音，用大号紫砂杯泡上浓浓一大杯，让服务员奉上桌来。但见此茶汤色清亮，香气馥郁，口味醇正，热腾腾喝上一大口，不觉喝彩：好茶！于是，一碗再一碗，正如卢仝的七碗茶歌所言："一碗喉吻润，二碗破孤闷，三碗搜枯肠，唯有文字五千卷，四碗发轻汗，平生不平事，尽向毛孔散……"五六泡之后，茶水仍有幽兰香飘，不绝如缕，从此，我又结识了一位茶中挚友。

少年时盼着长大，岁月被期盼拉扯得又长又慢，可成家立业之后，时间仿佛长了翅膀，一忽悠过了一年，又过了一年！

许是从小节俭惯了，年轻时得了好茶，我不舍得留给自己享用，连包装也不舍得打开就孝敬了亲友长辈。过了四十，心静了，眼界也宽了，似乎恰好达到了品尝红茶、乌龙茶的年华，慢慢地接受了正山小种、金骏眉、祁红、滇红、大红袍……有色泽秾丽，有口味丰腴，各有各的温润风采，各有各的别样风情，各有各的清欢滋味。

可我真的是一个俗人，虽然偶尔也会欣赏少女美姬空灵飘逸的茶艺表演，可自个儿饮茶还是不讲仪式，不懂程序，只会自斟自饮，自娱自乐，全凭心意。

春季细雨绵绵之夜，西湖龙井恰似二八佳人，良辰美景，香软满怀；炎炎夏日，用紫砂壶泡上一壶铁观音，那是蓝颜知己，心至灵动，最易交流；秋冬之季，似乎老白茶、红茶等颇为妥帖，纯厚质朴，十分慰藉人心。

唯有普洱，我至今尚未正经品鉴，一直小心收藏观赏，自觉还未达到品鉴的阅历和年龄。自忖，应是到了花甲之年，两鬓均已斑白，胸中世事洞明，再约上一两好友，坐在乌黑的老船木茶桌前，听窗外风过竹梢，白雪飘飞，敲茶煮水，围炉夜话，才正当时。

岁月流逝，遇见的茶叶种类越来越多，越来越精致，口味也越来越好，而偶尔在山野背包"驴行"的途中，喝上一杯山里老乡自作的粗茶，苦涩中带着来自山野的甘洌和清幽，恰似与多年未见、充满乡土味的儿时故友重逢，大有他乡遇故知的意趣。

今天，晨跑归来，沐浴完毕，我打开朋友新近寄来的一罐九曲红梅，用古婺窑火的玉青瓷大隐杯泡上第一开，茶味清洌，有暗香遥遥自雪中来。

千万里外，亦难忘家乡烟火情怀

那年，女儿在美国读研，我向单位请了探亲假，准备正月初一飞过去陪她一起过年。

临出发前，我问她：新年最想吃的是什么？我给你捎带过来。

女儿几乎秒回：泡鲞！

泡鲞是我们老家过年必备的待客菜肴，但其实算不上金华当地的特色美食，据说是从台州传过来的。我的老家在金华市雅畈古镇，从小居住在古镇东北侧后角一带，当地有不少早年从台州过来的移民，至今还保留着与雅畈本土不一样的风俗饮食习惯，小时候，经常听到外婆辈的老人们在一起，说一口我们不懂的台州土话。

因此，早年泡鲞只在后角一带的农家流行，或许是因为外嫁女和亲朋好友之间的流传，后来也逐渐出现在其他地方的餐桌上了。因泡鲞价廉、味美、易消化且保质期较长，是家家户户春节期间招待亲朋好友的一道大菜，也是一道老少皆宜的美味小吃，更是体现主妇烹饪手艺的一张名片。

每年到了腊月二十以后，后角的主妇们就忙开了，掸蓬尘、切年糕、搡年糕、煎祥筒……除夕前一两天，家家户户到了开油锅的重要环节。太早了不行，等到元宵节食物就变质了；太迟也不行，大年三十这天主妇们要准备谢年、烧羹饭和年夜饭，就没有精力和时间来做这项细致活了。

泡鲞的主要成分是面粉、鸡蛋、水和咸鲞，这些食材在 20 世纪六七十年代物资十分匮乏的时期，江南农家也基本上筹备得到。面粉、鸡蛋和水的比例才是泡鲞制作成功的关键，一般一斤面粉加八到十个土鸡蛋，水的用量非常讲究，多了不能成形，少了泡鲞就不松软鲜美，这是需要主妇们用心揣摩的。调制好面浆后，就可以开油锅了，等油烧到七八成热，每次把一调羹的面浆放在铜勺里，中间埋上一小粒咸鲞，然后一个个放入油锅，用文火炸至金黄即可。

开油锅的那天一般是不烧午饭的。刚出锅的泡鲞又脆又香，可好吃了！谁在油锅旁都忍不住要吃上几个热泡鲞，哪里还吃得下米饭呢？

炸泡鲞是个精细活，必须两个人配合才能完成。小时候，我和弟弟帮着母亲分担这项工作。后来，八岁的女儿自告奋勇，接手掌勺的任务。半天的时间能炸出上百个泡鲞，摊凉后留作年后待客之用。接着，主妇们还会在油锅里炸响铃、炸扣肉、炸花生……

春节里，每次宴请宾客，主妇们一早就用温水把泡鲞泡上两三个小时备用。客人上桌后，除了冷盘，第一道菜就是泡鲞，主妇们用浓香的高汤煮泡软了的泡鲞，出锅后撒上翠绿的葱花和细细的胡椒粉，一碗香气扑鼻醇厚鲜美，充满悠悠乡愁的泡鲞就上桌了。在亲朋好友谈天品酒大快朵颐之时，一盆泡鲞马上就见底了，这也是对主妇的最好褒奖了！

年的味道在泡鲞的氤氲香气里越发浓厚了。

女儿孤身在美国读书，在这本该阖家团圆的日子，却只能自己随意做点简单的食物聊以充饥，哪里禁得住不想念家乡的年节美食呢？

纵使在千山万水之外，最难割舍的，还是家乡的烟火情怀。

少年往事

晓文没有想到，整整过去四十年了，那种绝望得近乎窒息的感觉仿佛还是触手可及、历历在目！

昨晚，老班长春燕把她拉进曾经共处了两年的初中同学微信群，看着一个个熟悉而又陌生的名字，被下意识封闭了这么多年的前尘往事一点点、一滴滴地复活，晓文原本以为自己能够洒脱点，然而泪水却无法控制地流了一个晚上。

晓文永远都无法忘记 1982 年春天那个原本非常平常的午后。

恢复高考后，考进高等院校是农村学子跳出农门的唯一出路，为了改变面朝黄土背朝天的命运，农村学子学习特别刻苦。晓文所在的雅畈中学是一所农村普通高级中学，原本只招收高中生，区里为了尝试教育改革，决定每年面向全区通过统考招收两个初中班，能进入这两个班的都是全区的尖子生，晓文有幸成为第一届初中班的学生，学校为了提高升学率抓得特别紧，师资也配得比较强。

初二这年，因为学习紧张，加上要晚自修，为了节约时间，虽然学校离家并不算太远，晓文还是选择了住校。

20 世纪 80 年代的农村学校条件非常简陋，江浙一带农村孩子虽然基本不用饿肚子，但口袋里并没有现钱。住校的学生，都是在周日下午背上一袋米和一罐酱腌菜，一日三餐在学校食堂自

－ 一树繁花 －

行蒸饭就咸菜解决。

那时，农村推行联产承包责任制，部分活络人士在忙完责任田里的农活之余开始搞点副业。每天下午三四点钟，雅畈小镇上有一两个小贩会挑着担子到学校，推销些瓜子、沙琪玛之类的零食，住校的学生，特别是女生们，偶尔能从牙缝里节余下三五两米，到小贩处换点零食打打牙祭，那是当时的学生天大的享受。

一个周三的午后，晓文因为一本书忘在了寝室，临上课才发现，于是匆匆忙忙跑回去拿书，在门口碰到了同寝室的孟华。早上起床时因为一点小摩擦，晓文和孟华多了几句话，所以两人擦肩而过也没有打招呼。晓文万万没有想到，这成了接下来她长达一个学期噩梦般生活的开端！

高强度的学习、单调的生活、艰苦的环境，让这些才十二三岁的少年时时感受到喘不过气的压力，特别是一些没出过门、没吃过苦的学生，中途总会想出种种理由回家一趟，但老师考虑到学习紧张和路上安全，轻易并不准假，所以非周末想回家的同学每每要想出招数获得通行证。

这天下午放学后，大家陆续回到寝室，同学罗星突然举着米袋子说："我的米少了，肯定被人偷了！我要请假回家拿米！"说完，她就跑出寝室找老师请假回家去了。

当时，寝室里的同学都没当一回事，虽然每个家庭现钱不多，但吃饱饭基本不成问题，江浙一带大米真不算稀罕物。大家心照不宣，知道罗星无非是想找个理由回家一趟，同室的陈爱还随口说了一句："这老罗，什么米被偷了，刚才还看到她在换零食，想回家就想回家呗！"

周四一大早，罗星带着一布袋米和她妈妈为她特意炒制的榨菜肉丝高高兴兴地回到学校，原本一切就这样过去了。

然而一向特别尖利、有心机的孟华不知对罗星说了什么，当天晚自修结束回到宿舍，罗星突然开口骂人了："谁造谣说我用米换零食过？我的米明明是有人偷走了，孟华亲眼看到的！偷米贼，你有本事偷就没本事承认啊？"

顿时，整个寝室都静了下来。米到底有没有少了，谁都不知道，现在罗星一口咬定说米被偷了，而且还说有人亲眼看到，大家心里多少开始有些疑惑了。何况室友们都知道，罗星是个认死理的主儿，孟华天生就是个吵架高手，几乎与寝室里谁都吵过架，而且谁都不是她的对手。这时，孟华也开口说："是我中午的时候亲眼看到有人在偷米！"

刚开始，晓文根本没有想到事情会赖到她头上，单纯善良的她平时只知道学习，同学之间人缘也不错，听到后来，晓文才感觉到她俩另有所指，这是晓文后来回想起来就后悔不迭的一个场景：当时为什么就不能勇敢地为自己辩白呢?!

然而，当年的晓文是一个多么怯懦而且内心自卑的小女孩啊！因为政治原因，她的母亲被开除公职，父亲死于非命，从小懂事早熟的晓文在经历了人生巨大变故之后，内心变得异常敏感和不自信，再加上她因为提前上学，年龄又比同班同学小一岁，虽然外表看晓文是一个开朗健康的学生，而真实的内心却是怯懦而脆弱的。

那个晚上，晓文颤抖着身子缩在被子里，用完全的沉默来对应孟华和罗星的指桑骂槐，在内心她还用"清者自清"来安慰自己，年少无知的她根本没有意识到谣言是多么可怕！

从那天起，孟华开始在寝室里每个人面前游说，强调她亲眼看到晓文在偷罗星的米。渐渐地，寝室里的同学看晓文的眼光变得复杂了，背后也开始窃窃私语了，而胆小怕事的晓文此刻更像一只鸵鸟一般地把自己封闭在沙堆里，没有能力为自己辩解哪怕最微弱的一声。

谣言真的是杀人不见血啊！不到一个星期，全寝室的人达成了一致的共识：晓文就是偷米贼！

从此，每天晚上回寝室熄灯后，十来个女同学就开始你一句我一句地开批斗会，从前期的含沙射影，到后来的直截了当，从偷米贼到"反革命"的女儿……这些才十二三岁的女孩，也许是被沉重的学业压迫得喘不过气来，也许是因为单调沉闷的生活需要宣泄，从此仿佛在晓文身上找到了突破口，一发不可收拾，极尽辱骂攻击之能事，所用词语之毒辣令她至今不敢回忆！而怯懦的晓文每个晚上都躲在被窝里用牙咬着被子流泪，生怕自己发出哭声而招致更多的辱骂。晓文的内心在大声呼喊：我没有偷过米！我不是偷米贼！然而一直到她离开这个寝室，她都无力发出一点声音。

就这样，晓文的成绩一落千丈，人也变得委顿落寞，又不敢对任何人说，每天只能独自忍泪扛着。

后来，晓文再也不敢回寝室了，每天晚自修后，她一个人在夜色里穿过黑漆漆的田畈和长长的弄堂走上几里路回家。晓文常常一路走一路泪流满面，回到家前却擦干泪水，生怕被原本就心情不好的母亲发现，她甚至偷偷写下过遗书，希望用死亡来证明自己的清白。

幸运的是，晓文的母亲及时看出端倪。开始母亲问她为什么不住校，她总是以寝室里太吵为由搪塞。后来，母亲观察到了晓文总是心事重重、独自垂泪，再三逼问之下，她才大哭着道出了缘由。

第二天，晓文母亲赶到学校和班主任沟通，血气方刚的班主任为此非常恼火，在班会上严肃地批评了寝室同学不负责任的猜疑。

然而老师的批评更激怒了她们，孟华和罗星竟然在女厕所门口堵着晓文骂："你有本事告状，你告啊！也不想想自己是什么东西，偷米贼！"看着周围同学异样的眼神，晓文觉得整个世界都崩溃了！

所幸，这个漫长而又凄惨的学期结束了，晓文办理了转学手续。

从此，晓文下意识地尘封了这段记忆，选择性地忘却了这批同学，这么多年不敢触及这份伤痛，然而十二岁女孩在黑暗中无与伦比的绝望和被人冤屈后难以洗刷的伤痛却烙印在心底！

这么多年过去了，年过五旬的晓文终于有勇气重新走进这个同学群，她好想问问：当年同寝室的女同学，有没有一个人记得这件事情？有没有一个人曾经在那么残忍地伤害同学时内心深处有过一丝不忍？有没有一个同学在漫长的回忆中有过一点后悔？

- 一树繁花 -

常忆儿时的年味儿

过了大寒，立春的脚步近了，新年就要来临，除夕掰着手指头就可以数到了。

现在的生活条件好了，市场上的物质应有尽有，各种生产节令美食的小作坊越来越多，家庭的年节氛围反倒变得淡薄了。

记得小时候，春种夏长秋收冬藏，农户在田地里忙忙碌碌了一年，过了立冬就要开始盘算着过大年了！

首要的是挑选秋天刚刚收回来的上好糯米，冬水冬浆做冬酒，农村里几乎家家户户都要酿造一大缸独具金华特色的糯米红曲酒，在天寒地冻的日子里，温上一壶新做的胭脂米酒或者蛋花甜酒，是对辛劳了一年的庄稼人最好的滋养和奖赏，更是春节期间待客的必备之物。

蒸好的糯米还要留出一部分摊凉冻硬，做成冻米，趁着冬日难得的太阳晒干备用。到了腊月初，主妇们开始用冻米炒"米胖"了，炒"米胖"是个细致的慢活计，要用土灶、稻草，烧文火，放一小簸冻米进铁锅，然后用细竹枝绑成的小竹帚慢慢翻炒，眼看着小小的硬硬的冻米在铁锅里变白、变胖、变脆、变香，仿佛就是童话里的丑小鸭变成了白天鹅，这一小锅"米胖"就算炒好，可以出锅了。

"米胖"炒好了，然后就要选一个日子切"米胖"糖了。这是一项有技术含量的手艺活，需要把红糖放到油里熬成糖油，与"米胖"搅拌后才能做成"米胖"糖，如果关键步骤没有掌握好，"米胖"糖无法成型而宣告失败，是一件"不吉利"的事情。所以农村里有许多讲究，如：切糖时要关闭门窗，不能让外人随便闯入，不能被寒风吹到刚熬好的糖油，不能大声嚷嚷扰了灶神……一般家庭都是由男人操刀，或者请师傅上门切糖。我幼年丧父，家中只有孤儿寡母，家境贫寒，自然舍不得出钱请师傅，不过我的母亲非常聪明能干，到外婆家旁观了舅舅切糖的全过程，很快就学会了这门技能，开始带着我和弟弟动手切"米胖"糖。

我们一般选择晚上切糖，早早地就把菜刀磨得飞快，又向邻居借来用木板制成的四方模具和"敲糖"板，在客厅里用两条长凳搭起门板，我在灶下烧火，母亲在灶前熬糖油，待到糖油开始冒起小气泡，母亲就会用一支筷子捞一点糖油放在左手的拇指上，用食指和拇指拉丝，如果糖丝达到了六七厘米，就说明糖油熬好了。这时，盛放在竹箩盖里的"米胖"早就等候在锅边，必须快速把糖油与"米胖"充分混合，然后马上倒进模具中，用"敲糖"板敲实、敲硬，敲成五六厘米厚的四方形，等模具里的混合物凉透变硬，就可以完成制作"米胖"糖的最后一个步骤——切糖。一排排又香又甜又脆的"米胖"糖摆放在门板上，这是我们春节最好的美食之一，母亲会分别把两个小坛的"米胖"糖给我和弟弟，让我们各自保管，看谁能够吃得更久些。我从小是个自律的人，开始总舍不得吃，后来大部分也还是落入调皮的弟弟口腹之中，因为他总是率先吃完他自己的份额，然后想尽办法把我忍着口水省下来的美食纳入他的口中……

年景好的时光，炒完"米胖"后，我们还要炒点花生、瓜子，而切完"米胖"糖后，还会切点芝麻糖、米花糖，不过量少得可怜，也只能是供过年待客用，我们自己只有吞口水的份儿。

接下来，整个腊月基本都不得闲，家家户户要彻底搞一次大扫除，角角落落要掸"蓬尘"，锅瓢碗盆要清洗干净，床单被褥要拆洗缝补。那时的冬季比现在寒冷，农村人平时是不太洗澡的，可过年前必须生火烧汤，无论如何要从头到脚搓洗到位，否则从古话说来是要影响来年运道的！

到了除夕前一两天，主妇们就更忙乎了，再清贫的家庭，自家养的公鸡还是要宰杀一只，和上好的肋条肉满满地煮上一锅，祭祖用的鸡和炸扣肉的原料就都有了。那时还没有味精之类的调料，而煮鸡煮肉的高汤是做菜提鲜的绝佳材料。

然后是开油锅，我们家乡主要是炸泡鲞、肉皮、响铃、扣肉和脆皮花生等，记得有几年还炸过兰花豆和花片。有了这些常规美食，加上自家园子里种的蔬菜，客人来了就不至于太寒酸了。记得那时穷，炸响铃舍不得全部用猪肉，聪明的母亲把肥肉和市场上刚刚出现的素肉剁在一起，放入番薯粉调味后，炸出来的响铃和用全精肉做的响铃几乎没有分别，成本却节约了很多。

年夜饭前，按照农村旧俗，原本是要先祭祖烧羹饭的，可是因为我和弟弟从小对该项仪式特别抵制，只要烧羹饭需要用到的食物就坚决不碰，母亲想尽办法"威逼利诱"都改变不了我们，后来我家只好取消了这项仪式。

可惜，现代生活日趋城市化，许多美食不再需要自己动手，一些旧时年俗也日渐消失，不知不觉中年味儿似乎越来越淡，加上平日里随时能够吃到各种美味，心里就失去了儿时那份心心念念的期盼。

不过，现代都市早已装扮成火树银花的不夜天，今年更是放宽了对烟花爆竹的限制，满天璀璨的烟花，伴随着爆竹声声迎来了龙年大吉，又算是别样的新风景新年味了。

激情抒写的文学盛会

拥有一本真正属于自己的正式出版图书，这是我作为一名文学爱好者梦寐以求的念想，特别是近几年融入作协大家庭后，在前辈们的指点和帮助下，作品似乎略有长进，让我对实现这一梦想的渴望不觉更强烈了一些。

我想我真的是一个幸运儿。2020年初，我们在本该喜气洋洋地走亲访友的新春佳节被迫蜗居在家，正当忧心寂寥之际，市作协李英主席告诉我一个好消息，浙江省散文学会将征集一批优秀的散文书稿，以江南散文精粹文丛统一出版，由张抗抗、陆春祥、裘山山等联合推荐并作总序，让我抓紧把文稿整理好发给陆春祥老师，看看有没有这个机会能赶上这个机会。

我以最快的速度整理好手头的书稿，因为这是我人生第一次准备出书，没有经验也缺乏底气，我谨慎地先把书稿送给李英主席帮忙审阅。李主席是一个非常愿意提携后人的文学前辈，他认真看完稿件后提出了一些中肯的意见，我这才敢把文稿发到陆老师指定的邮箱。

其实在此事前，我和陆春祥老师曾经有过一面之缘。那是2018年10月，陆老师的新书《而已》出版，在金华浙中图书馆举办了新书首发式和座谈会，我有幸全程参与了整个活动。当时有作家在座谈会上提道："陆老师，您自身工作这么忙，还要为浙江散文学会和全省散文作家做大量工作，可您总是不断有新作品发表，请问您是如何挤出时间搞创作的？"陆老师的回答到现在我还记忆犹新，他说："工作再忙，我总是起得很早，利用早上9点之前的时间写作，节假日时间更是我创作的黄金时间，下午和晚上一般是我的阅读时间，我还利用开车、运动等碎片化的时间收听有声节目，比如线上有声平台诗词讲座等，这样也能不断充实自己。"当时我真是汗颜啊，自己总是以工作忙为借口，其实我忙的大多是花天酒地、蹉跎岁月。陆老师的话让我醍醐灌顶，从此我每天至少给自己多安排了一个小时的学习时间，利用早上运动的时间听文学讲座。

　　陆老师是一位非常认真负责，而且非常有情怀的谦谦君子，他总是不遗余力地提携和帮助青年作家。为了推出一批高品质、高标准的散文集，他花费大半年的时间对每一位作者的每一篇作品认真阅读、勘误、校对，并在作品的内容、选题、编排、题目甚至作者的笔名等方面给予了全面的指导，同时积极为大家联系出版社、推动出版工作，一丝不苟地为每本散文集写出精辟凝练的百字简介，特别是他为"风起江南"系列散文集倾情写下的总序《千万和春住》，读来令人神往且动容：

　　　　现在，我们以激情抒写的方式向江南大地，向浙江山水致敬。
　　　　……
　　　　江南处处时时都是春天。这个春天过后，很快就会迎来下一个春天，再一个春天，又一个春天，春风骀荡，春水初生，春山永远，只要我们的心里有春，你的眼前，便永远都是春天。
　　　　在思索的文字中长久停留，抬头远望，远方，远方的远方，又有新的风景升起。

我心春日永驻。

风已起江南，我们再次出发吧！

　　历经一年时间，当终于拿到我人生第一本设计精美、装帧考究的散文集时，我的眼眶忍不住涌出了泪水。我相信，和我一样拥有这套散文集的大部分作者，都会有这样一份深深的感动，这也是我和"风起江南"系列第二辑散文集作者黄治政老师、余盛强老师等五位作者交流后的共同感受。这本散文集的意义，已经不仅仅是每位作者辛勤耕耘育下呱呱坠地的新生命，也是陆老师和他身后一起付出大量心血的浙江散文学会其他老师，以及封面设计及出版社等各位老师共同努力的产物了！

　　第一次的出版经历让我深深地感受到了浙江散文学会这个大家庭的温暖，而我的散文也得到了众多读者的自发好评。特别让我有成就感的是，有一天，在美容院工作的贵州妹子阿芬突然很激动地拉着我的手说："小王姐，您的书写得太好了，那天看了您写的《回味人生》，我终于放下了二十年的仇恨了！"这让我非常惊讶，因为平时我去做面膜时她总是不声不响，带着一丝化不开的忧郁。原来阿芬在老家曾有过一段恋情，当她一心憧憬着婚姻的美好时，从小母亲亡故、父亲服刑、五岁起就寄养在她家的未婚夫却在结婚前夕，带回了一个大着肚子的情人。阿芬的父亲急怒攻心中了风，悲愤之下阿芬放弃了财政局优越的工作，只身一人离开家乡，独自到金华打工养活自己，从此封闭了自我再也没有回过家乡……这是阿芬二十年来讲过最多的一次话，她第一次说出了她的故事，她说她必须放下了仇恨，开始全新的生活。

　　其实，作为一名文学爱好者，写出的文字能感动别人、帮助别人，这不正是文学的价值吗？

我以为我第一次出版新书的经历，至此已到高潮。

而四月初，我又意外地接到陆春祥老师的信息：拟定于4月22—23日在桐庐举办"风起江南"散文系列作品集首发式暨研讨会。

桐庐有着六百年坎坷历史的历史名画《富春山居图》，孕育了"云山苍苍，江水泱泱，先生之风，山高水长"的千年隐者严子陵先生，对于富春江，对于桐君山，对于严子陵钓台，我内心向往久矣，却总是无缘前往。

这次在浙江散文学会的全力推动下，我有幸受邀参加了在陆老师的故乡、美丽的桐庐召开的首发式暨研讨会。

周四下午5：00，结束了常规的专家门诊，我脱下白大褂就飞车赶往桐庐。

2021年4月23日，恰逢第26个世界读书日，一场充满激情又别开生面的"风起江南"散文系列作品集首发式暨研讨会在这样一个特殊的日子，在这样一个美丽的地方隆重召开，主题就是以激情抒写的方式向浙江山水致敬。

当是时，芳菲四月，群贤毕至，全省最著名的散文大家、当地宣传部的领导、省内几家知名图书馆的馆长、十九位系列散文集的作者及桐庐当地的散文爱好者等咸集于此，由浙江散文学会常务副会长、我特别崇拜的散文大家苏沧桑亲自主持。会上，陆春祥老师作了令人终生难忘的精彩致辞，他说："该散文系列丛书所写作的内容就是我们脚下的这片土地，我们是以激情抒写的方式向江南大地，向浙江山水致敬。一次性集中推出二十一部散文作品集，在我省尚属首次，在全国也不多见。"

陆老师是一个感性而深情的人，我们第二辑五本丛书的作者之一——黄治政老师，在拿到新出版的书后不到三个月，因车祸不幸罹难，虽然陆老师从未和他谋面，但因出书有过交集。回想起七十多岁的老先生拿到新书时的满心欢欣，却没能等到今天的新书首发式，也没能亲手领取梦寐以求的浙江省作协会员证书，在会议现场，陆老师情难自已，数度哽咽，话不成句，他说："人世间的我们，什么都留不住，唯有文字可以留下，文字的生命力是最宝贵的。老作家虽然已在另一个世界了，但他的文字依然和我们在一起……"

接下来，马叙、邹伟强、张林华和白起四位副会长对二十一本散文集逐一进行了点评。张林华老师虽然把我的性别搞错了，但他事先做的功课十足，不仅特意为我们第二辑的五本散文集写了专门的评论文章《春风里，关于乡愁的集体吟唱》，而且给在座的所有作者上了一堂生动的散文讲座，传递关于散文的温暖、情感和格局。

最后，在宣传部门和新闻媒体的见证下，浙江散文学会和作者分别向浙江图书馆、杭州图书馆、浙江工商大学杭州商学院图书馆和桐庐县图书馆赠送了"风起江南"散文系列作品集。

这是我的人生中绝无仅有的一次高规格的作品研讨盛会，今生难忘，感恩永存！

质本洁来还洁去

——谨以此文献给仙逝的"林妹妹"

2021年8月6日清晨，我在朋友圈里看到杭州文友的一条信息：永远怀念王文娟老师！

我忍不住小心翼翼地问了一句：王文娟老师没出事吧？

然而文友马上转发了另一条信息：越剧表演艺术家、一代宗师王文娟，于8月6日0：25分去世，享年九十五岁。

瞬间泪奔！

从少年时代，越剧《红楼梦》就开始陪伴着我，《天下掉下个林妹妹》《葬花》《焚稿》《金玉良缘》《哭灵》……如今，都随着绛珠仙子的最后谢幕，剧终！

真的是千呼万唤唤不回了！

在哪怕是个所谓"明星"的花边新闻，都会被朋友圈和新闻媒体炒个天翻地覆的网络世界里，塑造了人们心目中无法超越的不朽经典"林妹妹"的一代宗师仙逝，却几乎无声无息，甚至在号称"越剧之家"的微信公众号上，到了上午10点也没有发布任何信息！

是的，时代变迁了，我也"老朽"了，不该去苛求世道人心。

但我想，我可以用我的方式，去记录这三十多年的爱怜和情感。

我其实是一个天生缺乏音乐细胞的人，可以说连最基本的流行歌曲也唱不全。然而因为挚爱，因为数十年的聆听，我能够唱完王老师的《焚稿》，虽是自娱自乐，水平有限，也常常唱得自己泪珠滚滚、愁肠百结。

　　记得十八岁那年，我获得了一个小小的录音机，立马就用省吃俭用节约下来的一点零用钱，买到了越剧《红楼梦》的录音带。从此只要一有空闲，或心情不好，或心情大好，我都喜欢听听徐玉兰和王文娟老师的声音，真的是俏语娇音满室闻啊，以至于百听不厌，三十多年不曾间断。

　　戏迷是一种非常固执的物种，自从观赏了徐玉兰和王文娟两位老师饰演的越剧《红楼梦》，从此在我的心目中，再也无人能够代替他们演绎宝哥哥和林妹妹了！虽然以后的几十年，各种版本、各式演员创造了成千上万个贾宝玉和林黛玉，可惜都不是我的菜，甚至其他越剧演员演绎的宝黛爱情戏我都无法坚持看完。只因为王文娟老师那弯似蹙非蹙的含烟眉，那双似喜非喜的含情目，已然占据了我的心灵，从此再也接纳不了别人。

　　王文娟和徐玉兰老师是从1948年开始合作，在半个多世纪的生旦搭档之中，二人创作了大量的优秀剧目。徐玉兰天生一副"金嗓子"，唱腔行云流水，刚柔相济，表演风流倜傥，华彩飞扬；王文娟老师唱腔温婉动听，韵味十足，表演细腻多情，妩媚婉转，两人无论从扮相、风格还是身高等方面都十分般配，可谓珠联璧合，相得益彰，被称为"越剧舞台上的并蒂莲"。

　　当然，他俩最出名的，也是至今无人能够超越的作品是1958年演出、1962年被拍成电影的越剧《红楼梦》，自公演以来，五十多场演出场场爆满，达到了万人空巷的地步，从此宝哥哥和林妹妹的艺术形象定格在几代人的心目中。

　　而那个聪慧娇俏、冰清玉洁、目下无尘、有着几份小性儿、

- 一树繁花 -

对美好爱情充满期盼的林黛玉，更是成了中华古典女性的代名词。当黛玉肩荷花锄、袅袅婷婷、穿花拂柳一边走来，一边唱着："一寸芳心谁共鸣，七条琴弦谁知音？"几乎所有人都会觉得如此美丽的意象只合天上才有；而在得知金玉良缘终成事实，悲愤绝望之余，一生与诗书做了闺中伴、与笔墨结成骨肉亲的潇湘妃子，激愤悲怆地唱出了："如今是知音已绝，诗稿怎存？"此时，仿佛真的天崩地裂、万物俱废，只落得一弯冷月照诗魂！

王文娟老师 1926 年 12 月 19 日出生于绍兴嵊县（今嵊州市）黄泽镇坑边村，1938 年开始舞台生涯，先习小生，后改习花旦，1948 年加入玉兰剧团，开始和徐玉兰老师搭档，先后创作了《青香传》《追鱼》《红楼梦》《白毛女》《信陵公子》等优秀剧目，得到了万千越剧观众的追捧。王文娟老师在表演上以善于描摹人物神态、传达内心感情著称，素有"性格演员"之称，其唱腔情真意切，平缓委婉中深藏着一种内在的巨大力量，王派是王文娟创立的越剧旦角流派。她荣获了无数奖项，如第 27 届上海白玉兰戏剧表演艺术奖终身成就奖、第七届上海文学艺术奖"终身成就奖"、"中国文联终身成就戏剧家"等称号。

而最让我动容的，是她和徐玉兰老师旷世友谊。她们不仅仅是舞台上的艺术伴侣，更是生活中的亲密姐妹，她们一起创作，一起到朝鲜慰问演出，一起创建红楼剧团，甚至玉兰大姐还是她和孙道临先生的媒人。七十载的岁月悠悠，她们已经走进彼此的生命里，共同演绎了舞台上的绝代风华和生活中的悲欢离合。

2017 年 3 月末，九十一岁高龄的"林妹妹"到上海华东医院探望九十六岁的"宝哥哥"，也许意识到这很有可能是此生最后一次见面，两人惜别依依的场景至今我还历历在目；4 月 7 日，王文娟老师代表两人登台领取"上海白玉兰终身成就奖"；2017

年 4 月 19 日 17 点 18 分徐玉兰老师仙逝。接到信息后，王文娟老师一个人默默独坐了几个小时，连着几夜无法入睡，以至血压飙升到 180mmHg，但她还是坚持参加玉兰大姐的追悼会，坚持送她最后一程。

"为人首先要真诚！"这是王文娟老师终生敬奉的信条。

今天，你终于质本洁来还洁去，一抔净土掩风流！

林妹妹，一路走好！天堂有您的宝哥哥在等着您！

诗酒趁年华

"古来圣贤皆寂寞，唯有饮者留其名"，论起诗，说起酒，绣口一吐便是半个盛唐的李白，自然是我们这个有着五千年文明古国的头号代表人物。

不过细想，古往今来的大诗人，与酒似乎都有不解之缘：陶渊明"悠悠迷所留，酒中有深味"的恬淡，白居易"绿蚁新醅酒，红泥小火炉"的闲适，苏东坡"料峭春风吹酒醒"的超然，李清照"三杯两盏淡酒"的惆怅，陆放翁"红酥手，黄縢酒"的深情，辛稼轩"醉里挑灯看剑"的豪放……

典雅的诗词和豪放的美酒，在人生最美好的年华，总会激情相遇，碰撞出最绚丽的火花。

酒量确乎天生。第一次发现自己颇有点酒量，还是在不满十二岁的少年时期。

那年，十四岁的好友萍要到遥远的贵阳，临走前邀我和十三岁的秋到她家饯别，三个小女孩为人生第一次的离别而伤情，一杯一杯复一杯，竟然一连喝掉了三大壶总计六斤的家酿米酒，虽然三张小脸艳若桃花，甚至有些飘飘欲仙，但在酒后发现萍家厨房里的一堆草木灰，不知因何突然自燃，三个小姑娘倒也十分淡定，马上用水缸里的水扑灭了火苗，显见得三个人都还是保持足够清醒。

后来因为天性豪爽、不拘小节，加上有几分酒量，也曾有过数次豪饮。记得多年前有个假日，一帮好友组团到永康游玩，晚上领队卢哥的朋友接待我们，酒桌上男人喝得热火朝天，我们几个女人一边品尝佳肴一边聊天、看热闹。后来卢哥的朋友喝开心了，突然倒满一杯白酒站起来说："你们女同胞一个都不喝也不行，我挑一个代表，一定要搞个满杯！"也是缘分，因为我坐在他正对面，他一眼认定我并饮干了手中的酒。喝酒图个气氛，既然他坚持让我喝，我不再推诿，也一口气干了手中这杯酒，接着，我又把双方的酒杯倒满，走到他身边说："来而不往非礼，让我回敬你一杯吧！"我率先饮干了第二杯酒，要知道，这杯酒足足有三两半！这位朋友是出了名的好酒量，再加上为人豪爽，虽然犹豫了一下，但还是紧跟着二话不说饮干了杯中酒，不过一会儿工夫，他当着大家的面滑到了桌子底下。这当然是因为我取了个巧，前面没喝过酒，但从此在朋友圈里就有了一点名气。

酒易助兴，我私心以为必须在欢喜热闹的情形下才易豪饮，心情不好适宜旅游，或者躲在家里看书，而最好不要浪费美酒。所谓借酒浇愁愁更愁，何必喝了闷酒而加深忧愁呢？或者把坏情绪传染给共饮者，一份愁绪就变成了几重忧虑甚至灾难，那就不是喝酒的初衷了。"把酒祝东风，且共从容"，酒意酣畅之时，才是人生极乐之境，当是时，桌上全是兄弟姐妹，世上再无一个坏人，把酒言欢，气冲斗牛，推杯换盏，你来我往，高潮迭起，早已不知今夕何夕了。

所谓"春风桃花一杯酒，江湖夜雨十年灯"，酒是友情最好的媒介，因为它，平淡的生活就多了一份激情和亮色；因为它，寂寞的旅途就多了一份温暖和从容；因为它，在陌生的环境就少了一份拘谨和忐忑；因为它，些许的误会也会一笑尽释然。

然而，因为一点从未消磨的诗意，哪怕是在最热闹的酒宴

- 一树繁花 -

上，隐藏在内心深处的寂寞也会无法遏制地冒上我的心头，这时，诗歌才是最好的疗伤之物。只是我辈凡俗，写不出名家大咖的千古绝唱，能诌出的几句歪诗也不过自娱自乐，大多的时候还是在文学的海洋里学习经典，欣赏经典，在诗词歌赋营造的唯美世界里酣然畅游，这是上苍赐给我独一无二的礼物。

我总觉得，人世间所有的情感，仿佛都已经让前人用诗词表达了：伤春是"感时花溅泪，恨别鸟惊心"，悲秋是"雨中黄叶树，灯下白头人"，狂欢是"白日放歌须纵酒，青春作伴好回乡"，痛苦是"念天地之悠悠，独怆然而涕下"，迷惘是"欲渡黄河冰塞川，将登太行雪满山"，得意是"春风得意马蹄疾，一日看尽长安花"……不管喜怒哀乐，无论悲欢离合，总有那么美好的诗句直击你的心灵，融入你的血脉，抚慰你的创伤，温暖你的躯体，让你感受到人间绵绵不断的善意和温情，从远古穿越而来，绵延到永远。

人生多坎坷，正是因为有了最美最纯的诗词相伴，从农村底层走出来的卑微的我，才得以保留一颗不眠的童心，保持一份向上的乐观。小时候，母亲带着我和弟弟在昏黄的灯下读诗，知道有个和我们一样从小失去父亲的少年叫王冕，一边放牛一边学画，终成大家，留下了"不要人夸好颜色，只留清气满乾坤"的名句，我甚至用了好长的时间偷偷学画。后来因遭小人陷害，我先生饱受冤狱之灾，而我也因此与手握实权的高位者苦苦抗争了将近一年，绝望之时，才真正理解骆宾王在狱中吟出"露重飞难进，风多响易沉，无人信高洁，谁为表予心"的愤慨。

如今，已过天命之年，年华渐老，华发早生，世间百态，俱已看透，正如青莲居士放言："安能摧眉折腰事权贵，使我不得开心颜。"于是乎，徒步旅游，品茗酌酒，插花临帖，读书吟诗……快意人生，当若苏子遨游山水，歌曰："唯江上之清风，与山间之明月，耳得之而为声，目遇之而成色，取之无禁，用之不竭，是造物者之无尽藏也，而吾与子之所共食。"

天地之间，唯有青山绿水、清风明月最为公平无瑕。

"寂寥小雪闲中过，斑驳轻霜鬓上加"，今天小雪，风乍起，寒意生，让我温一壶酒，邀你一起对饮，可好？

- 一树繁花 -

重扬文学之梦

我是一名"60后"的妇产科医生，却打小就有一个瑰丽多彩的文学梦。

然而造化弄人，因为出生农村，父亲早逝，家境困难，初中毕业后就不得不放弃当地最好的重点中学录取名额，选择了早就业包分配的中专学校，开始了从医之路。

医学是一门严谨的科学，医生更是承担着生命和健康的重大职责，选择了从医之路，就意味着不断学习、考试、进修、晋级……可以说，对于一心向文的我来说，确实是错失了最佳的阅读年华。

文学的那份初心却一直未改，美好的生活值得歌咏。工作再忙，生活再乱，我也会挤出时间读书、写作。

后来，我陆陆续续地在报纸杂志和网络平台上发表了一些文章，承蒙前辈老师们的抬爱和帮助，我加入了省作家协会，并先后当选为区作协副主席、主席。

随着文学创作的深入，没有系统学习文学理论和阅读量不足的弊端越来越明显。

五年前，我欣喜地发现，"学习强国"学习平台里的慕课、听文化、趣味答题等版块，很好地满足了我的需求。

我也是一个户外运动爱好者，每天清晨雷打不动地运动一个小时，已经坚持十多年了。自从"学习强国"学习平台上线以来，每天我在清晨出去跑步或者健走的时候又多了一个项目——戴上耳机听有声栏目。

五年来，我利用清晨运动的时间，认真学习了《现代文学》《古代文学》《外国文学》《大学语文》等课程，对于精品课我更是反复听讲，如唐诗宋词及经典文学作品的诵读、历年来由董卿等人主持的诗词大赛、王步高老师的《诗词格律与写作》等。不断学习和聆听，使我对文学名篇的领会和记忆持续加强，对格律诗词和古典文学的鉴赏有了很大的提高，对我的写作更有意想不到的帮助和提高。

每天晚上，我会在睡前花半个小时的时间，看看推荐、要闻、思想、浙江、文化等栏目，学习政治理论知识，了解国家大事，领会新时代文化精神。再通过每日答题、趣味答题等测试和巩固自己学习的成果，其中挑战答题从最初的每次平均答对四五题，到现在平均答对三十多题，最多一次答对八十题。

同时，"学习强国"学习平台还开设了《医学》《心理学》等慕课栏目，对我的专业也非常有帮助，这几年，通过学习，我还考取了健康管理师和心理咨询师的资格证书。

"学而时习之，不亦乐乎？"每天，当我打开"学习强国"学习平台，手机界面上跳出孔子的这句名言时，心里感觉特别踏实。

今天，你学习了吗？

天国的女儿

2023 年 5 月赴淄博采风，来自北京的向晴老师向大家推荐了豆豆的《遥远的救世主》，说这是一本非常值得一读的书，我立马上网买了一本。

收到书后，一向作息非常规律的我几乎不眠不休，用了三天三夜读完全书，内心被一种强烈的情感所控制，小说中的女主人翁芮小丹仿佛烙进了我的脑海，睁眼闭眼全是她美丽而独立的形象。

接着，我夜以继日地观看了由该小说改编的电视剧《天道》，王志文和左小青炉火纯青的演技更增添了该作品和男女主角的无穷魅力。

看完电视剧，我又忍不住重新细细地读了一遍原著。

这真是一本值得反复阅读的书。小说的主线是商业奇才丁元英和女刑警芮小丹因一曲天籁之音《天国的女儿》而相识、相知、相爱的故事。为了送给小丹一个礼物，元英写下了引领几位音响发烧友参与贫困村扶贫的神话，同时对传统文化属性和贫穷村的自我救赎进行剖析，其中涵盖了文化、经济、人性等方面的探讨。

在物欲横流、贪念涌动的时代，最不缺的是精致利己主义和逐利成功人士。男主人翁丁元英却是一个特立独行的人，他有着严苛的不为世俗所接受的行事准则和价值体系，不执着于出人头地，不苟合于约定俗成，不忘却成熟男士的责任，不违背许下的诺言，这一切注定他是一个不为普通人所接受的孤独者。正如他的好友韩楚风评价所言："更高级的哲人独处着，这并不是因为他想孤独，而是因为在他周围找不到他的同类。"

而芮小丹是一位从小在德国法兰克福长大的女孩，她拥有德国永久居留证，但她认为如果她生活在德国，永远都只能是一个边缘人，融入不了当地的主流社会，所以她放弃了很多人向往的欧洲天堂，选择回国当一名不赚钱且危险系数极高的刑警，哪怕所有人都认为她的生存是一种病态，她依然故我地保持对事业的绝对忠诚、对爱情的高度执着、对自我价值的不懈追求。

元英眼中的小丹是一个人格完全独立的女人，她的现在及她所设想的将来完全是她自己的生存支点，丝毫没有给从属与依赖留有空间，所以他说："金银珠宝，不足以点缀你这样的女人。"

同样，在别人眼中是魔是鬼，是极品混混，但在小丹的眼中，元英就是理想天国中活在应该、如是、如法的规律中，可以平等对话的男神，她一接触到他高贵的灵魂就不由自主地掉入了爱情的漩涡中。她爱他，没有索求，只希望他做他自己，只希望他快乐。初涉情海的小丹在日记里写道："你是什么人呢？你是我忍不住想疼的人，我把我积蓄了二十六年的能量在这一刻为你而迸发了。我知道你要走，所以我珍惜疼你的每一天。"她说："古城留不住你，我也没奢望天长地久。你给我留个念想，让我知道你曾经这样爱过我，我曾经这样做过女人。"

最后，小丹在外地执行完任务准备回归的途中，意外地在荒野偶遇了古城的四名通缉犯，她知道这是一个穷凶极恶的暴力犯罪集团，而其中三人正是该集团的首犯和主犯，已经在逃两年多了。作为一位孤身在千里之外出差的女警察，出于自身的安全和正邪力量的悬殊起见，她完全可以选择马上报告，等待增援后再采取行动，甚至视而不见，但强烈的责任感和使命感让小丹选择了迎敌而上，最终以身殉职，美丽的生命终止于二十八岁的花样年华。

面临巨大的风险，其实小丹已经嗅到了死神的气味。开战之前，她给自己的爱人打过一个道别电话，在这最后的时刻，元英没有劝阻小丹放弃执行任务，因此饱受世人指责，而失去灵魂伴侣的他哪怕内心痛到吐血，也不做任何解释。他曾经对小丹说过："只要你一分钟是警察，你这一分钟就必须要履行警察的天职，你就没有避险的权利。"这其实是他和小丹共同的认知和原则。

小丹就是来自天国的女儿，她像一颗美丽的流星划过天际，虽然转瞬就消失了，却划出一道凄艳绚丽的光芒。

正如评论家所言："这是一部可以傲然独尊的长篇小说，也是一部可遇不可求的完美佳作。"

无限哀思寄亡父

大雪过后，天气变得越来越湿冷，一年中黑夜最长最冷的冬至节又到了。

在地下孤独地躺了四十年的父亲大人，您冷吗？您寂寞吗？

四十年了，整整四十年，我从来不曾为我深爱的父亲写过只字片言，所有的人甚至包括母亲都以为我已经忘记您了，因为您离开人世的时候我才八岁，而在这之前我们有整整一年的时间没能见过面！然而在梦中、在女儿伤心痛苦的时候，您却是那么清晰地出现在我的眼前，宛若平时那样拍着我的头爽朗地笑着说："别怕，一切都会好起来的！"这时，我的泪就忍不住流了出来，父亲，如果您活着，我的世界才会真正踏实、完整啊！

我的记忆永远定格在那个初冬阴沉沉的上午，我坐在教室里上课，姨娘红肿着眼睛把我叫出了课堂，一言不发地把我领到了村边的荷塘。当我看到您冰冷地躺在山脚下临时搭建的草棚里，我才知道我曾经豪气冲天、顶天立地的父亲已经永远永远地离开了深深眷恋着的世界，离开了深深热爱着的亲人！而那时，母亲还不知道您的死讯，她正在相隔一百多里的浦江讨生活（20世纪70年代，一百多里地是多么遥远啊！母亲是在父亲下葬后第二天才被一个亲戚接回家）。家中只有我和一个未谙世事的五岁的小弟弟。白发的外婆一手拉着我，一手拉着小弟，向大伯父大伯母、街坊邻居们一次又一次地下跪，请求父老乡亲看在死去的父亲的面上帮衬着这孤儿寡母艰难地度日。父亲，您是大睁着眼睛入土的，任谁也不能抚闭您的双眼，您死不瞑目啊！您怎能放心：离开了您，读了十多年书、教了二十年书的母亲带着两个不谙世事的小孩在农村里活下去啊?！

父亲，您天性乐观，脾气耿直，是一个天不怕地不怕的响当当的男子汉，却为何落得个一生命运多舛、英年早逝？是生不逢时，还是造化弄人？

您十八岁入伍，是新中国成立后的第一批解放军，1952 年参加抗美援朝战争，因为在战场上表现出色荣获战功，二十五岁就荣任排长，可就在提干入党之际组织上发现大伯父竟然是国民党委任的保长（国民党撤离大陆时秘密任命的最后一批在档的保长，可怜连大伯父本人都不知道的"官职"）。组织上派了一名领导找您谈话，年轻气盛的您因为不明就里，认为自己赤胆忠心，无愧天地，面对上级领导措辞严厉，不知天高地厚的您与他对拍了桌子，于是马上被下令退伍回家。曾经海誓山盟的广州女友突然没了音讯，放不下这段感情的您用完所有的安置费赶往广州去找女友，也没能让她回心转意。回家后两个哥哥与黯然神伤的您分了家，在平均分到一点可怜的家产后，您毅然提出了独自负担老父亲和妹妹（这是我在您唯一留给我的一本"献给英勇的中国人民解放军"的记事本上看到的）。

父亲，这段时期也许是您一生最痛苦迷茫的日子。外头看您还是乐呵呵的一个人，可是事业和爱情的双重失败使内心高傲的您经受了多少次的灵魂拷问，纪律严明的军队生活和落后闭塞的农村生活的巨大反差又让您经历了多少个不眠之夜！您不修边幅，成天穿着破旧的军装，似乎只有这样您才能永远留存着您军人的梦想。

直到三十五岁那年，遇到了同样遭遇了事业和婚姻双重打击的母亲，您灰暗了十年的生活开始变得多姿多彩。三十七岁那年，您的生命开始延续，您的第一个孩子出生了，那就是我——一个据说小时候奇丑无比的女孩，直到六七岁我的头发还被父亲的朋友们戏称为稀世珍品。然而在您的心中我是世上无与伦比的珍宝，从我记事起我的脑海里有的全是您的宠爱：上街时，您总是让我坐在您宽厚的肩膀上，让我一路快乐得像一只飞翔的小鸟；村边的荷塘里长满了荷花和莲蓬，因为有人管理且经常挖掘导致水下地势不平，为防意外平时严禁采摘，可为了让女儿开心，深谙水性的您总是有办法采到清甜的莲蓬，看着我们父女两人亲密开心的样子，管理员朋友也常常跟着一起乐呵；我从小怕水，为了让我学会游泳，一到夏天您就带我到村边小溪里去锻炼，看着才四五岁的我在水里又怕又笑，您开朗的笑声让溪边洗衣的村妇们羡慕不已；您亲手制作的一种美味佳肴，后来我从来不曾在别的地方吃到过，那是用生猪肚取最嫩的部分切成薄片用旺火爆炒，这样的爆炒脆肚是那个时代我所尝过的最美味的家常小菜了。

　　到了您四十岁，弟弟降临了。儿女双全的您心中美得呀，根本不顾忌朋友们的打趣。妻子贤能、儿女乖巧，您的小日子有多滋润呀，您甚至在睡梦中都笑出了声，您这百炼钢早就化作了绕指柔了！您多想永远与您的家人在一起，在这个美好的世界上永远享受这样美好的生活啊！

　　然而注定十年一个轮回，四十五岁的您死于非命，您成了大变革中的牺牲品，甚至临死前连见亲人最后一面的机会都被剥夺了！

　　父亲，您走了，可是您知道吗，村上您为村民挖的洗衣井因为没人清淤，不到两年就臭得没人再用了，而我再也不可能有人领着快乐地用水车在清淤后的井边车水了；您知道吗，当村里发生儿孙不孝、恃强凌弱的事件时，老人们会说"可惜阿忠不在了，否则，敢?!"您一生好打抱不平，敢爱敢恨，铮铮铁骨，虽死犹生！您知道吗？四十多年前隆冬的那天早上，家里的屋檐上挂着长长的冰凌，您在最后一次离开家门又折回来拿一双手套时，似乎预想到了什么，一边用满含安慰的目光坚定地看着母亲，一边像平时那样拍着我的头爽朗地笑着说："别怕，一切都会好起来的!"就是您的笑容这些年鼓励着女儿能直面一切的困难、歧视和不公正的待遇，让我能咬着牙忍着劳累、压迫和痛苦用孱弱的肩膀帮着母亲在农村里艰难地生活下来。您记得吗？您留下来给母亲的不多的遗物中有几双针脚细密的鞋底和打着平整补丁的内衣，怎能想象这是您用您那双舞枪弄剑的粗壮的手拿着细细的绣花针把对亲人的无限牵挂纳入其中缝制而成的！就凭着您这份无声的鼓励，这些年母亲坚强地活下来了，乡亲们时时照顾着我们，亲戚朋友们一直关心着我们，我和弟弟也相继考上了中专、大学，如今都成家立业了！您地下有知，您大可以放心了！

　　这些年，不管再忙不管离家有多远，清明、冬至和正月初一这三个节日，女儿一定会到您的坟前烧一炷清香，以告慰您的英灵，同时寄予女儿深切的哀思。又一个冬至将至，女儿眼前仿佛又出现四十年前您爽朗的笑脸，泪水忍不住涌了上来，父亲大人，真如您说的，一切都好起来了！

　　父亲，您可以安息了！

阳光总在风雨后

一

半壕春水一城花，烟雨暗千家。

清明时节。江南的春雨，淅淅沥沥，点点滴滴，落在屋顶，落在窗前，落到翠竹杪梢，也落得海棠绿肥。

我坐在顶楼的书房，看窗外烟雨蒙蒙，杨柳依依，清照路上的梧桐树擎着碧玉般的新叶，义乌江的春水缓缓向西流淌，流向易安居士曾经凝眸的燕尾洲头。

这样的日子最宜泡上一杯龙井，找一本心仪的闲书，随意消磨。

今天读的是新拿到的桑洛兄的《半堤雨》，虽然相识不久，因为一样喜欢文字，喜欢户外，喜欢山山水水，喜欢诗和远方，我俩心底已经相互认定是旧友了。

当我读到这段文字："去每个陌生的地方，我都喜欢早上起来跑步，喜欢晚上漫无目的地走路。我一直认为：只有用脚步去丈量，你才能抵达这个城市的深处。"不觉会心一笑。

记得四五年前我也写过类似的文字："不管到哪里，总是随身携带全套的运动行头，喜欢利用清幽的早晨独自奔走，用我的双脚去丈量所到之处的角角落落……以为只有这样，才算真正走进这个地方，从而识得庐山真面貌。"

于是，我忍不住给他发了一条信息："我最向往的生活，也是一个人背包到想去的地方，发呆，看风景，只是我没有你洒脱。"

"我们很多方面一样的。只是我呢，内敛一点。你呢，阳光灿烂。"他很快发回来了。

"我是用阳光灿烂，来掩盖上苍给我的一切磨难。"我不假思索地回了一条。

往事如烟，滚滚而来。

眼里，竟然浮起了一层泪光，内心深处，一阵悸痛。

也许，春天是容易伤感的季节。

二

别人眼中，我是个有事业、会生活的女子，勤奋，踏实，热心，豪爽，工作上不甘人后，生活中风风火火，甚至连酒量酒风也不输于一般男子。

不知道有多少同事朋友对我说过这样的话："你一直顺风顺水，所以你总是这么积极乐观。"

我笑笑，不否认。冷暖自知，何必多言。

其实，我走过很多的弯路，遭遇过很多打击和失败，但我"不长记性"，很少回头看，也很少后悔所做的选择。

因为没有很好的人生规划，我的职业的跨度确实有点大。从一名妇产科医生，到卫生院院长、卫生监督所所长，后来我又调到市场监管局担任食品药品稽查大队长，如今回归卫健系统，并且，重拾起少年的梦想，成了一名业余作家。

有朋友碰到我，调侃道："你现在到底在哪里？好像一段时间未见，我就跟不上你的节奏了！"

我想，我是脚踏西瓜皮，滑到哪里算哪里，呵呵！

我无法说的是，在最关键的时刻，我的人生总会遇上令人猝不及防的变故或者磨难，让我永远无法企及原定的目标。

但是不管遇到什么境地，我总是勇往直前，当然，也只能勇往直前。因为我知道，我只是一个资质平庸的凡人，没有资格让命运永远垂青于我，所以从小就告诫自己："尽最大的努力，作最坏的打算！"

再艰难，我也会笑着面对，我只能用自己加倍的努力，在这个惨淡的世界争取一个相对比较好的结局。

三

那一年，我刚满八周岁，弟弟还不满五岁。

我的父亲遭受牢狱之灾，最后死于非命，而深受学生和家长爱戴的母亲也被学校辞退。雪上加霜的是，我刚满十八周岁的无知的姐姐，被奸人蛊惑，竟然把户口给搞丢了，成了一个连基本口粮都分不回来的黑户。

那段日子，世界一直都是愁云惨淡、阴风怒吼。

我的脑海里永远无法消失的是：我豪情万丈的父亲冰冷地躺在临时搭建的茅棚里，我母亲在离开工作了二十年的学校办公室时绝望的撕心裂肺的哭声。

我以为这个世界已经坍塌，我曾经温暖和睦的家庭从此消失。

女子本柔弱，为母则刚强。

幸好，我有一个坚强而能干的母亲。

为了生存，为了拉扯大几个孩子，她没有时间沉浸在悲痛中，她很快擦干眼泪，仅仅用了半天时间从一个朋友那里学会了修理雨伞，就带着姐姐和弟弟远走他乡去摆摊修雨伞了。上小学的我只能被扔在同村的外婆家。

生存是第一要素。没有人会在意一个小女孩的心理健康，也没有人懂创伤后心理辅导。虽然外婆、舅舅、姨娘对我都很好，可是惨遭巨创的我每夜只能一个人躲在冰冷的被窝里瑟瑟发抖，而白天表现得特别乖巧，抢着干一切能干的家务活。

从小，我就是街坊邻居教育孩子的榜样。

小学五年级，母亲带着弟弟回来上小学了，我终于结束了寄人篱下的生活，回到了自己的家里。

一直非常重视教育的母亲开始抓我的学习，并帮我借了第一本课外文学读本——杨沫的《青春之歌》。

从此，我开始爱上了文学，爱上了写作。我如饥似渴地阅读一切能借到的书，我的作文几乎篇篇都成了范文。

我敏感脆弱的心灵开始慢慢舒缓过来。

感恩文学。

四

校园霸凌也许任何年代都没有灭绝过。

我六周岁的时候，母亲在一个乡村小学任教，因为没时间带孩子，就让我提前一年上小学。

可能是小了一岁的缘故吧，我的处事能力相对就比较弱，家庭的巨大变故，也让学生时代的我特别胆小自卑。

初中二年级时，有个孟姓女孩特别尖利，几乎和同寝室的女同学都吵过嘴，有一天我不小心得罪了她，正好那天另一个女孩想回家，找了个"米被人偷了"的理由向老师请假，说当天晚上要回家拿米。

第二天，孟姓女孩就开始散布谣言，说她亲眼看到我在偷米。开始，我并不知道，同学们也并不相信。但架不住她言之凿凿，谎言说得多了竟然成了真的，而自卑脆弱的我又不敢为自己申辩，渐渐地，同寝室的女孩们开始孤立我，接着演变成每天晚上睡觉前开始谩骂我，甚至连我的父亲母亲也成了她们攻击我的武器。

我无法忍受这样的凌辱，既不敢回寝室，也无心读书，只能每天晚自习后一个人流着泪穿过黑暗的田畈和长长的弄堂回家去睡觉，我多次想用死亡来证明自己的清白。

幸好，我的母亲及早发现了我的异常，在与班主任多次沟通无法解决后，果断地让我调离了这个班级。

新的环境是一个新的机遇，我全身心地投入学习和阅读之中，成绩突飞猛进。

感恩母亲。

五

中考，我用加倍努力证明了自己，考上了向往已久的金华一中。

那时，我的理想就是通过高中三年的学习，能够考上通往文学圣堂的大学，成为一名作家或者新闻工作者，圆一个文学的梦想。

中考结束时，我确信自己进金华一中已经不成问题。这时，接到通知，因中考成绩突出，我有资格到金华六中参加初中专的选拔考试。

当时我已经准备放弃，一则我不想读初中专，二则到金华城区参加三天考试，要吃、要住、要坐车，家里也实在拿不出钱。

可母亲知道后，力劝我去参加考试，说是为以后高考积累大考经验，为此，她特意向隔壁的香姨借了五元钱。

而这场考试，彻底改变了我自以为通往理想和光明的道路。

20世纪80年代的应届中专生，真可谓凤毛麟角，尤其是对于农村学子来说几乎等于鲤鱼跳龙门，因为一被中专学校录取，户口就迁到学校，成了吃商品粮的城里人啦。

那一年，我老家雅畈区考上中专的只有我们班三个同学，为此，我们的班主任当年就从一名普通老师荣升为学校的教导主任。

于是，我满怀失落和阴郁的少年心情，走进了被列为全国重点中等专科学校的金华卫校，开始了我以为一辈子无法改变的医学生涯。

六

那是一个充满激情的文学复兴时代。学习之余，青春期的迷茫和痛苦使我更加沉迷于文学的殿堂之中，对文艺的酷爱和执着让我脱颖而出，并且在学生会中崭露头角，担任了校刊《白帆》主编。

四年中专毕业面临分配之际，正巧婺城区计生站因为宣传的需要，到我们学校要一名有一定文字功底的妇幼专业毕业生，我被理所当然地推荐过去。

当时的计生站长也是我校妇幼专业的毕业生，是长我几届的师姐，经学校老师推荐和深入了解，并通过面对面考察，她对我非常满意，爽快地把我的档案调了过去。

我们这批毕业生，基本上都被分配到最基层的乡镇卫生院。

能被县级单位直接录用，那是非常不容易的，何况是我这样的农村娃。

正当我暗自庆幸自己得到一份留在市区且能够发挥个人特长的工作时，新的变故又发生了！当我的档案正式转到婺城区卫生局的时候，因为父母一辈的往事被重提，我又被重新分配到乡下卫生院了。

我永远忘不了，1988 年 8 月 12 日，一个炎热的夏天，当我提着铺盖走进秋滨卫生院，看到小小的园子里一人多高的茅草时，一股凉意瞬间从头蔓延到脚底。因为这份凉意，在这个温暖的春季，我忍不住打了一个寒战。

我突然不想再写下去了！

今天，我不想再回忆那些不愉快的挫折、磨难和失败。

其实，一切都过去了，现在挺好，诚如桑洛兄说的："你呢，阳光灿烂！"

最重要的是，我绕了很大的一段弯路，重新又回归到理想的轨道，现在我已经有时间，有精力，也有经济能力，重新开始我的文学梦，虽然迟了整整三十年，或者更久一些。

但是有什么关系呢？一切都还来得及。

努力，不会被辜负，付出，终会有回报。

阳光总在风雨后。只要不放弃梦想，春天的雨水，一定会浇灌出秋天的果实。

— 一树繁花 —

永不言败的"冷哥"

——记浙江省红船好少年冷嘉华同学

"人生不是一定会赢，而是要努力去赢！"

——郎平

2020年10月23日，在金华外国语学校的操场上，秋季运动会正在如火如荼地开展。男子组十人定点投篮比赛现场，一个帅气的阳光男孩右手挂着夹板，正和参赛选手一起全力以赴地用左手投篮，一个、两个、三个、四个！"哇，太厉害了！""左手战神，好样的！"围观的同学们情不自禁地跳起来欢呼！

这位被同学们戏称为"独臂球王"的少年，就是金华外国语学校710班的班长、被授予浙江省红船奋进好少年的冷嘉华同学，当听到710班获得了男子组定点投篮总分第二名的好成绩时，他红扑扑的脸上露出了欣慰的笑容。

2020年，冷嘉华同学凭借优异的成绩考进向往已久的金华外国语学校，不料才入学不久，国庆期间他因骑自行车不慎摔断了右手。右手骨折，对于一个学业繁重的中学生来说，实在是个不小的打击，连老师都说："你右手不方便，有些作业就不要交了！"可坚韧而乐观的他说："我可以用左手啊！上帝都特别眷顾我，给我一个锻炼左手的机会，这可是开发右脑的好时机。"于是，他一笔一画认真练习，不到十天的时间就用左手写出了端正的作业，遇上需要大量书写的作文，他就用电脑一个字一个字地敲。就这样，老师布置的作业，他一样也没落下。

学校的秋季运动会马上要开始了，因为右手骨折，本是运动健将的他，只想在集训期间为同学们做好后勤保障，在同学们出去训练的课间，他一个人在教室里用左手扫地、擦黑板、推桌椅，以整洁干净的教室迎接大家归来。然而看见男子组十人定点投篮比赛选拔成绩实在太不理想，从小热爱篮球的嘉华便毛遂自荐，主动请缨，要求参加定点投篮集训，希望为710班的第一次校运会奉献一份力量。

于是，在烈日下的操场上，他投入了忘我的训练，付出了比别人多得多的汗水。短短两周的时间，他就成功地改用左手投篮，在比赛场上一个人进了四个球。在他的感染下，其他队友更加刻苦训练，最终他们取得了全校第二名的好成绩！

嘉华同学出生在普通的工薪家庭，从小就是一个勤奋好学、自强自立、热心公益、爱好广泛的少年英才。他不仅年年学习成绩名列全校前茅，而且在数学、英语、作文、钢琴、书法、象棋、计算机等领域获得过全市、全省乃至全国的奖项。进入金华外国语学校短短一年，他先后获得过数学竞赛一等奖、英语配音比赛特等奖、英语书写比赛一等奖、英语单词比赛特等奖、科学竞赛二等奖、"翰墨颂党恩"庆祝中国共产党百年华诞书法比赛二等奖、寒假社会实践一等奖，被评为"乐学之星""五好学生""优秀学生干部""勤奋学子""文体特长学子"，并以全年级第一名的成绩获得了2020学年第一学期七年级唯一一个"今飞"特等奖学金，荣获校级"领航奖"。

嘉华同学在同学们的眼中是超级学霸，也是同学们口中又敬又爱的"冷哥"。在班主任邵红老师的心目中，他是一个志存高远、胸怀家国天下的有志少年，是710班繁星中最璀璨的一颗，她特别感慨地对嘉华同学说："你的最可贵之处是你的平和，平和令你宠辱不惊，平和使你淡泊名利，平和让你宽厚待人。"

作为班长，嘉华同学不但自身带头争当学习标兵，还热心地协助老师，帮助同学。他主动为班里几个学习成绩相对落后的同学建立讨论群，随时为他们答疑解惑，并在每周日定期以视频通话的形式为他们上一节网课，提炼出本周学习重点，复习知识难点，指导纠正错误，从一开始再未间断。一次，他喉咙发炎，咽口水都感到火辣辣地疼，但因与单科瑞、李俊希等同学已有约定，他不顾爸爸妈妈的反对，不顾同学的劝阻，坚持保质保量完成了网上授课，两位徒弟为他竖起了钦佩的大拇指。李俊希的妈妈感动之余，把嘉华同学帮助儿子检查指导家庭作业的记录发给了班主任老师，邵红老师激动地说："什么是学霸？学霸就是认真做好每一件事情，尽心尽力对待每一个同学！我为有这样的同学感动、骄傲和幸福！"在他的感召下，几位后进生成绩突飞猛进，班级特意颁给了他们师徒三人小组进步第一名的奖品。

嘉华同学善于思考，勇于创新，热心公益。在小学六年级的跳蚤市场，他为了真正帮助更多同学，不再囿于卖旧书旧物的老模式，而是以思维导图的形式整理出了语数英科四门学科的"高分秘籍"，并以每张十元钱的价格向需要的同学出售。跳蚤市场开市那一天，他果然成了最亮眼的那一道风景线，"高分秘籍"彻底火了，整整卖出了一百多张！同学们都大喊："快请客！快请客！你是卖得最多的那个！"他却不假思索地说："我要用我人生第一次赚到的钱做公益，去资助那些比我们更需要钱的留守儿童。"他认真地写下一张心愿卡，定下一个小目标，要尽自己所能，帮助偏远地区的留守儿童。后来这件事被宾王小学楼凯平校长知道了，让他无限感慨：跳蚤市场上不一样的风景——让知识变成财富，用财富奉献爱心！全面发展的冷嘉华同学惊艳全场！后生可畏，前途无量！

嘉华同学特别有数学天赋，从小就立志要成为一位有所建树的数学家。他最崇拜的偶像是中国女排的"铁榔头"，郎平在中国女排面临重重困境的时候挺身而出，主动担任起总教练的职责，带领女排重返世界之巅。他总是用女排精神和郎平语录给自己打气，让自己时刻处于昂扬的状态，面对任何困难，决不轻言放弃。

"幸福是奋斗出来的，而奋斗本身就是一种幸福！"嘉华同学在《红船领航》读后感中写道："我们要学习女排精神，坚持不懈、顽强拼搏、永不言败，在面对困境时不要灰心，相信自己，坚持不懈地做下去，成功就会在前方向我们挥手！"

- 一树繁花 -

飞蛾扑火

她只是一个再普通不过的农村少妇，出生在一个小村落，长相平凡，经历简单，高中毕业没考上大学，在家待了几年，就奉父母之命媒妁之言嫁人了。

夫家在 Y 镇，离娘家只有七八里地，是一个有六千多人口的大镇，交通便利，生活安逸，街市昌盛。夫家有现成的房产，公公是个退休工人，每月有近百元的退休金，这在 20 世纪 80 年代末期的农村，可以说是条件不错了。公婆比较开明，怕娇生惯养的小女儿吃不了农村的苦，让她承了父业，而家中的房产就全给了老实巴交的儿子。

丈夫是一个沉默寡言的庄稼汉，每天日出而作日落而息，从来没有对她说过一句温存的话，也从没舍得让她去农田干粗活，家中大事小事基本由她说了算。一晃十年就过去了，日子过得顺顺当当，她从来不用为柴米油盐操心，村里的小姐妹还很羡慕她呢！如今女儿已经上小学，儿子也放到了幼儿园。

可是她总觉得这日子太平淡了，平淡得让她窒息！

然而农村里成千上万个小家庭不都是这样吗？她想她这一辈子就这样消消磨磨地过下去了。她生来就是一个随遇而安的女人，基本没有做过不合规矩的出格事，唯一不同于一般农村妇女的便是她特别爱看书，当然读的无非就是流行的小说，武侠、言情之类的，生活太平淡了，唯有小说里的大喜大悲大转折，能让她感动得泪流满面，能让她平静的日子泛起一丝波澜。

但她到底明白这一切与她的生活并不相干，她还是平平静静地操持家务，洗衣煮饭带孩子。

曾经有两次，她想改变这一成不变的日子，想在自己平淡苍白的日子中加一点点色彩。一次是刚结婚不久，一次是在第一个孩子出生以后。

她精心地炒了几个小菜，陪着丈夫浅尝了几杯自酿的薄酒，饭后特意洗了澡，洒上一点平时不舍得用的香水，穿上在集镇上新买的性感内衣，甚至在卧室里早早地点上一盘细细的散发着甜香的檀香。然而老实的丈夫根本无动于衷，在她若无若有的撩拨下，没有比平时多一点点柔情，依旧一言不发，直奔主题，完事后倒头呼呼大睡，只留下她在黑暗中大睁着眼久久不能入睡，内心的躁动一时不能平静，失望和伤心犹如密密麻麻的蚂蚁一般蚕食着她少妇的情怀。

从此，她不再徒劳，知道浪漫的生活与她无干，今生注定要一成不变地度过这波澜不惊的安分日子，就像镇上及村里的绝大多数家庭。

现在，唯一能让她的生活增添色彩的便是小说了。碰到 Y 镇唯一的书店里到了新书，只要喜欢，她还是会去买回家，在空闲时自个儿慢慢阅读、细细品味。她的外表已经与任何一个农村少妇没有差别，难道她的内心不能保留一份自己的空间吗？她不想和其他媳妇婆娘那样串门闲话、家长里短，也不想用麻将牌九来消磨时光，她只想与小说中虚构的人物说说话谈谈心，只想在这漫长岁月中让内心有一块属于自己的角落。

她的一生原该这样安安顺顺地过下去，如果不遇到他！在那个特定的时刻遇上了她生命中特定的"孽障"，一切都改变了，她平凡了三十五年的生活，全然都改变了！

那天，女儿上学了，儿子到幼儿园，她闲着无事又到书店里转悠，碰巧看到琼瑶新出的一本书，她毫不犹豫地买了下来，转身想回家细读，匆忙中撞到站在她身后的一名男子身上，书也掉在了地上。她刚想弯身捡书，却看到一只很漂亮的男人的手先她捡起了书，接着是一个男士充满磁性的声音响起："《我是一片云》，你也喜欢琼瑶小说？"她抬起头，一个天庭饱满、星眼剑眉、身材魁梧、发型讲究的成熟男人正笑吟吟地看着自己，这不就是自己梦境中反复出现过的男主人翁吗？她的心跳在那一刹那间似乎停了一停，大脑里一片空白，脸上却不由自主地飞起了红云！慌乱中她接过小说，连一句道谢的话也说不出，逃也似的离开了书店，耳边还飘来他带着笑意的声音："不要慌，小心摔着！"回到家，她再也静不下心来看书了：他是谁？为什么我从未看到过他却感觉这么熟悉？我怎么会这么失态？他必定在笑话我不懂礼仪吧？以后我再也不可能看到他了！既然如此，他为什么要出现在我的眼前……

接下来的几天，她在幻想、灰心、自责和不甘心中纠结着，她知道自己不够美丽，她对自己没有信心，可又总觉得她的生活会出现一点不平凡的东西，她不甘心她的一生就这样在平淡中消磨殆尽，然而她所受的教育和20世纪80年代末期尚未开放的农村风俗又使她对自身的渴望感到羞愧，她心神不定，恍恍惚惚，自怨自艾，心灰意冷，有时又会莫名亢奋。

四天后的一个下午，她神差鬼使般地又到书店去了，虽然自己也觉得荒唐，可心里隐隐有份期盼。

也许她内心的祈祷感动了上帝，她又一次在书店门口看到了他，他还是那样风流倜傥、风度翩翩，而且他似乎在等她，远远看到她走来，就笑吟吟地迎上来，而且亲昵地叫出了她的名字，仿佛是认识多年的好朋友。而她已经基本失去了正常的思维能力，仿佛被施了法术一般，竟然毫不避嫌地把他带回了自己家里，她只觉得和他一起真是太舒畅了。仿佛是千百年前就已经认识，她心里所思所想，他都知道，她看过的小说，他也都看过，而他的话又总是那么幽默，那么恰如其分。那个下午他俩所说的话，几乎比和她的丈夫一年说的话还要多，而她觉得他俩说话的深度，更是她丈夫一辈子也无法达到的。时间过得太快了，天开始昏暗下来，而她的丈夫也从田里回来了，她才发觉自己竟然忘了烧晚饭，看到她老实巴交的丈夫回家，他很潇洒地道了别，走了。

他好多天都没有再出现，而她却被疯长的思念折磨得不成样子，脸也消瘦下来，脸颊却隐隐透着平时没有的红晕。开始她以为他第二天就会再来看她，然而他没有来，第三天、第四天……他一直没有再出现，她除了知道他的名字，其他的都一无所知，也没有勇气问其他人，她除了等待别无选择。

然而整整半个月过去了，他再也没有露面。她开始怀疑那个下午是不是自己的一个幻觉，他并没有到过她的家。他那么英俊那么潇洒，她和他真的有天壤之别，他怎么会和她相见恨晚呢？这样想着，甚至他的脸在她的记忆中都开始模糊起来。

她已经完全绝望，只好打理起情绪继续以往平静的生活了。

一天午饭后，她干完家务百无聊赖地在堂前房间里呆坐，他突然又出现了，仿佛是刚离开不久又回来的老朋友，很自然地坐在了她的身边。他向她表白他因为一见钟情而不敢过多地打搅她，可终克制不住思念之情又来看她了。她根本无法掩饰失而复得的喜悦和激动，在他的绵绵情话下也忍不住向他倾吐她的相思之苦。她觉得他就是她五百年前的风流孽债，三十多年的坚守在他的温柔多情的目光中轰然倒塌，不知何时他关上了大门，不知何时他把她抱上了床。他温柔地抚摸，密密地亲吻，轻柔地吸吮，直到她全身的血液都沸腾起来。

事后，她很羞愧，她知道这样对不起她的丈夫和孩子，她想她再也不能第二次犯错了。可是他离开后无边无际的思念，他给她销魂蚀骨的享受，都使她一次又一次违背了自己的诺言，情不自禁地投入他的怀抱。

渐渐地，村里开始出现了流言蜚语。其时她并不知道，他是一个专门在女人身上用功的人，他除了天生一副好皮囊和一手哄骗女人的好功夫，再无其他长处，她不过是他众多女人中的一个。她犹如瘾君子，虽然内心充满羞愧、自责和内疚，但是只要一看到他，丈夫、孩子、道德、舆论，统统都顾不得了，她仿佛是一只奋不顾身的飞蛾，投身于欲望的火焰之中。

直到有一天，正在偷情的他们被她的丈夫堵在了床上，她不顾一切地抱住丈夫，使他得以张皇失措地逃脱了。

事后，她不申辩、不求饶，默默地忍受着狂怒的丈夫的拳脚，同时也忍受着隔壁邻居的白眼和嘲讽。

她是一个外表和顺、内心倔强的女人。她知道自己罪孽深重，但她没法欺骗自己的心，他带给她的快乐和幸福无与伦比，所以她不愿意开口向丈夫忏悔，她唯有沉默。

老实内向的丈夫被她的倔强和视他若无物的冷漠刺伤了心，每天只能借酒浇愁，酒醉的结果便是一顿暴打。她忍受着肉体和精神上的双重折磨，还有就是无法见到他的痛苦，最后她不顾亲友们的劝说，抛下了对孩子眷恋，甘愿冒天下之大不韪，做出了那个年代最为大胆的决定：她收拾好所有的小说和私人物品，抛夫别子，和他私奔了。

那是多么快乐的一段神仙眷属的逍遥生活！他们来到二十里开外的一个小镇，租房开了一家很小的书店，以出借小说为主。

她把小店打理得干干净净，用一块淡花布帘把房子一分为二，外面柜子和桌子上整整齐齐地摆放着图书，后面只有一张床、一个梳妆台，门口摆了一只煤饼炉。每天她总是变着花样给他准备好一日三餐，其余时间她安静地为他织着毛衣围巾，或者微笑着接待借书的顾客，而他多半在店里陪着她，心安理得地享受她的柔情蜜意。每一个到她书店借书的人，都能感受到小店处处洋溢着春天般的温馨，感受到她从内心深处散发出来的幸福和满足，以及一个长相平凡的成熟少妇的美丽。

她以为，岁月静好，天长地久。

她哪里能够料到，她冲破世俗之网换来的幸福生活不到一年就结束了，她的温柔小窝留不住他了。开始他还只是偶尔外出，逐渐就变成了彻夜不回，后来在她的眼泪、哀求和责骂中，他干脆就失踪了！

失去他的她一夜之间便枯萎了，原本温馨浪漫的小窝也没了生气。这时，她才开始相信当初亲朋好友劝解她的话：他没有家底、没有道德观念，甚至没有心肺，一生就是凭借着一副好皮囊寻欢作乐并以此为生；她只是他的一个猎物，她和他的邂逅是他精心安排的一场游戏；他对同一个女人的兴趣不会超过一年，在她之前、之后，他不知已经并且还要害多少家底殷实的女人。

不久，小店就关门了。

没有了他，她怎能一个人独守着这曾经旖旎的温柔乡呢？她如何能忍受温暖如春的小窝骤然变成冰窖？她又怎么能够接受她这辈子唯——次自认为惊天地泣鬼神的爱情是一场骗局呢？

后来，听说在丈夫和孩子的哀求下，她回到了 Y 镇。

然而不久，听说她死了。

飞蛾赴火，岂吝焚身？!

住院记

2022 年 2 月 8 日，正月初八

年前单位组织了体检，我一直没去拿体检报告，后来体检中心打电话来，说我右肺有两个结节。右下肺的结节其实已经有四五年了，每次体检后，医院提醒须进一步检查，我总是一笑了之，觉得肯定是当年在金一中食堂检查时不慎摔断四根肋骨造成的后遗症，一直没当回事。但这次体检，除了这个伴随我数年的老相识外，胸片在右肺中叶又发现一个新结节，据说形状不是太好，呈磨玻璃样，医院让我务必要回院复检。

年底事多，我也没放在心上。过了几天，体检中心又一次打电话来催促。

到了除夕前一天，高度负责的体检中心再次来电话，这次是中心主任直接来电，说我必须抓紧时间复查。我说我的结节已经伴随我多年了，基本上可以确定为外伤以后出现的组织增生，没什么大关系。可主任说我的问题不在这个老结节，而在于新发现的结节，让我一定要重视，务必要复查。

三人成虎，果不其然。一向天大地大心更大的我，在三个电话的催促下，到底无法打消心里的一丝疑惑。第二天是除夕，年末的团圆大餐还需要我这个主妇亲自掌勺，于是就联系了中心医院号称"鹰眼"的医学影像科潘江峰主任，约定年后上班就抓紧时间做一次胸部 CT 靶扫描检查。

今天是胸外科陈献国主任的专家门诊，他是金华市区肺部手术第一把刀，找他诊治的人络绎不绝，我几天前就预约了他的号。

市中心医院近些年发展势头不错，基本已稳居浙中西部医疗机构领头羊的位置，每天车水马龙，找个停车位很不容易，所以一大早我选择乘坐公交车到门诊部，找陈主任开了检查单，按要求到 CT 室做了靶扫描。据窗口的工作人员说要下午才出报告，我就乘车回家，准备下午再回来取报告。

然而，刚坐上公交不久，就接到了潘主任的电话，说我的报告他看到了，右肺下叶的结节确实有炎性可能，而右肺中叶的结节不容乐观，以他的经验还是考虑为原位癌或癌前病变，需要抓紧手术，当然最后诊断以术后病理切片检查结果为准。

我一看时间已近中午，就先回家了。谁知，不多久，陈献国主任也来电话了，说他通过电脑看到了我的片子，让我下午一定要回门诊复诊。

好吧！两个专业人士都这么说了，这下不能拖了，回家吃了午饭，下午一点半我又回到医院，陈主任给我开了住院单，通知护理部明天留床位，让我抓紧办住院手续，明天住院，完善术前检查，尽快手术。

2022 年 2 月 9 日，正月初九

照例凌晨 5 点就醒了。

今天约好去住院，其实我对肺结节和手术一点也不担心，生死由命，富贵在天，真是癌症也只能说命该如此，何况现代医学这么昌明发达，早发现早治疗，问题不大。要是以前，我甚至不会这么早就接受手术治疗，因为我认为肿瘤根本不可能找上我。

然而这半年，因为种种原因，我在临退休前做了一个错误的选择，以至钻了牛角尖走不出来，一直处于自轻、自贱、自责、自悔之中，各种心理上的折磨和负担让我的心态趋于崩溃，已经预感到会有更大的麻烦找上我了，果然！

强子骂我，说我这点能耐就该有此一劫！现在应该庆幸没有辞职，否则的话就更加没有退路了！我知道他是为我好，希望我早点走出阴影。我也希望，这次手术能让我真正认识到：到了这个年纪，健康最重要，其他的都是浮云！

丰子恺说：既然无处可逃，不如喜悦；既然没有净土，不如静心；既然不能如愿，不如释然。只有释然，唯有释然！

住进医院，你就是一个病人。我还算是幸运，因为自己出身卫生系统，加上卢大哥的出力，一路手续都办得很顺利。

问病史，抽血，测血压血糖，各种术前检查……因为住院，有大把的时间，我第一次如此耐心地慢慢排队等待，不再像以往那样火急火燎了。

在肺功能检查室里，三个待检查的中年妇女都是肺部磨玻璃样结节，都是冲着陈献国主任前来诊治，其中一位竟然是老家雅畈的邻居，她的小姑还是我同学。

终于，有病房腾出来了，病房里一共有三个病友，现在我的代号是"35床"，姓名已经不重要了。我这刚安顿好，隔壁34床的患者就被拉去手术室。33床的美女才二十七岁，比我女儿大一岁，因为体检发现肺部结节，为了安全起见，也安排到周五手术，和我一样是陈主任亲自操刀。

下午没事，正好把李一冰的《苏东坡新传》看看完。总觉得自己一生坎坷，才无所用，但看东坡，千年才出一个的全才、大才、天才，不也一生遭人攻讦，颠沛流离，"拣尽寒枝不肯栖，寂寞沙洲冷""世事一场大梦，人生几度秋凉""心似已灰之木，身如不系之舟"。他都能看开看透，我又有什么好想不通的呢？

晚饭时，我独自咽下一碗医院食堂提供的很糟糕的水饺，6：30 又做了心脏和大血管的彩超。

晚上 7：00 回到病房，中午就进了手术室的 34 床患者手术才结束，被护工运回病房，吐得昏天暗地，空气中弥漫着难闻的味道。一整个晚上，他都因为术后疼痛不断呻吟，陪护的家属几乎一夜未合眼，对我们这些同处一室的病友表示了歉意。

其实，最痛苦的还是术后的病人，他最需要安慰和关怀。

2022 年 2 月 10 日，正月初十

34 床患者术后折腾了一夜，他家属怕我受影响，让我头离得远一些。我说我睡眠质量很好，没事儿。

果然，我还是像睡在家里一样，虽然迷迷糊糊中各种声音不断，包括护士夜里巡查、34 床的呻吟和咳嗽、走廊上不时传来的来来去去的脚步声，以及清晨测血压、测血糖等各种检查。

清晨 5：30，照旧起床，洗漱。

强子发来推送短文《哈佛教授证实：身体竟然随心念改变》，其实道理我都懂，人对自己发自内心的相信，也就是无所不利的自信，是生存之本、健康之源。问题的关键是这两年的遭遇让我对自己完全失去信心，陷入深深自责之中，实在无力自拔。

自 2017 年从紫东苑搬到金东区居住后，我已经很久没到婺州公园健走了，今晨特别想去走走。于是一大早就出了院门，沿着明月街向婺江畔一路走走，明月街的街灯挺美，在寒冷的晨曦中散发着温暖的光，长长的红灯笼还带着新春的喜庆。公园里人不多，长青的樟树还是一如既往的郁郁葱葱，有阵阵蜡梅花香飘浮，鸟儿在寒冷的冬晨依旧欢唱。

这半年多，我自知自己的心态确实有问题，手术只能治标，却无法解决心理上的根本问题。今天早上没有安排检查，我让朋友小娟，帮我约了心理咨询杨医师。我们整整聊了两个小时，流了许多眼泪，回顾了大半辈子的坎坷和挫折，特别是这次因为轻信和莽撞所造成无法挽回的失败。杨医师是一个让人信任且充满智慧的心理咨询师，她认真的倾听和适时的安慰，让我完全释放了压抑过久的情绪，心情豁然开朗。

其实天才如坡仙，在对自己的最后总结里都说：心似已灰之木，身如不系之舟，问汝平生功业，黄州惠州儋州！何况平庸如我辈？

下午1：00，看到外甥军军在家庭群里说姐夫今天上午9：00仙逝，泪奔！人生无常，谁又能主宰生命呢？前年国庆我去嘉兴看望他们一家的情形还历历在目，不久后就听说姐夫被查出食道癌，谁知如今已经天人永隔，岂不哀哉！

我正在伤心，昨天在肺功能室碰到的雅畈老乡过来串门，一看到我在垂泪，马上安慰我，让我不要担心。我说我真的不担心手术。她说那还流什么眼泪啊！我只得告知家里亲人去世了。

真没想到，现在医院收费贵到离谱！手术费也就三万多，自费项目却预交了二万多！真的生不起病啊！年纪大了，除了身体，我们还需要计较什么呢？已过知天命之年，事业已经到了尽头，如果还要为选择错误而继续纠结下去，失去的还将更多，打住吧！打住吧！

2022年2月11日，正月十一

也许是我命中本该有此劫，绝无办法躲避。

清晨，躺在病床上我忍不住回想，我其实是一个不会规划人生的糊涂蛋。这么多年除了想到妇保院做自己的老本行，从来没有更多的想法，却多次与这个目标失之交臂。后来因为人缘好、工作认真、能力尚且可以，在多次调任中离自身的专业越来越远。如果没有这么多人邀请，如果没有能力跨系统调动，如果不想在退休前抓住最后一个机会重操妇科旧业……可惜人生无法复盘，哪有那么多的假设！

8：30 我被带进了磁共振室，利用磁共振三维导航定位了手术部位。操作的女医生耐心细致，声音温和，操作轻柔，经过顺利，但定位后我感到肺部开始隐隐作痛，而且不时感受到被钢针扎着般的锐痛，所以一下了操作床，我不敢动，也不敢高声说话，只能坐在轮椅上由强子推回病房。刚刚还是那么强健的一个人，定位后就成了一名动弹不得的"病号"，我哀叹自己是老虎变成病猫了！

这时，我还在想：有没有必要开这一刀？如果放在两年以前，我肯定不会急着开这一刀，然而这半年如热锅上蚂蚁般的煎熬，让我不敢掉以轻心，情绪与细胞突变的关系太密切了。

唉，心态决定未来，放下吧！不要再纠结过去，也不要再用别人的失信惩罚自己，就用这一刀割舍过去的自怨自艾，好好善待自己，恢复以往那个乐观积极、看淡一切的豁达的自己。

回到病房，静等手术通知。禁食，禁水，禁止活动，一直到中午11：00，手术室的大叔让我躺在移动病床上，拉着我七拐八弯进出电梯。我一动不敢动，看着走廊顶部闪烁着冰冷白光的灯管一根根地后退，感受电梯一层层地升高，终于到达十八层的手术室，明亮的节能灯照得我睁不开眼，接待的医护人员反复核对信息无误，准备手术。

术前，当然是麻醉先行。麻醉师一边准备，一边安慰我不要怕。我说："我倒是一点也不怕。如果麻醉意外就此长眠，也不失为一种安乐之死；如果一切顺利，那么睡一觉手术也就好了！

只是昨天还晨跑五公里的女子，一下子就变成脆弱地躺在手术床上任人宰割的患者，实在感到生命的无奈和无常啊!"

不想，麻醉师也是个喜欢晨练的人，一边和我聊着天，一边给我静脉注射，随着白色的麻醉"牛奶"缓缓地注入体内，我的眼皮变得沉重，意识也开始模糊，很快就失去知觉了。

等我苏醒过来，手术已经结束，全程无痛无知无感受。现代医学特别是微创医学的飞速发展，真的是对人类造福匪浅，以前开胸剖肚的高风险大手术，现在不过是在胸壁上打几个小洞，在显微镜下就轻易解决了。

不过，我现在身上、手上都插着管子，动一下能感受到牵扯着五脏六腑的疼痛，麻醉后刚清醒，觉得自己还是挺虚弱的。

护工大叔把我安全送回病房，好像是从十八层地狱重返尘世。

2022 年 2 月 12 日，正月十二

你运动流掉的每一滴汗水，都不会是白流的，这句话诚然不错。

今天是术后第一天。昨天手术前一直禁食，术后六小时才能喝一点稀饭，一大早醒来我第一感觉就是肚子饿。等不及食堂的早餐，强子帮我买了五个双华小笼包子，我一口气吃了三个，感觉美食最抚凡人心，热腾腾的包子真好吃!

早上强子加班开会，女儿来陪护，其实身边有亲人陪护也是一种幸福。

医院的饭菜确实不好吃，我这样吃嘛嘛香的人都觉得咽不下去，把早上剩下的两个包子吃了，才感到胃里不再空落落了。

下午 1:30，女儿推我过去做术后常规胸片，刚好是老班长李伟良的班上，看我术后第一天状态这么好，胸片也正常，挺为

我高兴。

下午5：30，陈献国主任来查房，告诉我恢复得很好，帮我拔掉了大的引流盒，只剩下小引流袋，人一下子轻松了许多，终于可以自己一个人上厕所了！而和我同一天同一时间进行同一类手术的妙妙姑娘，到现在还只能喝几口稀饭，脸色苍白，根本起不了床。

我觉得自己真的挺幸运，任何病痛到了我这里总是乖乖让道。

记得那年在金一中食堂检查时，不小心摔断了四根肋骨，但因为到医院拍片没有发现，我只在床上躺了三天就去上班，不到一个月又去走山，两个月后体检，竟然发现摔断的四根肋骨在不知情、未治疗的情况下完全愈合了。

这次，被医生判为早期肺癌的我，不过在手术床上睡了两个小时，病灶就被解决了。术中对取下来的结节作了快速冰冻病理切片，结果是"不典型增生"，属癌前病变，还没有达到癌变的阶段，虽然最后要以术后常规病理切片的结果为准，也八九不离十了，算是万幸。

不过对于手术过程中，在切除病灶的同时直接清扫了我的胸部淋巴结，我还是保留意见。但等我知道已是术后，淋巴结已经清扫，反正装不回去了，我只能接受，何况专科医生总比我考虑得全面。

2022年2月13日，正月十三

昨天傍晚拔了大管，疼痛基本消失，今天是术后第二天，照例5：30起床，生活已经完全能自理，上厕所、洗漱等都能自行解决。

我感觉自己已经可以出院，甚至可以到户外去健步了。一直搞胸外科的老同学陈敏得知我做了肺结节切除术，告诉我说："其实肺结节手术并不可怕，哪怕是原位癌，你就把它当成阑尾切除术，千万不要有心理负担。"

说实话，我倒是一点不担心，我自己也是一名医务工作者，知道人体器官的代偿功能是非常强大的。理论上说，哪怕切除三分之二的肺脏，也完全能够承担人体的日常呼吸功能。

看到徒步金华的群里，开心他们又要走括苍古道，真是羡慕啊！健康真好！

病房里病人家属都还在睡觉，文文也睡得挺香，我找出随手带来的《小说选刊》来看，正好翻到林那北的短篇小说《仰头一看》，帅气的男主徐明九岁时的一场意外，使他特别漂亮的一只眼睛废了，以至于他整个人生和家庭都颠覆了！人生没有如果，也无法走回头路，所以我们只能向前看！

感觉以前的自己又回来了！出院后，不管以后的路如何走，我相信自己会非常积极地面对。

突然想写一篇小说，题目就叫《阴影》，这半年的心路历程其实非常值得写，也非常值得反思。

我应该为自己骄傲：仰不负天，俯不愧地，一辈子能帮人就帮人，得饶人且饶人。在经历了众多的不幸和坎坷后，还能保持一颗善良、乐观、积极向上的心，拥有和睦温暖的家族、足以养家的工作、可以交心的朋友、能够陶冶情操的爱好，人生如此，夫复何求？

2022 年 2 月 14 日，正月十四

今天是情人节，年轻时特别重视这个节日，然而对于年过半百的我来说，似乎意义不大。现在我最看重的是亲情，与强子二十多年的风风雨雨，也算是患难见真情，虽然双方个性都强，这

些年磨合得挺艰难，但至少三观一致，在关键时刻能够携手共进，何况现在两个孩子都长大了，而且都挺懂事，也算是上天垂顾吧！

唯有知足，才能常乐。

今天出院，回到了家里，看着因为太过熟悉而习以为常的环境，真切地感觉到这才是温暖的港湾。

癸卯岁末随想

今年是个暖冬，过了大寒，气温竟然还高达二十摄氏度，阳光明媚得似怀了春的少男少女，阳台上两株傻乎乎的红梅，被暖风熏得乱了方寸，在腊月初就春心荡漾，相继乐开了花。

不过到底还是冬季，临到年关，天空开始淅淅沥沥下起了冷雨，气温骤然降了下来，看着落了一地的胭脂红泪，我惋惜地对先生说："可惜了，今年梅花开得太早，正月里只能另外寻些鲜花来点缀气氛了。"

看天气预报，这凄风苦雨似乎要下到除夕，可真苦了我们这些主妇。古婺自古有古风，腊月期间"酿酒切糖檊年糕，杀猪宰鸡祭祖宗，清清洁洁过大年，高高兴兴迎春福。"临近春节，哪家不需要洗洗涮涮晒晒？我老家还要把细细的竹枝绑在长长的竹竿上，把房屋的角角落落都掸扫一遍，叫作"掸蓬尘"，意味来年清清洁洁、无病无灾。虽然现代生活多了许多先进设备，洗衣机、烘干机、除尘机、扫地机器人相继登场，但这将近半个月没有太阳，主妇们还是要怨怪这冬雨全是不知时节的好雨！

斗转星移，四季轮回，春种夏长秋收冬藏，每个节令有其相应的表象，也就有其该做的事情，这才叫作时节交替顺势而为。我特别钟爱法国梧桐，春天新叶如碧，夏季浓荫蔽日，秋天绚丽多彩，北风吹尽落叶，虬曲的枝丫上唯余顽强的悬铃子，尽显繁华落尽的苍凉和不屈，却把冬日暖阳还给树下的人们，一年又一年，不管在热闹的都市还是在荒凉的山野，它总是恪守本分，随着季度的轮回，不亢不卑地活成自己喜欢的模样。

不过这场缠绵的冬雨还算识趣，在癸卯兔年的倒数第二天提前撤退。除夕的清晨，太阳早早地露出了笑脸，我也终于把运动从室内搬到了室外，完成了兔年的最后一次江畔晨跑，心情格外舒畅。

过了年，我将在人生的十字路口做又一次抉择：中国女性的法定退休年龄基本定为五十五周岁，我四十岁前还算努力，评了个高级职称，按规定应该到六十岁才能退休，但如果自己身体吃不消或者有其他个人原因，也可以在五十五周岁提前申请退休。我原本打定主意争取早日退休，谁知有好心的朋友帮我测算了一下，提前五年退休的话，光养老金就至少损失一百二十万元！真是不算不知道，一算吓一跳！一直自认为对身外之物看得透、看得开的我，常用浓墨大书"眼前名利同春梦，醉里风情敌少年"，在数以百万计的孔方兄面前，着实纠结了好一段日子。

然而，最终我还是一意孤行地下了决心，退了吧！在市场监管部门干了八年，我又调回到曾工作了二十六年的卫生系统，就是为了早点退休，做点事情，怎么能够在生存以外，过于追求身外之财呢？如今家中条件不错，儿女都已培养成才且自立，我又何必为五斗米而折腰呢？

归去来兮！正如五柳先生云："已矣乎！寓形宇内复几时？曷不委心任去留？胡为乎遑遑欲何之？富贵非吾愿，帝乡不可期。怀良辰以孤往，或植杖而耘耔。登东皋以舒啸，临清流而赋诗。聊乘化以归尽，乐夫天命复奚疑！"

还有什么可犹豫的呢？年轻时因为条件限制，以及心有所欲，总不能随心随性、恣意放肆，如今人到黄昏，可以让晚霞彻底燃烧，做一个灿烂的自我。

后　记

前两天，女儿和我聊起她初中的一位女同学，近来精神状态很差，甚至萌发了轻生的念头。她俩在校时关系不错，女儿很想帮帮好友，虽然现在也断断续续在聊天，却似乎走不进她的内心，不知道该怎么办为好。

十多年过去了，我依稀还记得这位女同学，她长得眉清目秀，聪明文静，家里条件也不错，当年不仅以优异的成绩考进金华外国语学校，而且初中毕业后直升进金华一中，但在高中时听说选择了出国留学。这样一位天之骄子，不知道在国外的几年，经历了怎样的遭遇和磨难，后来竟然放弃了国外的学业，重新回国参加高考。

因为接连的不如意，年轻人的心情落入低谷，也是可以理解的。我让女儿想办法与她父母取得联系，购买一些励志和她喜欢的书籍，抓紧时间去看看她，要鼓励她多读书，多读经典，从书籍中一定能寻找到精神食粮和治愈良药。

由此想到，现如今物质条件越来越富足，但社会上的精神患者却逐年增加且平均年龄越来越小，碰到一点挫折就以各种方式决然离世者日益增多，甚至经常听到因一些小事就以令人毛骨悚然的形式报复社会的新闻报道……

为什么会这样呢？

不可否认，现在生活条件好了，孩子少了，特别是独生子女家庭里的孩子，万千宠爱集一身，抗挫折的能力也就有所下降。另外一个重要原因，我个人认为，孩子们在学校时疲于应付题海大战和各种培训，走出校门又沉迷在电子虚拟世界和快餐式视频文化，阅读经典的时间少了，独立思考的空间小了，承受打击的能力便弱了！

其实哪有人能够一生都一帆风顺？人生不如意事常八九，古人早已说透。

我在童年时遭遇家庭巨变，是《青春之歌》照亮了我暗淡的生活；少年时与理想失之交臂，是《约翰·克利斯朵夫》慰藉了我苦闷的心灵；中年时屡遇不公，是《史记》让我看淡功名利。就是三年前，年过五旬的我，因为选择错误进入两难境地，正自懊恼，一日读到东坡先生的《记游松风亭》："余尝寓居惠州嘉祐寺，纵步松风亭下。足力疲乏，思欲就亭止息。望亭宇尚在木末，意谓是如何得到？良久，忽曰：'此间有甚么歇不得处？'由是如挂钩之鱼，忽得解脱。若人悟此，虽兵阵相接，鼓声如雷霆，进则死敌，退则死法，当恁么时也不妨熟歇。"心中豁然开朗，真如挂钩之鱼，忽得解脱。

我一直认为，文学是最美好的艺术家园，书籍是最有益的精神食粮，而文学的终极关怀就是给人以爱，给人以诗意，给人以温暖，给人以思考，给人以希望，给人以力量。刚刚在浙江宣传公众号上读到一篇文章《依然并始终相信文字的力量》："唯有文字战胜沧海桑田""文字之光照亮前行道路""深情文字可抵岁月漫长""文字穷山距海无远弗届"。

说得真好！

作为一名业余作家，我非常清楚自己先天无异禀，后天又不够努力，但我还是在文学的土地上不断耕耘，虽然收获不够可观、不够丰盈，依然乐此不疲。记得我的散文集《手有余香》刚出版不久，在美容店打工的女孩阿芬读完后，拉着我的手说："王姐，看了你的书，我终于放下了二十年的仇恨！"还有同小区的一位男孩，非常认真地阅读我的散文，并对妈妈说："我也要成为一名作家！"文字能够传递真善美、传递正能量，进而能够帮助到身边的人，这是作者的初心，也是作者深感欣慰的事情。

我生在金华，长在金华，特别是金东区成立以来，一直工作和生活在这片多情而又充满希望的土地上，见证了她一天天地变得更加美好，遇到了许许多多感人至深的人物和故事，也碰到了一些人生绕不过去的磨难和坎坷。

从去年开始筹划，我希望把这两年记录下来的所见所闻、所思所悟结集出版，却为没有想出让自己满意的书名而纠结。那天，我把文稿发给李英老师，请求他给我作序，他只用了一天的时间就给我写了一个文采飞扬、且让我深受鼓舞的序言，同时提出了许多中肯而有见地的意见，并且建议我改用书名《一树繁花》，我有一种柳暗花明的感觉，特别是六年前我在玉兰树下写过一首《一树繁花》的小诗，觉得特别贴切和温暖，困扰我很久的书名问题一下子就解决了。

感谢李英老师，感谢所有给予我鼓励和指导的前辈和老师，在此献上我最诚挚的谢意，并希望得到读者的指导和批评。

王晓武

2024 年 6 月 1 日